A PROFECIA DARK

Anthony E. Zuiker
com Duane Swierczynski

A PROFECIA DARK

Tradução de
S. Duarte

EDITORA RECORD
RIO DE JANEIRO • SÃO PAULO
2011

CIP-BRASIL. CATALOGAÇÃO-NA-FONTE
SINDICATO NACIONAL DOS EDITORES DE LIVROS, RJ

Z86g
v.2

Zuiker, Anthony E., 1968-
A profecia Dark / Anthony E. Zuiker com Duane Swierczynski; tradução de S. Duarte. – Rio de Janeiro: Record, 2011.
(Grau 26; 2)

Tradução de: Level 26: Dark Prophecy
Relacionado com: Grau 26: A origem do mal
ISBN 978-85-01-09313-4

1. Homicídios em série – Ficção. 2. Ficção americana. I. Swierczynski, Duane, 1972-. II. Duarte, S. III. Título. IV. Título: Grau vinte e seis. V. Título: A profecia Dark. VI. Série.

11-0738

CDD: 813
CDU: 821.111.(73)-3

Título original em inglês:
Level 26: Dark Prophecy

Copyright © 2010 by Anthony Zuiker

Editoração eletrônica: Abreu's System

Publicado mediante acordo com Penguin Books LTD.

Texto revisado segundo o novo Acordo Ortográfico da Língua Portuguesa.

Todos os direitos reservados. Proibida a reprodução, no todo ou em parte, através de quaisquer meios. Os direitos morais do autor foram assegurados.

Direitos exclusivos de publicação em língua portuguesa somente para o Brasil adquiridos pela
EDITORA RECORD LTDA.
Rua Argentina, 171 – Rio de Janeiro, RJ – 20921-380 – Tel.: 2585-2000,
que se reserva a propriedade literária desta tradução.

Impresso no Brasil

ISBN 978-85-01-09313-4

Seja um leitor preferencial Record.
Cadastre-se e receba informações sobre nossos lançamentos e nossas promoções.

Atendimento e venda direta ao leitor:
mdireto@record.com.br ou (21) 2585-2002.

Para minha mãe, Diana, este é para você...

Os representantes da lei sabem que assassinos são categorizados em uma escala de 25 graus de perversidade, desde os simples oportunistas do grau 1 aos torturadores metódicos do grau 25.

O que quase ninguém sabe é que uma nova categoria de assassinos acaba de surgir.

Apenas um homem é capaz de detê-los.

Seu alvo: assassinos de grau 26.

Seus métodos: tudo o que for preciso.

Seu nome: Steve Dark.

PRÓLOGO

Roma, Itália

Steve Dark retirou da água a máscara, que parecia rir dele.

Os buracos vazios dos olhos o fitavam, arregalados em falsa surpresa. *Quem, eu*? *Eu faria isso*? A boca fechada por um zíper, torcido nos cantos, sugeria um sorriso cruel. Dark segurava nas mãos o restante da roupa, molhada e frouxa como a pele de um lagarto morto. Ele conhecia bem os detalhes: o zíper, a costura. A roupa parecia igual àquela que o diabólico Sqweegel usava. Havia apenas uma diferença: era completamente negra.

Tom Riggins se aproximou de Dark e pôs a mão em seu ombro.

— Não é ele.

— Eu sei — respondeu Dark em voz baixa.

— É sério. Nós vimos aquele desgraçado morrer. É alguém aprontando. Apenas um imitador. Você sabe disso, não sabe?

Dark assentiu.

— Vamos colocar isso em uma sacola.

Horas antes, houvera um pânico momentâneo. A equipe da Divisão de Casos Especiais seguira para Roma às pressas e uma força-tarefa internacional fora reunida. Alguém havia colocado veneno na Fontana di Trevi, em Roma, matando dezenas de pessoas, e deixado um objeto estranho flutuando nas águas saturadas de cianureto. Parecia uma cena de Hieronimus Bosch: dezenas de cadáveres cor-de-rosa e um mau cheiro que penetrava até a alma. Uma grande quantidade de ambulâncias e de veículos dos bombeiros e da polícia enchia a rua principal. Espectadores preocupados se aglomeravam nos becos e nas ruelas laterais.

Uma van da polícia romana levara Dark e sua equipe a um local isolado, a poucos metros da fonte. Agentes uniformizados levantaram a fita laranja que delimitava a cena do crime para que Dark passasse e em seguida abriram caminho, acompanhando-o até a famosa fonte. O fundo estava quase vazio, a não ser pelas moedas douradas e prateadas e um centímetro da água envenenada, que tocava as solas dos sapatos de Dark.

Em volta do local isolado, cinco policiais romanos, juntos ombro a ombro, bloqueavam os olhares curiosos. O parceiro de Dark assobiou e os homens se separaram.

Ao ver flutuando na água o objeto negro que parecia de látex, Dark parou. Precisou se esforçar para respirar fundo várias vezes antes de se aproximar, sentindo a cabeça rodar e o sangue repentinamente congelar.

Naquele momento terrível, ele chegou a pensar que talvez, de alguma forma, aquele assassino de grau 26 houvesse sobrevivido. Sua parte racional sabia que isso era impossível: Dark retalhara o corpo dele com um machado e vira os pedaços arderem no forno de um crematório. Ainda assim, ver a roupa e a expressão zombeteira foi o suficiente para despertar seu lado irracional.

A equipe montou um laboratório em Roma. Era muito aquém daquele que Dark usava na sede da Divisão de Casos Especiais, na Virgínia, mas tinha os instrumentos básicos. Dark procurou nas roupas vestígios de DNA e colocou uma amostra no aparelho. Enquanto esperava, bebia um café morno e amargo, tentando se manter alerta. Seu cérebro, porém, parecia o de um animal enjaulado e se recusava a se acalmar. Recordava sem cessar o pesadelo que haviam sido os acontecimentos das semanas anteriores. Via imagens rápidas de sua filha recém-nascida, sob os cuidados de alguém completamente desconhecido, nos Estados Unidos. Sibby, o amor da sua vida, sorria para ele. Um sorriso que ele só poderia rever em sonhos.

Finalmente, os resultados do exame de DNA chegaram, trazendo-lhe à mente a lembrança de um caso antigo e ainda sem solução.

Dark se preparava para o que quer que fosse, desde um imitador até uma reencarnação. Provavelmente era alguém que acompanhara o caso, se entusiasmara e resolvera seguir os passos de Sqweegel. Não havia novidade nisso. O Assassino do Zodíaco, por exemplo, tivera muitos admiradores, que adotaram suas técnicas ao longo dos anos: zombaram da polícia por meio de cartas e mataram casais apaixonados em locais isolados. Esse assassino despertara a atenção do público, e houve quem se aproveitasse disso.

O caso parecia se repetir em relação a Sqweegel. Em todo o registro histórico, nunca existira um assassino como ele. Um contorcionista louco que se cobria com uma roupa preparada especialmente para não deixar vestígios à perícia criminal — exceto quando desejava fazê-lo —, Sqweegel era capaz de se ocultar em cavidades mínimas e esperar, com uma paciência além dos limites humanos, até que sua vítima se distraísse ou adormecesse. Em seguida, saía de seu esconderijo e atacava com uma selvageria desproporcional ao seu tamanho e porte físico. Sua obsessão era castigar seres humanos pelo que, aos seus olhos, era pecaminoso, e se considerava um purificador do mundo.

Tinha uma fixação por Dark, o agente que passara anos atrás dele. Na opinião de Sqweegel, Dark merecia a punição máxima.

Talvez houvesse surgido um seguidor, tentando repetir os atos sinistros desse mestre. Porém, após Dark retornar aos Estados Unidos com sua equipe, não houvera novos incidentes. Nenhuma roupa à prova de pistas, nenhuma charada, nenhum bilhete zombeteiro. Nenhum assassinato que sequer chegasse perto do *modus operandi* de Sqweegel.

Nenhum novo cadáver.

Nenhuma ameaça.

Nada que se aproximasse dos horrores perpetrados por Sqweegel.

Até que...

Cinco anos depois

I

O Enforcado

Para ver a leitura pessoal de Steve Dark
nas cartas do tarô, acesse grau26.com.br
e digite o código: enforcado.

Chapel Hill, Carolina do Norte

A sessão de tortura já durava cinco minutos; Martin Green percebeu que iria morrer.

Estava pendurado de cabeça para baixo, com uma das pontas de uma corda amarrada em seu tornozelo direito e a outra no que ele supunha ser um lustre no teto do porão de sua casa. Poucos anos antes fizera uma reforma ali e não havia outro ponto onde fosse possível amarrar uma corda. Como seus olhos haviam sido cobertos com um trapo sujo de óleo, ele não podia confirmar sua suposição.

Seria bom que fosse o lustre. Talvez o peso de seu corpo fosse demais. Talvez a corda se soltasse. Talvez, então, ele pudesse pensar em como se livrar daquela situação bizarra.

Inicialmente, Green achou que a casa estava sendo invadida. Na verdade, ele era um alvo ideal: era solteiro e morava em uma casa grande — bastaria que os assaltantes verificassem seus hábitos para atacar com sucesso. Os amigos o tinham aconselhado a cuidar da segurança, tendo em vista sua posição social e seu ramo de atividade. Green dera de ombros. Era um homem dos bastidores. Dos habitantes do país, 99,9 por cento nem sequer sabiam da sua existência, e mesmo os que sabiam, não conheciam realmente seu trabalho. Para quê precisaria de segurança? Ali, porém, aquela necessidade se tornara bastante evidente.

Green lera o bastante para saber o que fazer naquela situação: dar ao invasor o que desejava.

— O cofre fica no meu quarto — disse ele. — Atrás de um quadro. Posso informar a combin...

Uma mão rude o obrigou a abrir a boca e enfiou ali um trapo. Um cinto de couro apertou-lhe o rosto. Alguns cabelos curtos da nuca foram arrancados quando o cinto foi afivelado, apertado demais.

Que merda!, ele tentou gritar. *Posso dar a você o que quiser, se me deixar falar!*

Somente um ruído abafado lhe escapou.

Tentando respirar e suando frio, Green compreendeu que, quem quer que fosse, seu algoz não queria a combinação do cofre ou o falso Chagall que o ocultava. Merda, o que ele queria?

Então ouviu o ruído de tesouras cortando sua calça.

Em seguida, sentiu o primeiro corte de navalha na parte interna da coxa e um riacho de sangue quente escorrendo para sua virilha.

Menos de trinta minutos antes, Green saboreava o último gole de seu caro uísque. Colocou a garrafa sobre o bar e apalpou o bolso, procurando o tíquete do estacionamento. Sentia-se satisfeito por encerrar as atividades do dia. Tinha uma reunião importante em Washington na manhã seguinte e precisaria acordar em um horário desagradável para não perder o voo. Era melhor voltar para casa e descansar por algumas horas.

O manobrista trouxe o Bentley. Green se acomodou ao volante e seguiu pela rua, com a agradável sensação do álcool correndo nas veias. Nem muito, nem pouco: a quantidade certa.

Ao chegar à rampa de entrada de sua casa de oito quartos, estimada em 3,5 milhões de dólares, sentia-se convenientemente sonolento. Isso era bom. Gostava que seus dias tivessem um progresso organizado: a combinação perfeita de exercícios, trabalho, diversão, alimentação e bebidas. Naquela noite, ele queria deslizar para sob os lençóis de fino algodão egípcio e gozar a deliciosa sensação de sua mente simplesmente desligar — em vez de perder os sentidos pela exaustão ou pelo excesso de bebida ou ficar acordado de agitação devido aos acontecimentos do dia.

Abriu a porta de casa e apertou o interruptor. Nada aconteceu. Murmurou um palavrão e apertou novamente o botão. Nada, não havia energia. Deu alguns passos no hall e parou, gelado. Mesmo na penumbra, podia ver que alguém abrira gavetas, retirara quadros da parede e deslocara os móveis.

Sentiu-se imediatamente nauseado. Alguém, um *estranho*, tinha estado em sua casa.

Ele resistiu ao impulso de se virar e fugir. Não se acovardaria diante daquilo. Precisava saber o que acontecera, o que aqueles desgraçados haviam roubado.

Algo assim não deveria acontecer. No ano anterior, ele instalara um sistema de segurança bastante dispendioso para evitar justamente esse tipo de "eventualidade".

Foi até o painel de segurança na parede. A aparelhagem parecia desligada, embora a alimentação elétrica fosse separada. A bateria reserva fora desabilitada ou estaria com defeito? Tentou ligar o sistema. Nada.

Está bem, seu idiota. Saia daqui.

Saia *agora.*

Nesse momento, ouviu um ruído vindo da cozinha, como o de uma porta de armário se fechando. Havia somente uma coisa pior que um assalto, pensou ele: chegar em casa *durante* um assalto.

Rapidamente tirou do bolso o celular, apertou com o polegar, caminhando devagar, cuidadosamente, em direção à porta de entrada, quando...

Ele congelou.

Seus músculos pareciam prestes a se soltar dos tendões. As articulações ficaram inertes. Tentou gritar, mas não conseguiu. E, ainda que houvesse conseguido fazer as cordas vocais funcionarem, o vizinho mais próximo estava longe demais para ouvi-lo. Seus olhos se embaçaram. Toda a casa parecia rodar sobre um eixo. Parte de sua mente gritou: *Pare! Pare já com isso!* Mas a ideia ficou congelada no seu cérebro, nada mais do que um sussurro.

Green sentiu que alguém o puxava para baixo e o arrastava em direção à porta do porão. Seu mundo virou de cabeça para baixo.

Mais tarde, acordou pendurado no teto do porão.

Provavelmente desmaiara. A última coisa de que se lembrava... a tesoura?

A perna.

Ah, meu Deus, a perna.

Preocupava-o sobretudo o fato de não sentir as pernas. Nenhuma das duas. Não sentia a corda amarrada ao tornozelo nem o tecido das calças. Nada.

Alguém soltou o cinto afivelado em sua nuca. O trapo úmido lhe saltou da boca. Green engasgou durante um segundo, respirou golfadas de oxigênio e gritou. O som que produzia não pretendia iniciar uma comunicação, mas atacar seu carrasco. Com os membros amarrados, o que mais poderia fazer?

Gritou novamente, mas algo liso e duro bateu com força no seu pomo de adão. O grito se transformou em um gemido de dor.

Silêncio, disse uma voz.

Ainda que tremesse de frio e não sentisse as pernas, a retirada da mordaça deu a Green uma leve esperança. Talvez fosse um ladrão que desejasse apenas assustá-lo. *Bem, quer saber? Está dando certo, amigo. Estou totalmente petrificado! E mesmo que você tenha cortado minha perna, estou disposto a perdoá-lo. Pegue meu dinheiro. Pegue o que quiser, mas vá embora.*

Tossiu várias vezes e finalmente recuperou a voz.

— Você ganhou. Por favor, me solte. Juro que não falarei com ninguém.

Procurou perceber onde estava o agressor. Atrás dele? Green achou que ouvira o farfalhar de um tecido atrás de si. Seus sentidos, no entanto, diziam-lhe que alguém estava diante dele, cara a cara. Quase sentia o hálito quente e forte no seu rosto.

— Escute, conheço pessoas importantes. Não o estou ameaçando; posso conseguir o que você quer. *Tudo* o que quiser. Basta falar comigo.

Teve certeza de um movimento atrás de si e tentou se virar. Não conseguia ver, mas isso lhe deu algum controle da situação. Podia estar pendurado no teto do porão, mas ao menos era capaz de se virar para encarar o assaltante.

Ainda assim, tentou escapar, suplicando:

— Por favor, diga o que posso fazer para satisfazê-lo.

Em vez de responder, o agressor borrifou algo no rosto de Green. Imediatamente ele sentiu a face queimar, como se a pele fosse arrancada, camada por camada. Nunca sentira algo assim; não conseguia nem mesmo respirar ou gritar.

Em seguida, uma sacola foi colocada sobre sua cabeça.

Alguém falou qualquer coisa. Através da sacola, era pouco mais do que um sussurro, mas Green podia jurar ter ouvido a palavra

"isso"

logo antes de inspirar. A sensação de queimadura se espalhou para os pulmões e, naquele momento, Martin Green teve certeza de que estava prestes a morrer.

Capítulo 1

West Hollywood, Califórnia

Steve Dark acordou sobressaltado, rolou da cama e se deixou cair no chão.

Apoiando os dedos das mãos e dos pés no piso, ficou parado, prestando atenção. Do Sunset Boulevard, próximo dali, vinha o ruído do tráfego. Alguém riu como um bêbado. Houve um leve *toc-toc* de saltos altos no concreto. Uma buzina de carro, abafada e distante. Sons comuns da noite de Los Angeles. Nada diferente do comum.

Ainda assim...

Rastejando-se, Dark seguiu pela casa, mantendo-se nas sombras e atento aos sons. Os únicos que podia identificar eram os estalos leves das próprias articulações quando se movia. Retirou sua Glock 22, de 15 tiros, do esconderijo entre as tábuas do assoalho e se ergueu nas pontas dos pés. Retirou o pino de segurança. Sempre deixava uma bala preparada. Levou dez minutos na primeira revista e nada surgiu. Verificou as janelas e portas, uma a uma. A porta principal estava trancada. As fechaduras das janelas continuavam no lugar. O sistema de segurança estava ligado. As fitas adesivas invisíveis nas janelas e portas não haviam sido rompidas. Nenhuma das entradas fora violada.

Dark se entregava àquela rotina com tanta frequência que acabara quase a decorando. Aquilo era um problema: não podia se descuidar. Precisava organizar outra rotina, talvez pensar em outra forma de proteção.

Após recolocar o pino de segurança da arma, pousou-a no sofá, ao seu lado. Em seguida abriu o laptop e acessou o site que armazenava as imagens das suas câmeras de segurança. Cada metro quadrado da casa era monitorado por pequenas câmeras, ativadas por sensores de movimento. A qualidade visual era baixa, mas, afinal, ele não queria eternizar preciosos momentos em família, queria apenas detectar movimentos. O site começou a mostrar o vídeo correspondente às seis horas anteriores, que exibiria qualquer movimento. Ao terminar, no entanto, a fita revelou somente os movimentos de Dark pela casa. Nada mais.

Então, o que ele ouvira?

Será que tinha sido um pesadelo?

Verificou o relógio: 3h12. Muito cedo, até para ele. Não dormia muito, e perder mais duas horas de sono era decepcionante. Ao menos, no entanto, a casa estava segura.

Será?

Dark pensara o mesmo cinco anos antes e, ainda assim, um monstro conseguira se esgueirar até a sala. Era outra casa, com um sistema de segurança rudimentar, mas não deveria ter sido tão fácil. Dark, porém, aprendera a dolorosa lição de que cuidado nunca era demais. Havia destruído o monstro com as próprias mãos. Atacara-o a machadadas até que ele parecesse uma pilha de carne no balcão de um açougueiro. Vira os pedaços serem incinerados e espalhara as cinzas com um ancinho de metal.

A lição, no entanto, ficou. Cuidado nunca era demais.

Foi até a cozinha e ligou a chaleira elétrica, que esquentava a água em sessenta segundos. Seria bom tomar um café. Depois... ele não sabia. Desde que deixara a Divisão de Casos Especiais, seus dias pareciam amorfos e infindáveis. Quatro meses de limbo.

Ao sair, dissera a Riggins que tinha muito a fazer. Por exemplo, reaproximar-se da filha, que quase não reconhecia a voz do pai ao telefone.

No entanto, passara a maior parte do verão instalando o sistema de segurança na nova casa, dizendo a si mesmo que não poderia trazer a filha para visitá-lo sem que tudo estivesse bem trancado, completamente seguro. A tarefa parecia uma batalha contra uma hidra. Ao cortar um problema potencial, surgiam seis para substituí-lo. Dark não fazia outra coisa além de trabalhar na casa, ler histórias policiais na internet e tentar dormir.

Cinco anos antes, ele matara um monstro. Mas, fizesse o que fosse, sentia que outro viria atrás dele.

Eram 3h30. Com o café esfriando na caneca, ele ouvia os murmúrios de Los Angeles, e não havia nada a fazer.

Capítulo 2

Dark entrou no segundo quarto. Poucos dias antes, a base da tinta fora aplicada nas paredes, mas ele ainda precisava perguntar a Sibby qual cor ela preferia. A menina tinha 5 anos, o suficiente para tomar essas decisões. As peças da cama de madeira estavam em um canto, ainda desmontadas. Em outro, caixas com bonecas e roupas. Ele queria fazer uma surpresa, com o quarto cheio de bonecas — ela adorava vesti-las, fazendo-as conversar umas com as outras —, mas desde que as comprara, um mês antes, os brinquedos permaneciam onde estavam. Não havia onde colocá-los até que as paredes fossem pintadas e as prateleiras, montadas.

Será que ele conseguiria ser pai? Tivera pouquíssima prática.

Ao longo dos anos, tentara criar algo parecido com uma vida normal, quando não estava trabalhando na Divisão de Casos Especiais. Mas era difícil agir como pai estando quase sempre longe da filha. Não muito depois do pesadelo com Sqweegel, Dark mandara Sibby para a casa dos avós em Santa Bárbara, do outro lado do país. Deveria ser uma mudança provisória. Planejava deixar a Divisão o mais breve possível, para trazer a filha de volta para casa e começar uma nova vida.

Era mais fácil falar do que fazer. Um caso se misturara a outros. Um ano se transformara em dois, três, cinco.

O trabalho o mantinha alerta. Estava praticamente viciado, e nunca se sentia mais vivo do que quando tentava penetrar a mente de algum assassino, ser mais inteligente do que ele. Apesar das boas intenções de reduzir o ritmo e de finalmente deixar para sempre a Divisão de Casos Especiais, Dark sentia que seria impossível.

Ao menos até o mês de junho, quando finalmente havia feito o que prometera durante muito tempo e desligara a tomada. Em parte, o motivo era a burocracia. A Divisão caíra cada vez mais sob influência política, o que lhe frustrava. Mais do que tudo, porém, ele queria ter a filha em segurança na sua casa.

Poucos minutos depois, Dark atravessava apressado as ruas quase vazias de Los Angeles, com um cigarro na boca e a Glock carregada no bolso do paletó.

Não era preciso viajar pelo mundo para encontrar a maldade: ela estava logo ali. Somente no município de Los Angeles, onde Dark pretendia montar um lar para a filha, alguém era assassinado a cada 39 horas. A maioria dos homicídios acontecia entre as 20 e as 8 horas, metade deles nos fins de semana. Em outras palavras: numa madrugada de sexta-feira como aquela. Eram 4 horas. Morriam pessoas no centro, no Valley, em El Monte, assim como nos lugares supostamente "seguros", como Beverly Hills, a parte oeste e as praias de Malibu.

Gostava de dirigir à noite porque sentia o impulso de enfrentar diretamente o perigo, em vez de ler sobre ele. Dark precisava vê-lo, cheirá-lo. Às vezes, tocá-lo, mesmo sabendo que poderia ser preso por esse tipo de conduta. Mas o que fazer ao ver dois bandidos armados até os dentes entrando em um mercado em Pomona? Esperar para ler sobre eles nas crônicas policiais do *L.A. Times*, no dia seguinte?

Ao menos na Divisão de Casos Especiais ele estivera em atividade. Junto com seu chefe, Tom Riggins, e sua parceira, Constance Brielle, Dark lutara diariamente contra o mal. Poderia haver monstros por toda parte, mas era reconfortante ter uma arma apontada para ao menos alguns deles.

E agora?

Agora, sentia-se aprisionado em uma espécie de limbo. Não era mais um caçador de bandidos ou um agente da polícia. Não era pai. Não era peixe ou carne, mas uma versão incipiente dos dois. Sabia, no fundo, que a única resposta era escolher uma e esquecer a outra.

Era hora de voltar. Mergulhar na água gelada, se libertar daqueles tormentos antigos, fatigados. Não poderia dar aulas na universidade com a cabeça cheia de lixo.

Capítulo 3

Sede da Divisão de Casos Especiais/Quantico, Virgínia

A notícia era oficial e havia muitas coisas sobre a mesa de Tom Riggins.

Pequenos pedaços de papel com sobrenomes e números de telefone de outros estados. Duas balas de pistola. A embalagem plástica vazia de um antiácido. Uma chave de fenda. Uma foto das filhas, emoldurada. Pastas e mais pastas de documentos, empilhadas como uma torre de Babel, cheias de fotos e de descrições, impressas claramente, das coisas mais cruéis que as pessoas podem fazer umas com as outras. Copos com café pela metade.

O que Riggins realmente gostaria era de ter tempo para acabar algum desses copos de café. Não que o sabor fosse bom. A bebida era forte demais, deixando um gosto metálico que ele não sabia exatamente de onde vinha, mas, se conseguisse chegar ao fim de um único copo, talvez pudesse sentir que realmente realizara algo, para variar.

No início, a Divisão de Casos Especiais era extraordinária — a melhor equipe de elite contra crimes violentos do mundo —, porém anos de burocracia e de instruções confusas superiores fizeram dela uma sombra do que fora. Era de "elite" somente nos comunicados da imprensa, mas corria o perigo de se transformar em mais um feudo no império bizantino da Segurança Nacional.

Riggins estava pensando em ir até a cozinha se servir de mais um copo de café, para depois o derramar na pia, ainda fumegante, até ver o fundo.

Quando se levantou, o telefone em sua mesa tocou. Procurou o aparelho, afastando pastas e cinzas de cigarro. Finalmente o encontrou. Na tela apareceu um nome:

WYCOFF

Algum tempo antes, Riggins reprogramara o telefone para mostrar REI DOS BABACAS sempre que o secretário de Defesa ligasse. Semanas antes, mudara. Não por estar preocupado que Wycoff visse; simplesmente achava que REI DOS BABACAS não era uma expressão adequada. Quando pensasse em algo melhor, reprogramaria.

Pegou o fone e o levou ao ouvido.

— Sim?

— Aqui é Norman. Tenho algo para você.

Tenho algo para você. Era como se fossem um grupo de office boys, só que portando armas e diplomas de doutorado. Na verdade, pensou Riggins amargamente, era exatamente o que eles haviam sido nos últimos cinco anos, para a desgraça de todos.

— Do que se trata? — perguntou Riggins.

— O nome Martin Green lhe diz algo?

— Deveria?

Wycoff bufou, o que podia ser sinal de aborrecimento ou um riso amargo.

— Green faz parte de um grupo exclusivo de análise econômica. E alguém o matou esta manhã.

— Mas que pena...

— Estou enviando algumas fotos pelo nosso SFTP. Dê uma olhada e siga imediatamente para a cena do crime, em Chapel Hill.

— Quem, eu? Quer que eu vá à Carolina do Norte?

— Imediatamente, se não antes. Como disse, estou enviando as imagens.

— O que é isso, Norman, para quê tanto drama? Diga do que se trata e por que é um caso para a Divisão.

Riggins era o chefe da unidade, que começara como uma ramificação do Programa de Captura de Criminosos Violentos, do Departamento de Justiça, o ViCap, que por sua vez era um grupo especial encarregado de monitorar e comparar homicídios em série, um instrumento vital para a aplicação da lei. Às vezes, porém, o ViCap tratava de casos tão violentos, tão extremos, que a polícia local e o FBI não estavam preparados para enfrentá-los. Era aí que a Divisão de Casos Especiais entrava em ação.

Norman Wycoff, no entanto, parecia não perceber a diferença, mesmo após cinco anos. Não se tratava de toda a unidade: somente Riggins, Constance Brielle e Steve Dark pagavam o que Wycoff considerava uma "dívida". Uma dívida por terem feito o que era necessário.

Normalmente, um secretário de Defesa não teria qualquer influência sobre uma divisão do Departamento de Justiça. Wycoff, no entanto, se metera, cinco anos antes, no caso mais importante, por motivos pessoais. Agora, devido a uma série de circunstâncias que ainda lhe embrulhavam o estômago, Riggins de repente se via no papel de faz-tudo de Wycoff.

— É um caso para a Divisão porque eu quero que seja — disse o secretário de Defesa. — Depois de tanto tempo, você ainda não entende isso? Green é um homem importante. Significa muito para muitas pessoas do meu círculo. Queremos que você cuide do caso. É uma ordem do alto escalão.

Alto escalão. Wycoff adorava repetir aquelas palavras, fosse para evitar possíveis acusações ou para inflar a própria importância.

— Muito bem — disse Riggins. — Mandarei alguém dar uma olhada.

— Não, quero que você mesmo vá, Tom. Quero poder dizer que mandei o melhor agente.

Bem, isso era uma novidade. Normalmente ele se contentava em dar uma ordem a Riggins e deixá-lo montar a equipe adequada para tratar do caso.

— Tudo bem — disse Riggins.

— Então, você vai?

— Me mande tudo o que tiver — disse Riggins, desligando.

Esperou um pouco, olhou para as quinquilharias sobre a mesa e pensou em como seria fácil derrubar tudo com o braço, inclusive o computador. Ver tudo caindo pelo chão, se levantar e sair na manhã de clima fresco da Virgínia, deixando de caçar monstros para ganhar a vida.

Exatamente como Steve Dark havia feito.

Capítulo 4

Em geral, quando havia um *pedido especial* — isto é, algum trabalho sujo solicitado por Wycoff — Riggins acionava Dark. Era parte do "acordo" entre os dois, desde o caso Sqweegel.

Naquela época, o secretário de Defesa concordara em proteger Dark contra uma indiciação por ter matado um suspeito, conhecido como "Sqweegel". Em troca, queria que ocasionalmente ele realizasse *serviços* exclusivos, como busca e captura de líderes de cartéis, financistas fugitivos, agentes duplos e terroristas. Às vezes a busca acabava em morte, mas, que engraçado, *nesses* casos um assassinato não era problema para Wycoff.

O secretário pensou que tinha controle sobre Dark. Se ele quisesse manter seu cargo na Divisão de Casos Especiais e não ser preso, teria de cumprir essas tarefas internacionais, e secretamente. Um homem como Dark jamais deixaria seu trabalho. Era tudo o que sabia fazer, tudo o que possuía.

Fora, porém, exatamente o que ele fizera, em junho. Riggins recordava vivamente aquele dia. Pensou que Wycoff teria um ataque. Não estava habituado a ouvir a palavra *não*.

— Você estará numa solitária antes do nascer do sol, seu filho da puta arrogante! — rosnara Wycoff.

— E sua carreira acabará antes de o sol se pôr — respondera Dark. —
Não pense que eu tomaria uma decisão como essa sem tomar algumas
providências.

Wycoff recuara como se houvesse recebido uma bofetada no rosto
com um jornal enrolado.

— Você não tem provas.

— Nem mesmo você pode se enganar tanto. Há cinco anos estou
atolado na sua merda, Norman.

Wycoff olhara para Riggins, que se mantivera de lado, aproveitando o
momento mais do que deveria. O olhar do secretário era ao mesmo tempo furioso e suplicante, como se dissesse "Foda-se, Riggins, por permitir
que isso acontecesse". Mas também: "Me tire dessa situação." Riggins, no
entanto, simplesmente o encarara, impassível. Dark faria o que desejasse.

Wycoff tentara, então, um caminho diferente:

— Ninguém desafia o governo e sai ileso.

— Não estou desafiando o governo, Norman. Estou ameaçando você!
Se fizer algo a mim ou à minha filha, haverá consequências.

E, com essas palavras, Dark partira.

Wycoff preparou diversos documentos e exigiu de Dark promessas de
que jamais teria contato com a Divisão, jamais, de nenhuma maneira
etc. Aquilo, porém, não pareceu chateá-lo.

Riggins ficou confuso. O que Dark estaria fazendo?

Mas Dark, a quem ele considerava como um filho, nunca pronunciara
uma palavra a respeito. Riggins sentiu a típica mistura de emoções pater-
nas: ressentimento, preocupação, raiva — principalmente preocupação.

Não que Dark devesse temer represálias de Wycoff. Ele que se fodes-
se! Na verdade, Riggins se preocupava com a sanidade mental de Dark.
O trabalho parecia ser o que lhe permitia se manter equilibrado, e era
a única maneira como conseguia cuidar dele. Passaram-se cinco anos
desde aquela terrível noite em que ele ultrapassara os limites. Passaram-
se cinco anos desde que Riggins soubera algo realmente horrível sobre
um homem que considerava seu filho.

Cinco anos de silêncio... porque durante cinco anos ele observara Dark cuidadosamente. E agora?

Agora, Riggins podia somente conjeturar sobre o que um homem como Steve Dark estaria fazendo para passar o tempo.

Anteriormente, no início dos anos 1990, quando Dark decidira entrar para a Divisão, Riggins era encarregado de examinar todos os candidatos. No início do processo, soube que Dark era filho adotivo. Resolveu investigar o assunto, mas logo desejou não tê-lo feito.

Felizmente, Dark pouco se recordava do fato, mesmo diante do polígrafo e da hipnose. Um incêndio, quando era pequeno. Muitos gritos, ele sozinho em um quarto.

Mais tarde, foi enviado a uma boa família na Califórnia. Os novos pais, Victor e Laura, achavam que nunca poderiam ter filhos, e adotaram Steve. Não muito depois, Laura engravidou. Gêmeos. Ainda assim, tratavam Steve da mesma forma que os irmãos menores.

Anos depois, um monstro, que passou a ser conhecido como Sqweegel, trucidou a família adotiva de Dark com uma brutalidade jamais vista por Riggins. Dark deixou a Divisão de Casos Especiais e passou a viver em reclusão. Só ressurgiu quando Riggins o obrigou e, juntos, capturaram o maníaco.

Nos últimos cinco anos, Dark voltara a trabalhar na Divisão, mas não era o mesmo. Como poderia ser? O monstro lhe levara a mulher e a família adotiva, e ele chegara ao limite da sanidade mental. A única coisa que lhe protegia do abismo, pensava Riggins, era a filha. A doce e inocente Sibby, que ele não conhecia.

Agora Riggins tinha duas opções: aplacar Wycoff ou mandá-lo à merda.

Não demorou a se decidir. Ligou para o ramal de Jeb Paulson.

— Aqui é Riggins. Tem um minuto?

Riggins era o agente mais antigo da Divisão. Vira jovens entusiasmados e os melhores investigadores criminais se desgastarem e desistirem em poucos meses. Às vezes bastavam algumas semanas. Esperava que Paulson não fosse um desses.

Riggins não era exatamente um otimista. Durante anos vira muita desgraça. Ainda assim, tinha certas esperanças em relação a Paulson. Era o melhor que vira desde... bem, se fosse honesto consigo mesmo, desde Steve Dark. Os dois tinham muito em comum. O intelecto, a intuição, a maneira de encarar diretamente suas tarefas.

Paulson apareceu em poucos segundos.

— O que aconteceu?

— Agente Paulson, arrume sua mala.

Capítulo 5

Universidade da Califórnia, Los Angeles

A moça levou algum tempo para se aproximar de Dark, tomando cuidado para que não parecesse óbvia.

Após dez minutos de confraternização entre os professores, começou a olhar para ele. Não muito, apenas o suficiente para que ele percebesse sua presença. Em seguida, atravessou aos poucos a sala de conferências, conversando ocasionalmente com um professor ou um assistente. Ficou por algum tempo diante da mesa, onde dois estudantes de graduação entediados cortavam mecanicamente fatias de carne. Quando finalmente fingiu notá-lo, foi com um falso esbarrão. Seus ombros se tocaram e o vinho branco barato saltou do copo de plástico que ela segurava nas mãos.

— Ah! Me desculpe!

— Tudo bem — disse Dark.

Ela fingiu reconhecê-lo:

— Você é Steve Dark, não?

Ele assentiu.

— Bem, devo dizer que fico surpresa em vê-lo aqui — disse ela. — Você deve achar tudo muito entediante.

Dark mentiu:

— Não, não mesmo.

Na verdade, ele fora ao encontro em respeito ao diretor do departamento. Se quisesse continuar a lecionar, precisava ao menos tentar se entrosar. O último lugar onde desejava estar era naquela sala de aula abafada, conversando sobre superficialidades. Era o mesmo que ser um veterano de guerra, acostumado à areia, às incontáveis horas de patrulha e ao barulho da artilharia, e subitamente ser transportado de volta à convivência civil. Era isso, contudo, o que a universidade esperava de seus professores, inclusive de assistentes de meio período, como Dark.

Por isso ele se posicionara em um canto junto à porta, contando os minutos até que pudesse se retirar, e dali viu a moça e sua abordagem desajeitada. A maior parte das pessoas não lhe dera atenção, parecendo vagamente entediada com sua presença. Alguém do departamento *falaria* com ele? Dark vira a moça nos corredores. O nome dela era Blake, ou algo assim. Era uma estudante da graduação e professora assistente da Universidade. Alta, cabelos ruivos, algumas sardas no nariz e no rosto. Costumava usar botas até os joelhos, que pareciam vagamente profissionais mas que também serviriam em clubes de sadomasoquismo.

— Ah — dizia Blake, sorrindo —, isso deve ser muito tedioso, comparado ao seu trabalho anterior.

— É uma mudança bem-vinda, acredite.

— Pois eu *não* acredito, Sr. Dark. Já li muito a seu respeito. Na verdade, dei aulas sobre você. Estudei os tipos de assassinos que perseguiu. E embora alguns estudantes pensem que são tão bons quanto você, não há comparação, certo?

Blake sorria enquanto falava. Seus olhos se iluminaram, sedenta por detalhes. *Vamos*, diziam os olhos. *Conte-me algo chocante.*

Na verdade, Dark achava estranho dar aulas. A última vez que estivera em uma sala de aula fora para dar uma palestra a inúmeros policiais, na Flórida. Um grupo de professores de uma escola primária molestara sexualmente dezenas de crianças de 5 e 6 anos. Os pedófilos asseguraram o silêncio com uma aula sobre a morte. Pegaram animais de estimação e os degolaram diante das crianças estupefatas, dizendo: *Isso é a morte. Se contarem a alguém o que fazemos aqui, seus pais terão o mesmo destino.*

Seria esse o tipo de detalhe que Blake desejava ouvir? Seria isso uma conversa educada para um encontro de professores?

Dark apenas disse:

— Gosto daqui.

Ainda assim, dar aulas produzira um efeito colateral surpreendente, obrigando-o a analisar sua profissão. Durante anos havia funcionado por instinto. Obviamente recebera instrução, primeiro na academia de polícia, depois na Divisão de Casos Especiais. Estudara criminalística até sonhar com manchas de sangue, mas o que aprendera nos livros não fora muito importante para seu modo de capturar assassinos. Ao aceitar o cargo na Universidade e ao se concentrar para redigir o primeiro programa de estudos, Dark fora obrigado a perguntar a si mesmo: *Como faço para capturar assassinos?*

Na aula, poucas horas antes, dissera aos alunos:

— A questão não é encontrar uma pista mágica que resolverá o caso, mas ouvir as histórias que as pistas contam. Se não conseguirem resolver o caso, é porque ainda não ouviram toda a história.

Dark entendeu imediatamente a trajetória de Blake. Desde o começo do encontro ela usava um anel de noivado com esmeraldas, mas o dedo anular da mão direita agora estava vazio, deixando uma faixa um pouco mais clara do que o restante da pele aveludada. Em breve ela procuraria um pretexto para se encontrar com ele em particular: um pedido de ajuda em algum assunto ou algo assim.

— Por que está aqui, se não se incomoda com a pergunta? — indagou ela.

Dark olhou para a mesa e repetiu a resposta decorada que usava havia alguns meses.

— Um dia percebi que cacei monstros durante quase vinte anos e que era tempo de começar a ver o que havia deixado de lado.

A maioria das pessoas preferia respostas fáceis, brandas. Não gostava de pensar no que Dark fazia nem no que isso significara para sua alma.

Por exemplo, ao ver o rapaz cortando a carne, segurando a lâmina brilhante que atravessava as camadas, Dark pensava apenas nos inúmeros cadáveres que vira sendo cortados da mesma maneira. Homens, mulheres, crianças. Muitas crianças. Os açougueiros que ele perseguira não se importavam muito com suas vítimas...

Pare com isso, pensou. *Você não está pensando como um ser humano normal. Está em uma universidade, merda!*

Dark lecionava um curso pelo Departamento de Justiça Criminal. Em poucos meses, passara de caçador de assassinos a conferencista universitário. A universidade se dizia orgulhosa de tê-lo ali, mas a maior parte dos professores de criminologia o desprezava, considerando sua presença um golpe publicitário. Ele ainda sofria as consequências negativas do caso Sqweegel, e estaria ligado a ele para sempre aos olhos do público. Até mesmo o jornal dos estudantes o atacara, sugerindo que seus alunos comprassem uma roupa de látex, ou "uma camisinha de corpo todo". Caso contrário, segundo a piada, Dark detectaria o DNA deles.

— Estará livre mais tarde? — perguntou Blake. — Tenho algo que gostaria de lhe mostrar, se não for muito incômodo.

— O quê?

— Para meu doutorado. Prometo que serão somente alguns minutos do seu tempo. Eu pago o jantar.

Jantar. Ela realmente estava pisando no acelerador com aquela bota. Dark se perguntou se ela dera uma desculpa ao noivo ou se inventaria algo. Enquanto esperava a resposta, Blake passou os dedos pelos cabelos, fez os lábios parecerem um pouco mais grossos e abriu os olhos um pouquinho mais. Dark desejou não conseguir perceber as intenções alheias com tanta facilidade.

— Não posso jantar — disse ele —, mas terei algum tempo no escritório, depois da aula de 12h30, na segunda-feira.

Blake fez um movimento como se não o tivesse ouvido.

— Vou buscar um pouco mais de vinho. Quer?

Ela parecia querer embebedá-lo.

Dark estendeu o copo.

Claro.

No entanto, seria preciso muito mais do que um vinho barato em um copo de papel. Ele sabia como a tarde terminaria: Blake iria para casa, ao encontro do noivo, e ele voltaria sozinho. Às vezes desejava desligar a parte do seu cérebro que cuidava de capturar assassinos, ainda que fosse por pouco tempo. Tomar um pouco de vinho, contar a Blake as descrições macabras que ela queria ouvir e apagar tudo numa nuvem de sexo e álcool.

Mas não era capaz. O quarto de sua filha, ainda por terminar, o esperava.

Capítulo 6

West Hollywood, Califórnia

Ao voltar para casa, depois do evento na universidade, Dark pensava em visitar a filha em Santa Bárbara, para falar sobre a pintura do novo quarto. Porém, quando chegou à casa, compreendeu que era impossível simplesmente *perguntar* qual cor ela queria. Havia milhares de tons; Sibby iria querer ver amostras. Para isso era preciso ir à loja, pegar várias delas e depois seguir para Santa Bárbara. De qualquer forma, fazia muito tempo que não a visitava.

Ao colocar a chave na fechadura, no entanto, achou que era muito tarde. O encontro dos professores se prolongara demais e o tráfego na Wilshire Street estava denso. Quando chegasse a Santa Bárbara, a menina estaria pronta para ir dormir.

Por isso, resolveu analisar o porão.

As casas na Califórnia em geral não possuem porão. A dele, contudo, comprada em julho, era a antiga residência de William Burnett, o infame cirurgião dos anos 1940. Infame, aliás, só para algumas pessoas mais idosas, já em asilos, pois o restante de Los Angeles esquecera completamente dele.

Burnett fora proprietário de alguns cabarés na Sunset Strip, subornava a polícia e traficava medicamentos narcóticos, o que o tornou muito conhecido naquela parte da cidade. No entanto, esses esquemas raramente duram para sempre. Sua vida desmoronou quando começou a usar demasiadamente os próprios comprimidos e acabou matando um paciente na mesa de operação, ao seccionar equivocadamente uma artéria. A investigação provocou dezenas de ações judiciais, exigindo indenização por mortes causadas por negligência, e finalmente acusações criminais.

Dark descobrira o porão secreto de Burnett na primeira vez que ficara sozinho na casa. O corretor estava na frente da residência, atendendo a um telefonema, enquanto ele explorava o cômodo. Queria uma casa que pudesse ser fortificada rapidamente, se tornando impenetrável. Enfrentara muitos monstros que gostavam de se esconder em reentrâncias.

Achou algo estranho no quarto principal: marcas antigas de arranhões, que haviam sido cobertas com várias camadas de tinta até ficarem quase imperceptíveis. Abaixou-se e tocou entre as tábuas com os dedos. Sem dúvida havia algo estranho ali.

O corretor entrou subitamente e se assustou.

— O que está fazendo? Algum problema?

— Estou verificando se o assoalho é plano — disse Dark. — Em uma casa antiga como esta, numa região de terremotos, o assoalho pode empenar.

O corretor assegurou que a casa era sólida, dentro das especificações de West Hollywood. Dark não insistiu... por enquanto.

Mais tarde naquela noite, voltou, entrando sem permissão. Não foi difícil. Todos os corretores usavam o mesmo tipo de fechadura. Dark pesquisou o quarto durante quase uma hora, até encontrar o que procurava: uma pequena alavanca secreta, oculta em um dos lados do interruptor elétrico, instalado no armário embutido. Girando a alavanca, a placa do interruptor se deslocava. Dentro havia um botãozinho que, quando pressionado, abria uma fechadura sob o assoalho. Um alçapão se ergueu, levando a uma sala secreta.

Dr. Burnett, seu pervertido desgraçado.

Ninguém sabia, nem as agências de imóveis nem os moradores anteriores. O Dr. Burnett se mudara dali no início da década de 1960 — isto é, esperara a prisão, nu e inundado em suor, no meio da casa vazia.

Dark desceu ao porão. Parecia uma sala de exames médicos como as dos anos 1950. Mesas de aço e pias. Armários de metal pintados de branco. Chão de ladrilhos, com um ralo. Seria fácil lavar o local. O Dr. Burnett provavelmente guardava seu estoque de narcóticos ali.

Mas para quê as mesas de metal?

Dark pesquisou mais. Segundo os registros arquivados pela polícia de Los Angeles, o Dr. Burnett era suspeito de ao menos cinco assassinatos de prostitutas na parte oeste da cidade e em Hollywood, durante as décadas de 1940 e 1950. Nunca foram encontrados cadáveres inteiros, somente pedaços. O Dr. Burnett, homem importante na cidade, nunca foi oficialmente acusado. O nome dele ficou enterrado nos arquivos. Ninguém sabia. Ninguém exceto Dark.

Então Dark teve de comprar a casa.

Dark girou a alavanca e desceu ao que se tornara sua sala de estudos. Aperfeiçoara a entrada, substituindo as antigas tábuas do assoalho por novas e reforçando as portas e a escada. Disse a Riggins que queria parar de pensar em monstros e em homicídios. Queria uma vida nova.

Mas a verdade era que não podia.

Instalara dois computadores e um laptop sobre uma bancada montada em uma das antigas mesas de exame do médico. Em três paredes, havia estantes com livros de criminalística e capas azuis que continham antigos volumes sobre assassinatos, retirados das bibliotecas da Divisão ao longo dos anos. Todos os livros que já lera sobre assassinos em série estavam nas prateleiras daquele porão. Ao convidar sua futura esposa para visitá-lo pela primeira vez no seu antigo apartamento, ela vira imediatamente a coleção.

— Você tem muitos livros sobre assassinos — dissera ela, com a voz trêmula.

— Meu trabalho é capturá-los — respondera Dark.

Aquilo não fora muito tempo depois da primeira vez que deixara a Divisão de Casos Especiais e do assassinato de sua família adotiva. Quando se mudou para aquela casa, com Sibby, deixou a coleção guardada em caixas. Durante os últimos meses, no entanto, retirava-os aos poucos, um livro de cada vez. Dizia a si mesmo que pretendia usá-los para organizar suas aulas, mas começara a relê-los, obsessivamente.

Na quarta parede estava a antiga escrivaninha do médico, onde Dark guardava seus objetos de criminalística. Havia também uma porta que levava a um pequeno quarto onde ele guardava uma coleção de armas não registradas e outros arquivos. O porão, que parecera muito cavernoso quando ele o descobrira, estava repleto de registros de crimes, e Dark pensava seriamente em aumentar o espaço. O único problema era como fazê-lo sem que ninguém soubesse. Dark sabia que Riggins não entenderia seus objetivos em manter uma sala como aquela.

Capítulo 7

Chapel Hill, Carolina do Norte

Jeb Paulson embarcou no avião quarenta minutos após sair do gabinete de Riggins — um recorde de velocidade, pensou ele. Como agente da Divisão de Casos Especiais, ele sabia que havia um jatinho à disposição. Pedi-lo, no entanto, não era o correto; havia outros casos, outras prioridades. Riggins esperava que Paulson entendesse isso sozinho. Chegou a pensar por alguns instantes em requisitar um carro, o que levaria cerca de quatro horas, ou três, se pisasse forte no acelerador. Mas poderia chegar mais rápido se reservasse pela internet um voo barato. Pesquisou e fez a compra pelo celular, a caminho do aeroporto Dulles. Passou pela segurança, mostrando o distintivo de agente federal, e seguiu para o portão de embarque, com sua bagagem de mão, cinco minutos antes que as portas do avião se fechassem.

Sua mulher, Stephanie, gostava de provocá-lo por preparar sua bagagem, cadastrá-lo em sites de viagens e manter calças e uma camisa social sobre uma cadeira no quarto do casal, só *por via das dúvidas*.

— Você não é o James Bond — dizia a ele, sorrindo.

— Eu sei — respondia Paulson. — Sou mais bonito, certo?

— Até parece! Você nem chega aos pés do Roger Moore.

— Você está me magoando, Stephanie. Profundamente.

Paulson pagou a taxa extra por um assento na parte dianteira. Tendo sido o último a entrar, queria ser o primeiro a sair. Na fila, reservou um carro de aluguel. Durante o voo, leu tudo o que era possível sobre Martin Green. Aquele seria seu primeiro caso atuando sozinho, e ele investigaria tudo o que aparecesse. Riggins precisava saber que sua confiança nele seria recompensada.

Você não precisa substituí-lo, foi o que lhe disseram. Ainda assim, Paulson não podia deixar de sonhar.

O lendário Steve Dark deixara a Divisão em junho. Em agosto, Paulson ocupou a escrivaninha que fora dele. Cinco anos antes, ainda na academia de polícia, ele colecionara tudo o que conseguira encontrar sobre Dark e o caso Sqweegel, até mesmo um material do qual ele provavelmente não deveria ter conhecimento. Era um personagem fascinante. Um caçador de assassinos nato. Tudo o que Paulson queria ser, embora abrisse mão do passado trágico.

No entanto, até mesmo *isso* o fascinava: saber que alguém era capaz de evoluir em uma ocupação altamente estressante durante quase duas décadas. Muitos homens idolatravam os grandes atletas, especialmente os que conseguiam retornar depois de um período de ostracismo; Paulson idolatrava Dark da mesma maneira, porque, o que quer que acontecesse, sua vida não poderia ser destroçada como a dele. Ele não o permitiria. Aprenderia com as vitórias do outro e não repetiria seus erros. Faria melhor do que ele.

Algum tempo antes, Paulson perguntara a Riggins se poderia conhecer Dark pessoalmente, de maneira informal. Um encontro, para beber uma cerveja. Riggins respondera que não, que isso não aconteceria.

Talvez acontecesse depois que Paulson mostrasse do que era capaz, naquele novo caso.

O caso não envolvia assassinatos em série — ainda —, mas era suficientemente estranho para que os detetives em Chapel Hill alertassem o FBI. Ao mesmo tempo, o nome Martin Green surgiu em conversas importantes em Washington D.C. Aparentemente, ele tinha contatos nas altas esferas, com pessoas ainda mais importantes. Ao que Paulson percebia, aquele nome era mencionado em salas de reunião fechadas, e não no noticiário. Riggins escolhera Paulson para ser o agente principal.

— Isso significa algo — disse ele a Stephanie.

— Claro — respondeu ela com uma careta. — Significa que você chegará muito tarde e não vamos transar.

Paulson sabia que tivera muita sorte ao se casar com Stephanie. Ela compreendia perfeitamente os sacrifícios do trabalho que ele escolhera. Stephanie se dedicava inteiramente a ele e Paulson a amava intensamente por isso, mesmo quando ela ria da mala de viagem.

Chegou rapidamente a Chapel Hill. Junto com Durham e Raleigh, a cidade formava o famoso Triângulo de Pesquisas. Havia mais doutores per capita do que em qualquer outra parte do país. Green parecia ser o mais rico e preparado, ao menos segundo os recortes que Paulson lera no avião. Teve de reconhecer isso, arregalando os olhos ao ver seus dados bancários. Green tinha muitos contatos.

O chefe de investigação do homicídio, um homem alto e de cabelos brancos chamado Hunsicker, esperava-o diante da casa de Green. Apertaram as mãos enquanto Hunsicker lhe passava as informações essenciais, com uma expressão levemente curiosa nos olhos. Paulson sabia o que ele pensava. *Esse cara já terminou o colégio?* Uma das suas desvantagens era ter um rosto infantil e os cabelos escuros serem encaracolados.

— O que sabemos? — perguntou.

Pelas fotos que Riggins lhe mandara, ele sabia como era a cena do crime, mas sempre valia a pena ouvir a descrição de outro investigador.

— Vou lhe mostrar — disse Hunsicker. — É difícil descrever.

Entraram juntos na casa. Originalmente mobiliado com peças de luxo e arrumado por profissionais, o interior estava agora caótico. Papéis, utensílios e roupas se espalhavam por toda parte.

— Um assalto real? — perguntou Paulson. — Ou apenas um disfarce?

— Não, sem dúvida faltam certos objetos — disse Hunsicker. — Joias, relógios, aparelhos eletrônicos, objetos de arte. O pessoal da seguradora esteve aqui. Quem quer que tenha feito isso, saiu desta casa carregando muita coisa. Achamos que Green guardava bastante dinheiro em um cofre no quarto: encontramos envelopes de banco e um pequeno livro de notas. Pode ter sido o motivo do crime, mas, para roubar, basta imobilizar a vítima ou matá-la. Não é preciso fazer essas coisas.

— Me mostre — disse Paulson.

O agente seguiu o detetive até o porão procurando esquecer o que já lera e vira. Queria chegar à cena do crime com olhos virgens.

Green ainda estava pendurado pelo tornozelo, de cabeça para baixo. A perna livre se encontrava dobrada e voltada para trás, formando um quatro invertido. Ambas as pernas pareciam ter sido descarnadas, com muito sangue à mostra. As mãos estavam amarradas atrás das costas. Paulson notou primeiramente a encenação do quadro. Tudo fora preparado para ser observado por quem descesse as escadas. A cena macabra pretendia chocar, apresentar uma imagem que ficaria marcada na mente. Era algo que não deveria ser esquecido, algo *impossível* de esquecer.

Paulson se aproximou para analisar melhor. A cabeça de Green estava fortemente queimada, como se houvesse sido incendiada e, posteriormente, o fogo tivesse sido apagado. Paulson pensou em como o assassino poderia ter feito para que a incineração não atingisse o restante do corpo. Não havia marcas de fogo em outras partes do porão. Seria possível envolver a cabeça de um homem com algum tipo de sacola e acendê-la?

Talvez Green houvesse sido torturado. Os assaltantes sabiam que ele tinha dinheiro escondido em casa e, portanto, o haviam brutalizado até que ele revelasse a combinação do cofre.

Paulson lembrou-se de verificar a fundo a situação financeira de Green. Mesmo naquelas macabras execuções, às vezes o melhor era seguir o rastro financeiro.

— Qual foi a hora da morte? — perguntou.

Hunsicker caminhou pela cena do crime, olhando para tudo menos para o cadáver de Green.

— Pela temperatura do corpo, ele morreu por volta da meia-noite. Foi visto pela última vez em um restaurante a poucos quilômetros daqui, onde falamos com o bartender e o manobrista. Green saiu sozinho.

Talvez tenha buscado alguém no caminho, mas não há indícios de que outra pessoa tenha estado no carro.

— Quem o encontrou? — perguntou Paulson.

— A empresa de segurança recebeu um alerta — respondeu Hunsicker. — O sistema foi desligado e, quando voltou a funcionar, recebemos uma chamada. Já viu algo como isso?

Na verdade, Paulson vira. Algo em tudo aquilo parecia conhecido, mas ele não conseguiu se lembrar imediatamente. No entanto, ficou pensando. Precisava se lembrar do conselho que lera: *Mantenha a mente fresca. Não use atalhos mentais. Deixe que os indícios falem a você.*

Como fazia Steve Dark.

Capítulo 8

A maior emoção para Johnny Knack era ter um prazo de fechamento da edição prestes a se esgotar, pronto para esmagá-lo. Era um repórter até a medula, um cão farejador de notícias. Ultimamente, porém, embora detestasse reconhecer, sua verdadeira emoção não vinha dos prazos.

Vinha de uma pequena pilha de notas de 100 dólares, enfiadas num envelope branco.

Era um presente dos seus patrões, que aparentemente possuíam uma grande quantidade delas.

Bem, era preciso ser esperto. Não entregaria a pilha inteira a um policial. Bastava mostrar o maço, abrir o envelope lentamente, fisgar cuidadosamente um única nota. Não era ela que resolveria a questão, mas as outras. O policial pensaria: *Nunca ganhei 100 dólares com tanta facilidade.* E havia muitas outras notas de onde aquela viera. Bastavam 100 dólares.

Johnny nunca se sentira tão poderoso.

Ainda melhor, ele trabalhava para uma agência de notícias que aparecia frequentemente nos programas de fofoca da TV. Ao ouvirem aquele nome, os policiais sabiam que não estavam lidando exatamente com o *New York Times.* Dane-se a ética. A mídia se transformara, e o Daily Slab oscilava entre a respeitabilidade e a maledicência na terra de ninguém que é a internet. Não era o Daily Beast nem o Huffington Post, tampouco o Drudge ou TMZ.

O Slab tinha uma característica que atraíra Knack havia cerca de um ano: uma obsessão doentia por furos jornalísticos. Era preciso ser o primeiro a noticiar qualquer acontecimento, e para ter esse privilégio a direção estava disposta a gastar muito dinheiro.

O proprietário do Slab era um milionário que fizera sua fortuna na internet, perdera tudo, se recuperara e resolvera tentar a sorte no mundo das notícias. E conseguia os furos porque seus cheques eram os mais recheados. A propaganda dizia que o Slab iria "bombardear a imprensa tradicional até voltarem à Idade da Pedra". Também pagava bem pelos artigos de investigação jornalística mais longos, ao menos em relação à imprensa eletrônica: mais de mil palavras.

Fazia muito tempo que Knack trabalhava em uma denúncia sobre Martin Green, que milagrosamente escapara do escândalo das hipotecas poucos anos antes. Na escola de jornalismo, ensinava-se que as reportagens deveriam focalizar indivíduos. Não havia uma imagem melhor da cobiça do que Green.

E o melhor: *ninguém sabia disso*! O editor do Slab concordava em que todos gostam, tanto quanto os jornais tradicionais, de criar vilões. E Green seria um vilão *extraordinário*.

Por isso, Knack farejara Chapel Hill durante toda a semana, procurando compor a biografia de um homem que fazia o possível para não ser o centro das atenções. Tinha uma bela casa, mas sem a ostentação ridícula. Bebia, mas não em excesso. Era divorciado, mas quem não o é, hoje em dia? Não tinha filhos. Nenhuma mania estranha — ao menos não que Knack soubesse.

Parecia ser uma história entediante até que, pouco depois da meia-noite, o telefone de Knack tocou e um policial informou que Green estava morto.

A partir de então, o repórter passou a rondar a cena do crime durante horas, mas não pôde atravessar a barreira policial. O cerco era apertado, e nem o envelope de verdinhas fresquinhas o ajudou. Aquilo parecia estranho: Green era conhecido, mas também não era o presidente!

Além disso, o tempo corria.

Knack notou que peritos em arrombamento também haviam sido chamados, assim como uma van da seguradora; *isso sim* era interessante. Aparentemente Green morrera depois de sofrer algum tipo de invasão à sua casa. O policial que abastecia Knack de informações emudecera depois da primeira delas, mas dissera, ao telefone: *Isso está um pouco esquisito.*

Ou seja, Green não morrera de infarto.

Era algo diferente, algo *esquisito*.

Às 2h31, Knack pegou seu celular, escreveu uma mensagem de texto e a enviou. Com a parca informação que possuía — que um homem chamado Martin Green morrera na sua casa em Chapel Hill, Carolina do Norte —, criou um artigo de 350 palavras, cheio de insinuações, perguntas e invenções. Naturalmente, tudo com base em fatos sólidos.

A mensagem chegou à caixa de e-mail do editor noturno do Slab às 2h36 e foi colocada no site às 2h38. Qualquer pessoa com um telefone poderia lê-la imediatamente. Ótimo! Mais um furo para o Slab.

O problema era que Knack detestara enviar o artigo. Naquele instante, até mesmo os sonolentos jornais tradicionais estariam atentos a Green e ele daria adeus ao seu longo artigo. Precisaria competir por uma reportagem que era somente sua poucas horas antes.

Precisava se apoderar do assassinato de Green a qualquer custo.

Capítulo 9

Sentado no seu carro alugado, Knack pôs na boca outra bala de hortelã e examinou as possibilidades. Teria sido um assalto que acabara mal? Antes do relatório do legista não se podia saber o que acontecera ao pobre Green.

Mas, e se não fosse somente um assalto? Se alguém quisesse realmente matar Green? Se desejasse vê-lo morto por ser uma pessoa horrível?

Nada do que Knack descobrira até aquele momento apontava para isso, mas poderia ser essa a verdade.

Ele perambulou em frente à casa. Ocasionalmente um guarda o mandava se afastar e ele mostrava um cartão do Departamento de Polícia de Chapel Hill (outro presente do seu amigo policial). Seu estômago roncava, mas ele não queria se arriscar a perder cinco minutos para correr atrás de comida. Caso se afastasse dali, ainda que por pouco tempo, poderia perder fatos importantes.

Em vez disso, engoliu mais balas de hortelã e procurou convencer seu estômago de que aquilo era comida. Antigamente fumava, mas não gostou de se ver discriminado por todos ao seu redor, dois anos antes. Que merda. Por isso começara a comer balas de hortelã obsessivamente. Não chegava ao fim, cuspindo-as antes que acabassem. Em seguida, começava outra. Ainda assim, as pessoas recuavam quando ele abria a boca.

Ainda estava ali, imaginando cenários, procurando uma forma de entrar, quando viu alguém interessante se aproximar. Um jovem, vestindo calças jeans, relógio caro, sapatos elegantes, em um carro alugado. Quase imediatamente o recém-chegado foi acompanhado para dentro da casa, como se fosse um rei. Não trazia o colete do FBI nem outros sinais de identificação, mas praticamente gritava: *agente federal*.

Caramba, Knack precisava saber quem ele era, e rápido.

Poderia, naturalmente, tentar as fontes oficiais, o que era quase sempre uma imensa perda de tempo. Em vez disso, aproximou-se do carro e tentou abrir a porta pelo lado direito. Estava destrancada. Ele adorava a confiança suprema dos agentes federais. O homem chegara à cena de crime cheia de policiais; para quê se preocupar em trancar a porta do carro?

Knack se acomodou no assento e abriu o porta-luvas. Ali estava o documento do aluguel do carro, como imaginara. Deve ficar com o cliente o tempo todo, mas talvez o homem estivesse com pressa de chegar à cena do crime.

Vamos ver quem é você...

... Sr. Jeb Paulson?

Knack anotou o nome, o endereço e o telefone e, em seguida, recolocou o documento no envelope, guardando-o no lugar em que o achara. Procurou rapidamente pelo interior do carro. O veículo cheirava a novo — era um spray que essas empresas usavam. Knack cérta vez escrevera um artigo sobre isso.

No assento traseiro havia uma mala entreaberta, com a ponta de uma pasta para fora.

Olhou em volta. Ninguém notara sua presença; não ainda.

Voltou-se para trás e pegou a pasta, abrindo-a. Dentro havia alguns dados sobre Martin Green, os mesmos que Knack descolara semanas antes. No fim, porém, estava o que ele queria: uma foto da cena do crime enviada por e-mail. O remetente era alguém chamado Tom Riggins e o destinatário, o misterioso Paulson. A curta mensagem dizia:

EXAMINE ISSO E SIGA PARA CHAPEL HILL.

Pela foto, apesar da impressão em preto e branco e da má qualidade, Knack percebeu que não se tratava de um simples assalto. Alguém torturara o pobre Martin Green. Pendurara-o no teto, esfolara-o, queimara-o; só Deus sabia o que mais. Evidentemente, alguém havia se *divertido*.

A cena do crime lhe trouxe algo à lembrança, mas ele não sabia exatamente o quê. Knack fora educado como um bom menino católico e aquilo lembrava o martírio de algum santo. Houve santos que morreram apunhalados, outros que tiveram os olhos e a língua arrancados e que depois foram obrigados a comê-los. Houve santos esfolados vivos e jogados em salinas. Não era preciso ver filmes de torturas. Para conhecer histórias reais, bastava ler as biografias dos santos.

Qual fora o santo pendurado de cabeça para baixo para ser torturado? Era uma pena que ele já não soubesse onde estava a irmã Marianne. Ela poderia ajudá-lo a descobrir em um minuto.

Subitamente se lembrou de onde estava: num carro alugado por algum agente federal que ele não sabia quem era. Se fosse pego ali, poderia acabar encapuzado em alguma prisão clandestina em Cuba. Segurando a folha, guardou a pasta na mala, saiu do carro e fechou a porta. Calmamente, foi para seu carro, pensando onde poderia encontrar um scanner.

Na copiadora próxima dali, enquanto esperava que a imagem fosse digitalizada, imaginava de que modo poderia saber mais a respeito. Enquanto isso, pesquisou no Google sobre o misterioso Tom Riggins. Era um funcionário de longa data de algo chamado Divisão de Casos Especiais, que era notável apenas por não ser muito mencionada. Parecia algo ligado ao FBI, mas o nome de Riggins também surgiu relacionado ao Departamento de Justiça. Interessante. Nesse caso, Paulson também devia pertencer à Divisão de Casos Especiais. Por que teria sido mandado para o local do assassinato de Green?

Uma hora depois, Knack havia enviado um novo artigo ao seu editor, dizendo que Green poderia ter sido vítima de um "culto fanático" — ele adorava aquilo! —, segundo "fontes anônimas bem informadas".

Reforçou essa afirmação com frases atribuídas a policiais locais, sem especificar os nomes, assim como citações inócuas de amigos e de conhecidos que poderiam ter conotações sinistras ou desesperadas, conforme o contexto. Por exemplo:

Green era um homem reservado, o que poderia significar que se escondia.

Green bebia ocasionalmente, o que também poderia dizer que afogava as mágoas em uísque.

Green era divorciado, ou seja, nem mesmo sua família o suportava. Consequentemente, merecia morrer.

O truque era não afirmar abertamente, mas apresentar os "fatos" e as citações. Os leitores saberiam tirar as conclusões. Para eles, bastava alguns detalhes superficiais que lhes permitissem rotular um homem como Green e, em seguida, divulgá-los. Evitava-lhes o trabalho de pensar mais profundamente.

Green = rico e ambicioso = sujeito cheio de culpa = alvo de vingadores fanáticos.

Simples assim.

Falar em um "culto assassino" era intencional, para provocar uma reação da polícia federal; eles desejariam saber as fontes de Knack. Bem, amigos, uma mão lava a outra. Além disso, ele possuía o melhor trunfo: uma foto da cena do crime.

Capítulo 10

West Hollywood, Califórnia

Mais uma noite, mais um despertar em pânico. Outra busca desesperada em toda a casa, verificando portas e janelas, principalmente no quarto semiacabado da filha. Mais algumas horas de vigília para esperar a alvorada.

Dark passava o tempo procurando histórias de homicídios.

Sabia que não deveria fazer isso e prometera a si mesmo que afastaria os assassinatos da sua mente. Se não por outro motivo, ao menos para o bem da filha. Ler sobre o assunto era como um alcoólatra olhar o estoque de uma loja de bebidas ou um viciado em heroína espetar o braço com uma seringa, para, você sabe... *só para se lembrar da sensação.*

Dark sabia disso.

Mas ainda assim lia as reportagens na internet.

Naquela manhã, havia a história da mulher que matara o marido em um hotel de luxo, de 3.500 dólares por noite, em Fort Lauderdale. Era seu aniversário de casamento. O bilhete de suicídio dizia que suportara 13 anos de inferno. Outra falava de um pai em Sacramento que havia asfixiado a própria filha, de 2 anos. Entregara-se à polícia e pedira para ser executado imediatamente. E ainda um contador esfaqueado numa rua de Edimburgo, na Escócia. Um bandido afirmava que sua pistola disparara acidentalmente quando ele a encostou na cabeça de um menino a quem assaltava. Ao menos oito, não, nove casos de crianças que atiraram em outras. E tudo isso só a partir da meia-noite.

Todos os dias acontecem aproximadamente 1.423 assassinatos. O que dava um a cada 1,64 segundo. Dark fazia um rápido levantamento diário de notícias de homicídios, o que incluía as mais cruéis palavras do dicionário: *Espancado. Esquartejado. Esfaqueado. Baleado. Destripado.*

Mas naquela manhã, Dark encontrou algo que lhe saltou à vista.

A tortura ritual seguida de assassinato de um homem chamado Martin Green.

Dark leu rapidamente o relato que aparecera em um site de fofocas da internet, chamado Slab. Continha tudo o que ele mais detestava no jornalismo policial moderno: era sensacionalista, vagamente sádico, sangrento e com pouquíssima informação. O repórter, Johnny Knack, construíra uma narrativa quase sem base. O que mais irritava Dark era a falta de detalhes. O que aparecia no artigo era enganador, obscurecia os fatos reais e se apoiava na premissa completamente frágil: de que um conselheiro financeiro chamado Martin Green fora vítima de um "culto assassino".

No entanto, Knack apresentava uma peça exclusiva:

uma foto da cena do crime, obtida diretamente da equipe de Casos Especiais. Ou, como dizia o jornalista: "fontes bem informadas próximas da investigação".

Dark copiou a imagem do site do Slab e a levou para o projetor do seu computador. Mais alguns cliques e a imagem foi projetada na única parede encoberta do porão. Levantou-se e apagou a luz. A imagem brilhante dos últimos momentos de Martin Green iluminou o concreto pintado de branco. Não estava em tamanho natural, mas era suficiente para que Dark visse os menores detalhes.

Quanto mais observava, mais era óbvio que a posição do corpo não servia a nenhum objetivo específico de tortura. Não era como a tortura com água ou pela asfixia. O corpo do homem fora posicionado para dizer algo. Era um ritual.

Por que o assassino fez isso com você, Sr. Green?

Por que queimou somente sua cabeça?

Por que cruzou suas pernas dessa maneira? Um número quatro invertido. O número significaria algo para o assassino? Ou para você?

Quem *era* você, Sr. Green? Apenas o homem errado no lugar errado e na hora errada? Ou o assassino o escolheu para esse macabro ritual com um objetivo específico? Achou-o, estudou-o, emboscou-o? E depois, numa noite, bem tarde, surpreendeu-o?

Só o fato de *existir* uma foto era uma surpresa para Dark, pois a equipe fazia grande esforço para manter seus casos longe da imprensa. Aquela imagem significava que seu velho amigo Tom Riggins tinha um espião no departamento ou ao menos um funcionário ambicioso que procurava aumentar o magro salário pago pelo governo. Entregar à imprensa fotos como aquela não era apenas motivo de dispensa, na opinião de Riggins, mas uma falta que merecia castigos prolongados e prisão perpétua. Dark podia imaginar a reação de Riggins a algo como aquilo. Ele estaria como um tubarão drogado, vagando pelos corredores, procurando sangue.

Dark se viu estendendo a mão para o celular, quase apertando a tecla de discagem automática — o número 6 — que o levaria a Riggins. Em seguida, parou e jogou o telefone na mesa.

Riggins fora claro: nenhum contato. Nenhuma conversa, nem mesmo um café e um papo sobre o tempo. Tudo terminara para ambos.

Capítulo 11

O celular tremeu no seu bolso. Dark reconheceu o número dos sogros, em Santa Bárbara. Uma voz doce e delicada falou:

— Alô... papai?

Era sua filha, Sibby. Tinha o nome da mãe, morta no dia em que a menina nasceu. A pequena Sibby tinha 5 anos, mas ao telefone parecia ainda mais nova.

— Oi, querida — disse Dark, ainda observando a imagem de tortura na parede. — Como você está?

— Estou com saudades, papai.

— Eu também, querida. O que você fez hoje?

— Fomos brincar no balanço e depois no escorrega. Desci no escorrega trinta vezes!

— Muito bem, querida.

— Umas cinquenta vezes!

— Verdade? — disse Dark. — Tantas vezes?

Sabia que deveria tirar os olhos da parede ou fechá-los. Alguma coisa, qualquer coisa. *Preste atenção na sua filha, seu idiota.* Seus olhos, porém, se recusaram a se mover. Por que o assassino pusera o corpo naquela posição? Havia algo na cena do crime que ele não percebia? Era frustrante ter acesso a apenas algumas partes. Para trabalhar bem, Dark precisaria estar lá, ver o corpo, cheirá-lo, tocá-lo.

Logo depois a voz doce o tirou dos seus pensamentos.

— Papai!

— Sim? O que foi, querida?

— Vovó disse que eu preciso ir para a cama agora — disse Sibby.

Antes que Dark pudesse responder, ouviu-se um clique. Ela desligara. Ele se recostou na cadeira, cruzou os braços e fechou os olhos. O que estava fazendo? Por que *sempre* se preocupava daquela maneira? Aquele caso não era seu. Às vezes desejava se desligar daquilo. Passar seis meses agindo de maneira normal, para se recordar de como era, e talvez ficasse bem novamente.

II

O Louco

Para ver a leitura pessoal de Steve Dark
nas cartas do tarô, acesse grau26.com.br
e digite o código: louco.

Falls Church, Virgínia

Jeb Paulson tentou se lembrar de onde estava, do que fazia. Não conseguiu. E isso o aterrorizou. Mesmo depois do sono mais profundo, sempre recuperava a memória em um instante. Mais estranho era ver o céu estrelado e respirar o ar frio da noite. Sob seus dedos havia algo pegajoso. Está vendo? Nada fazia sentido. Não tinha certeza nem de que dia era. Talvez o fim de semana, pensou. Claro, precisava ser.

— Levante-se — ordenou uma voz.

Algo de metal foi encostado em um lado da sua cabeça. Era a ponta do cano de uma arma. Paulson iria se virar para aquela direção, mas a voz rude soou novamente.

— Não se vire. Levante-se, apenas.

Lentamente, Paulson se ergueu. Todo o seu corpo tremia, como se estivesse com febre. Sentia arrepios na pele.

— Comece a andar.

Sentiu a arma cutucando-o na altura dos rins. Seus músculos estavam ultrassensíveis. Tudo lhe doía. O menor toque era uma agonia. Não se sentia daquela maneira desde uma forte gripe que tivera poucos anos antes.

— Continue a andar — disse a voz.

Percebeu onde estava ao seguir pelo terraço com chão de cimento. Era a cobertura do prédio onde morava. Reconheceu as copas das árvores do outro lado da rua; a fiação telefônica e o parque, mais adiante. O que estaria fazendo lá?

Espere... começava a se recordar. A última coisa da qual se lembrava era de ter saído com o cachorro, Sarge, para uma volta, na noite anterior. Claro, estava caminhando com Sarge, pensando em Martin Green e procurando adivinhar o próximo movimento do assassino. De repente, acordara no telhado...

Não, não tinha sido bem assim. *Algo* acontecera antes — Sarge latindo, Paulson estendendo a mão para a porta, procurando voltar antes que Stephanie adormecesse.

Ah, meu Deus. *Stephanie.*

— O que quer comigo? — perguntou ele. — Quer falar comigo? É isso? Tem algo a me dizer?

— Continue a andar.

— Logo chegarei à beirada.

— Pare quando chegar — disse a voz. — Quero lhe mostrar algo, agente Paulson.

— E se eu não quiser?

— Atirarei em você e depois farei uma visita a Stephanie.

Naquele momento, o coração de Paulson saltou. Queria se virar e acabar com aquele desgraçado que ameaçara sua mulher. Levaria um tiro, ou três, ou quatro se fosse preciso, não importava. Era preciso deter aquele sujeito *agora*, antes que se visse completamente indefeso, à mercê dele, incapaz de salvar Stephanie.

Não era assim, porém, que um agente da Divisão deveria se comportar. Não deveria encurralar o monstro, mas fazê-lo sair do seu esconderijo. Paulson maldisse a si próprio. Era mais esperto que isso. Estava deixando que o outro o irritasse.

Portanto, aproximou-se da margem. Ao olhar para baixo, se sentiu tonto. Nunca gostara de altura. Na verdade, sempre que possível a evitava. Mas, se fosse obrigado, *conseguiria* saltar? Havia uma sacada a cerca de 3 metros, à direita. A queda seria rápida demais para que ele pudesse se agarrar, mas, se desse um ou dois passos adiante, talvez fosse possível...

— O que quer me mostrar? — perguntou Paulson.

— Ponha a mão no bolso do roupão.

Paulson gelou. Não se lembrava de ter vestido um roupão. Percebeu que as roupas que usava não eram suas. Meu Deus, o que havia acontecido? Quem fizera aquilo com ele? Saíra de casa para passear com o cachorro. Lembrava-se de ter dito a Stephanie que voltaria logo. Quanto tempo havia se passado? Stephanie devia estar muito preocupada.

A menos que o desgraçado houvesse chegado a ela primeiro...

— Faça o que eu disse. Agora.

— OK, OK.

Enfiou a mão no bolso, preparando-se para o pior. Sentiu algo duro e de borracha, parecendo um fio de plástico, e imediatamente seu cérebro gritou *bomba*.

Não, havia algo macio e esponjoso na extremidade do fio. Apertou cuidadosamente o fio entre os dedos e sentiu que algo lhe espetava o polegar. Ao tirar do bolso o objeto, já sabia o que era.

Uma rosa branca.

Ficou mais alarmado do que se fosse uma *bomba*. Isso significava que seu atacante estava preparando algo e queria que Paulson segurasse a rosa, vestindo um roupão, na margem de um telhado. Por instinto, soube quem estava atrás de si. Era o pior erro que um novato poderia cometer: deixar que um assassino descobrisse onde ele morava. Paulson gritou e se virou, mas...

algo duro o empurrou por trás da coxa direita.

Paulson perdeu o equilíbrio. Caiu da margem do telhado. Estendeu os braços desesperadamente, procurando onde se agarrar, *qualquer coisa*. Somente após um segundo de queda conseguiu gritar.

Capítulo 12

Universidade da Califórnia — Westwood, Califórnia

As aulas daquela segunda-feira haviam terminado fazia muito tempo e Dark matou o tempo lendo revistas sobre criminalística na biblioteca do campus — *The American Journal of Forensic Medicine and Pathology, Science & Justice, International Journal of Legal Medicine* e *Forensic Science Review*. Blake não aparecera e Dark imaginou que o trabalho dela poderia ser terminado sem sua colaboração essencial. Era hora de voltar para casa.

Dirigiu-se ao estacionamento pela Escadaria Janns, assim batizada em homenagem aos irmãos que haviam vendido o terreno para a universidade. Eram degraus famosos: Martin Luther King e John F. Kennedy organizaram comícios ali. Porém, cada vez que os descia, Dark não podia evitar um pensamento: Este lugar seria perfeito para um homicídio, ao estilo Hitchcock. Bastava um empurrão e você não conseguiria parar, caindo desesperadamente, agitando os braços e girando pelas impiedosas placas de concreto, que esmagariam seu corpo. Claro, seria em plena luz do dia, o que era ainda mais belo. Haveria muitos suspeitos em potencial e quaisquer possíveis testemunhas estariam atentas demais aos próprios passos para perceber o que se passava ao redor.

Lá vem você de novo, pensou Dark. *Só pensa em crimes o tempo todo. Não consegue descer uma escada ou ver um estudante cortando uma fatia de carne sem que seus pensamentos voem para um assassinato?*

Estava no meio da descida quando uma voz gritou:

— Agente Dark!

Dark se voltou, instintivamente estendendo a mão para a Glock, que não estava no bolso. Poucos degraus acima dele havia uma mulher. Não estava vestida como os estudantes, e as roupas eram caras demais para que fosse uma professora. Os olhos brilhantes tinham uma expressão perplexa.

— Não se preocupe — disse ela. — Não vou atacá-lo. Há algum lugar onde possamos conversar?

Dark balançou negativamente a cabeça.

— Acho que não.

Os olhos dela se endureceram.

— Não está me reconhecendo, agente Dark? Meu nome é Lisa Graysmith.

O nome era conhecido, mas Dark não sabia de onde. Ela deve ter percebido a tentativa dele, porque acrescentou rapidamente:

— Você conheceu minha irmã mais nova.

Dark precisou de alguns instantes, mas finalmente recordou. Dezesseis anos. Raptada, torturada e finalmente abandonada para morrer por um monstro que a Divisão apelidara como Sósia. O assassino se disfarçava de alguém conhecido da vítima, incutindo-lhe temporariamente uma falsa impressão de segurança. Aparecia como um amigo ou um membro da família. Os disfarces nunca eram perfeitos, sempre baseados em traços mais amplos — um penteado, um maneirismo. As vítimas, em geral adolescentes e às vezes crianças, percebiam a imitação com certa rapidez, mas era disso que o Sósia, aliás Brian Russel Day, precisava.

Julie Graysmith fora a última vítima. Dark e a Divisão de Casos Especiais o pegaram pouco depois, tentando se misturar à multidão na estação central de trens em Washington D.C. Obrigaram-no a revelar o paradeiro de Julie, mas a equipe não chegou a tempo.

— Não cheguei a conhecê-la — disse Dark.

— Penso que a conhecia melhor que qualquer pessoa — retrucou ela, descendo os degraus. — Você tentou salvá-la e, mais do que isso, prendeu o assassino. Queria poder agradecer.

Dark pensou por um instante. Se a mulher era realmente irmã de uma vítima, não merecia ser tratada com indiferença. Às vezes o melhor que se podia fazer por uma família em luto é simplesmente ouvi-la. Os parentes, no entanto, muitas vezes querem respostas impossíveis ou desejam convencer os policiais a iniciar processos judiciais.

No entanto, Dark já não pertencia à Divisão. A mulher não conseguiria obter muita coisa com ele.

— Há um lugar aqui perto — disse Dark.

Lisa se ofereceu para dirigir e Dark concordou. Teria a oportunidade de ver o carro dela, que se revelou um BMW novíssimo. Um carro de luxo alugado, conforme ele verificou pelo código de barras no para-brisa, que as agências usam para marcar a entrada e a saída dos carros. No pub, a mulher que se dizia Lisa Graysmith pediu chá gelado. Dark preferiu uma cerveja. Uma fileira de aparelhos de TV mostrava programas esportivos.

— Obrigado pela cerveja.

Lisa disse:

— Você saiu da Divisão de Casos Especiais em junho.

Dark a olhou. Poucas pessoas sabiam da existência dessa Divisão, muito menos da movimentação dos agentes. A imprensa noticiara a captura de Brian Russell Day, mas nunca mencionara seu apelido ou a ação da Divisão. Oficialmente, o autor da prisão fora o FBI. Day aguardava execução em Washington.

Dark tomou um gole da cerveja em silêncio.

— Não precisa ser reservado comigo, agente Dark — disse ela. — Depois que aquele desgraçado foi preso, procurei saber todo o possível sobre o homem que o capturou. Fiz muitas perguntas sobre você.

— A quem?

— Vamos dizer que provavelmente nos esbarramos nos corredores várias vezes nos últimos cinco anos.

Ela queria dizer que trabalhava no Departamento de Defesa? Que conhecia Wycoff e seu controle secreto sobre a Divisão?

A mulher se curvou para a frente, encostando as pontas dos dedos na mão de Dark.

— Também sei do pequeno deslize de Wycoff, de apenas 4 quilos.

Dark afastou a mão, pegou a cerveja e tomou outro gole. Agora ela estava se exibindo. Quase ninguém sabia do filho ilegítimo de Wycoff ou da sua ligação com os crimes de Sqweegel.

— Você está mostrando algumas das suas cartas — disse Dark —, mas ainda não sei qual é o seu jogo. Se quer algo, peça. Se está tentando fazer com que eu revele algo, diga o quê. Se não, podemos terminar nossas bebidas e ir embora.

— Você prendeu Day. Capturou muitos monstros ao longo dos anos. É o melhor na sua profissão, mas parou. Não conheço o motivo, mas penso que foi um erro.

— Obrigado pelo interesse — disse Dark.

— Não pode parar agora.

— O que quer dizer com isso?

— Acho que assassinos em série são como um câncer. Se pudéssemos pegá-los logo, salvaríamos muitas vidas.

— Para isso existe o FBI, Sra. Graysmith.

— Mas não são como você. Por isso se retirou, certo? Trabalhavam com lentidão, afogados na burocracia. Não confiavam no seu instinto, mesmo depois de tanto tempo. Queriam que você obedecesse às regras, e, por isso, muitos inocentes morreram.

— São palavras bonitas. Incomoda-se que eu anote?

Lisa se recostou na cadeira e sorriu.

— Você não está me levando a sério. Por que o faria? Sou apenas uma mulher que você encontrou na escadaria da Universidade.

— Você não é uma mulher qualquer — disse Dark. — É bastante atraente.

— Pensei em várias maneiras de abordá-lo. Eu tinha vários cenários na cabeça.

— É mesmo?

— Achei que você gostaria de uma abordagem direta. Creio que estava enganada.

— Sua abordagem nada tem de direta, Sra. Graysmith.

— Então, escute: quero oferecer a você os instrumentos necessários para capturar possíveis assassinos em série. Recursos financeiros, equipamento, tudo. Você não dependerá de ninguém, nem de mim. É o que lhe ofereço.

Era uma oferta boa demais para ser verdadeira. Dark imaginou que poderia ser uma armadilha de Wycoff para fazê-lo abandonar a aposentadoria e ser preso.

— Não, obrigado — respondeu Dark. — Estou ocupado com minhas aulas e com a reforma da minha casa.

Os olhos da mulher se apertaram levemente, mas ela logo se recuperou:

— Você está me testando. Quer que eu prove minha seriedade, certo?

— Não precisa fazer nada. Vou apenas acabar minha cerveja.

Ela sorriu, levantou-se e rodeou a mesa, tocando levemente o ombro de Dark.

— Até mais tarde.

Poucos minutos após ela sair, Dark acabou de tomar a cerveja e, com um guardanapo, pegou cuidadosamente o copo dela, pelo fundo. Derramou o restante do chá no seu copo de cerveja, sacudindo-o algumas vezes. Depois tirou do bolso um envelope plástico — sempre levava alguns, por força do hábito — e guardou o copo.

Não o preocupava a oferta, mas a dificuldade que sentira em *entender* seu objetivo. Evidentemente, Lisa sabia lidar com as pessoas tanto quanto Dark. Ela se esquivara de fornecer todas as pistas principais. Dançara sobre a superfície, como um inseto em um lago. Dark não tinha dúvidas de que ela reapareceria, e, quando isso acontecesse, ele estaria preparado.

Capítulo 13

Primeiro, Dark se certificou de que não estava sendo seguido. Para isso, foi preciso fazer um trajeto com muitas voltas, subindo a Westwood até a Sunset, a Coldwater Canyon Drive e a Studio City, voltando pela Mulholland e depois por alguns atalhos que ele conhecia, para voltar a West Hollywood. Se alguém conseguira manter-se em seu encalço, merecia um prêmio. Após parar diante da casa e examinar as fechaduras, desligou o sistema de segurança e tirou a Glock do lugar em que a escondia, na sala. O pente ainda estava cheio.

Descendo ao porão, procurou a pasta com as informações sobre Brian Russell Day. Depois digitou o nome Julie Graysmith na base de dados do seu computador e recuperou os dados sobre sua família. Havia realmente uma irmã mais velha, *Alisa*.

Ou seja, Lisa.

Dark digitou esse nome e percebeu que o acesso aos registros era restrito por ordem do Departamento de Defesa. Interessante.

Felizmente, ele preparara um outro caminho quando trabalhara com os lacaios de Wycoff, anos antes. Não abusava dele, o que provavelmente explicava o fato de ninguém ter percebido ainda. Apareceram alguns arquivos. Não muitos, o que levava à conclusão de que a maior parte estava oculta, longe de qualquer servidor.

Pelo que Dark pôde ver, no entanto, Lisa Graysmith pertencia a uma organização ligada à Darpa: uma divisão de pesquisa do Departamento de Defesa considerada "remota". Se alguém tivesse uma ideia insana de defesa e um bilhão de dólares, a Darpa encontraria uma maneira de fazê-la funcionar. Dias antes, ele havia lido um artigo sobre seus esforços para transformar excrementos de soldados em combustível.

Qual seria a função dela na Darpa? E o que quisera dizer com "ajuda"?

Dark odiava jogos mentais. Cinco anos antes, quando Wycoff começou a chantageá-lo para que fizesse uma série interminável de "favores", o governo forneceu uma babá chamada Brenda Condor para cuidar de Sibby, a filha de Dark. Ele não gostava de deixar a menina com pessoas desconhecidas, cuja garantia se sustentava apenas em credenciais impressas (facilmente falsificáveis) e em um telefonema de Wycoff. Mas não tinha escolha: não poderia colocar algumas fraldas na mala e sair com a filha atrás de assassinos.

Mas Brenda Condor era mais acabou sendo que uma babá. Wycoff a contratara para vigiar Dark, o que exigia que ela entrasse na sua vida particular: dormisse com ele, oferecesse o ombro para que ele chorasse e fizesse o possível para ampará-lo. Dark era uma propriedade valiosa, e Brenda era sua guardiã.

Há homens que chegam em casa e encontram a esposa trepando com o jardineiro. Dark chegou mais cedo e pegou-a fazendo um relatório detalhado a Wycoff.

Isso, porém, foi ainda mais doloroso.

Dark a expulsou e levou Sibby, ainda bebê, para morar com os avós. Foi a coisa mais difícil que já havia feito. Durante todo o voo até Santa Bárbara, observou os demais passageiros, imaginando qual deles o estaria vigiando ou seguindo. Enquanto isso, a menina, visivelmente satisfeita, babava e brincava com um tigre de pelúcia que ele comprara para ela. Não tinha ideia de que seria abandonada pela segunda vez na sua curta vida.

Espero que um dia você compreenda, minha menininha.

E agora alguém que o fazia se recordar de Brenda Condor — se era esse o nome verdadeiro da agente — tentava se intrometer na sua vida. Ele não confiava nela nem precisava de sua ajuda.

A vida de Dark estava muito longe de ser perfeita, mas tampouco tinha complicações. Sibby estava com os avós, que cuidavam de todos os seus movimentos. Ele passava o tempo dirigindo por aí, trabalhando em casa ou lendo sobre crimes no seu porão. O único motivo pelo qual deixara a Divisão de Casos Especiais fora para limpar sua mente das loucuras e procurar uma maneira de recuperar a companhia da filha. Portanto, a menos que Lisa Graysmith tivesse o poder de ressuscitar os mortos, ele duvidava de que ela o pudesse "ajudar".

Dark foi ao andar superior para lavar o rosto, pegar uma cerveja e tentar organizar seus pensamentos.

Mas ela já estava sentada no sofá, esperando pacientemente por ele.

Capítulo 14

—Quer me dizer como entrou aqui? — perguntou Dark.

Lisa cruzou as pernas e se recostou no sofá. Havia mudado de roupa. Se naquela tarde pretendia aparentar um profissionalismo frio, ali irradiava confiança. Vestia uma blusa cara e calça jeans; esporte fino, o tipo de roupa que Sibby usaria na antiga casa deles, em Malibu.

— Você tem um bom sistema de segurança — disse ela. — E posso dizer que fez algumas modificações interessantes. Mas, sem querer ofender, ainda parece brinquedo de criança se comparado aos sistemas aos quais estou acostumada.

— Não precisa me impressionar — disse Dark. — Fiz meu dever de casa e acho que encontrei o que você queria que eu encontrasse. Seu currículo é o sonho de um espião.

— Quero que saiba que falo sério.

— Estou realmente a levando a sério.

— Não acredito — disse Lisa. — Ninguém nunca me levou a sério. Olham meu sorriso e pensam que sou uma idiota.

Ela colocou a mão na bolsa e tirou uma foto, deixando-a na mesa de centro diante de Dark.

— Essa era Julie.

Dark assentiu, sem olhar.

— Lembro-me da fisionomia dela.

Lisa sorriu com tristeza.

— Não se preocupe. Não vou contar uma história triste. Julie era uma irmã difícil. Eu era dez anos mais velha e parecia que havíamos crescido em lares diferentes. Meus pais me tratavam com severidade, mas foram muito mais brandos com ela. Aquilo me fazia mal. Parecia que ela podia fazer o que quisesse, chegar tarde, beber e ir a festas. Eu me concentrava no trabalho e achei que mais tarde iríamos nos conhecer melhor, quando eu não a considerasse mais uma menina mimada. Bem, nunca tive a oportunidade.

Dark não conseguiu resistir. Olhou para a foto e viu que Lisa se parecia com a irmã. Os olhos, a estrutura do rosto, as orelhas pequenas e o nariz delicado.

— O assassinato dela foi devastador para os meus pais — continuou Lisa. — Estão se divorciando, o que pelo visto é comum. Às vezes é impossível prosseguir depois de algo assim. É preciso ter muita força de vontade para conseguir se levantar todas as manhãs depois de perder alguém querido.

Ela olhava para Dark de maneira convidativa. *Vamos, você perdeu sua mulher da maneira mais horrível possível. Diga-me que compreende. Diga-me que sente minha dor.*

Dark, porém, recusou-se a morder a isca.

— E você? — perguntou ele.

— Comportei-me clinicamente. Foi o que sempre fiz. Quando temos um problema, devemos simplesmente juntar as peças que trazem a solução.

Dark pegou a foto de Julie, virando-a com as pontas dos dedos, e a empurrou sobre a mesa na direção de Lisa.

— Você pensa que sou uma dessas peças.

— Sei que é. Você é o melhor, e isso não é um elogio qualquer. É a realidade.

Dark não respondeu. Foi até a cozinha, pegou uma garrafa de cerveja, abriu-a e jogou a tampinha no lixo.

— Não sou quem você procura. É melhor ir embora — disse, tomando um longo gole.

— Soube do que aconteceu a Jeb Paulson?

Dark afastou lentamente a garrafa dos lábios. Paulson era o membro mais novo da Divisão de Casos Especiais. Dark trabalhara com ele uma vez, num caso na Filadélfia. Da última vez que ouvira falar dele, soube que era seu "substituto".

— Acabei de saber que ele morreu — disse Lisa. — Parece ser o segundo assassinato de uma série.

— O que está dizendo? — perguntou Dark.

Lisa levantou o polegar.

— Martin Green foi o primeiro. Riggins enviou Paulson ao local do crime. — Ergueu o indicador. — Então ele foi morto. Quem quer que seja, está apenas começando.

— Como sabe disso? — perguntou Dark.

— Tenho pessoas em Washington que me informam sobre tudo o que pareça assassinatos em série, mesmo de longe. Como disse, falo sério.

Muita coisa passava pela cabeça de Dark naquele momento, principalmente a ideia macabra da morte de um agente da Divisão.

— O que aconteceu com Paulson?

— Foi atirado do topo do edifício onde morava. Se quiser, posso levar você à cena do crime na Virgínia daqui a quatro horas.

— Para quê?

— Para que você faça o que sabe fazer melhor.

— Não — disse Dark. — A Divisão cuidará do caso.

— Claro, mas não como você. Ninguém é tão competente quanto você.

Dark desviou os olhos.

Lisa se levantou e rapidamente se aproximou dele.

— Esse assassino não vai parar. Tenho os recursos necessários para pegá-lo. Dinheiro, instrumentos, acesso. A única coisa que não tenho é uma mente como a sua. Você nasceu para caçar esses monstros, Dark, e não creio que possa simplesmente ignorar um dom como esse. Creio que desde junho você espera uma oportunidade como essa. Bem, aqui estou. Não há compromisso. Não vou mandar em você. Não vou dirigi-lo. Não influenciarei suas investigações. Simplesmente fornecerei os recursos, darei os instrumentos dos quais você precisa.

Quando algo parece bom demais para ser verdade, nunca é mesmo real.

— Então, o que me diz? — perguntou Lisa.

— Não — respondeu Dark. — Essa vida terminou para mim. Vá embora.

— Está mentindo para si mesmo. Você nasceu para isso!

— Tudo bem, tentei ser delicado... Dê o fora da minha casa!

Lisa o encarou por um instante, com olhos quase suplicantes, mas saiu em silêncio, deixando sobre a mesa a foto da irmã.

Capítulo 15

Quantico, Virgínia

O telefone acordou Riggins de um sono profundo. Até procurar o celular, ele aproveitava o imenso prazer de não se lembrar de quem era ou o do que fazia para ganhar a vida. Ouviu a voz de Constance Brielle, que era quem falava por ele quando não estava no trabalho. De repente, tudo lhe voltou à memória.

— Tom... é sobre Jeb.

Constance narrou rapidamente o que acontecera e disse que a polícia de Falls Church isolara a cena do crime. Antes que Riggins pudesse reagir ou responder, ela afirmou que chegaria à casa dele em alguns minutos. Riggins deixou cair o telefone, sentindo-se arder de raiva e de perplexidade. Em pouco tempo o efeito narcótico do sono se dissipou.

Não, outro não. Não tão depressa! Era uma insanidade. Todo o seu trabalho era uma insanidade! Riggins se considerava um louco por haver permanecido por tanto tempo. Talvez fosse o fator comum — não pôde deixar de pensar. Quem trabalha comigo, morre ou enlouquece rapidamente. Havia quanto tempo Jeb Paulson estava na Divisão? Um mês, dois?

Wycoff era o que realmente preocupava Riggins. Como sempre, ele escondera as cartas tão bem que praticamente as guardara no seu coração frio e negro. O que ele poderia saber? Por que insistira em que Riggins fosse pessoalmente a Chapel Hill? Aquele imbecil sabia que quem fosse até lá se tornaria o novo alvo daquele psicopata?

Riggins se levantou. Estava de cuecas e com uma camisa listrada. Precisava encontrar seus sapatos. Para correr à cena de um crime no meio da noite, é preciso estar calçado. A lembrança de Wycoff o enfureceu.

Controle-se, Tom, pensou ele. *Você está quase chegando na Cidade da Paranoia.* População: (todos estão lá fora atrás de você). Wycoff era ardiloso, mas não era lento. Se quisesse Riggins morto, mandaria seus capangas atrás dele, para levá-lo a um lugar deserto e injetar algum veneno nas suas veias. Talvez, pensando bem, isso não fosse tão ruim.

Ainda assim, Wycoff não revelara tudo o que sabia, e Riggins não podia escapar do fato de que, afinal, mandara o novato para a morte.

Logo Constance ligou novamente:

— Estou aqui fora. Está pronto?

— Estou — mentiu Riggins.

Ainda não vestira completamente a calça e tinha certeza de que não havia mais camisas limpas. É extraordinário o que se esquece quando se trabalha cem horas por semana porque não há ninguém lhe esperando em casa. Riggins encontrou a camisa menos suja, afivelou a cartucheira ao cinto, calçou os sapatos e saiu do apartamento.

Constance, naturalmente, estava linda.

— Tudo bem, Riggins?

— Tudo.

Mas ele não estava nada bem. Uma parte dele rezava para que ainda estivesse sonhando e aquilo fosse um pesadelo.

Partiram para Falls Church, no limite do distrito de Columbia, a cerca de 45 minutos de carro. Da maneira como ela acelerava, provavelmente seriam trinta.

Constance Brielle queria ir ainda mais rápido. O nome que lhe surgia na mente, acendendo e apagando como um anúncio em neon, era "Steve Dark, Steve Dark, Steve Dark". No entanto, aquilo não se tratava de Steve, mas do pobre Jeb Paulson.

Inicialmente ela fora uma verdadeira megera com Jeb. Ele tinha um jeito tranquilamente confiante, como se tivesse um lugar marcado à mesa, e ela odiara aquilo. Era preciso merecer o lugar. Não se podia simplesmente aparecer e esperar que os detalhes fossem explicados, as piadas internas decodificadas. Ninguém havia feito isso por Constance. Em breve, porém, ela percebeu que se tratava apenas de um mecanismo de defesa. Jeb a procurou e tranquilamente a fez revelar algumas coisas. Não fez perguntas idiotas. Eram questões pertinentes, que Constance não pensara em perguntar nas suas primeiras semanas na Divisão. Em pouco tempo, percebeu que era uma espécie de mentora para Jeb, assim como Steve Dark fora seu mentor.

Bem, na verdade Constance fizera Dark assumir esse papel.

No caso de Jeb, no entanto, ela o assumiu satisfeita. Estranhamente, aquilo significava que ela se diplomara. Estava na Divisão havia mais tempo do que qualquer outra pessoa — a taxa de desistência era incrível — e agora somente Riggins era mais antigo do que ela. Jeb, porém, já não estava mais entre eles.

Aquilo não fazia sentido, assim como não fizera sentido a família de Dark ter sido vítima de um maníaco.

Constance não queria que a história se repetisse. Era tarde demais para salvar Jeb, mas não para deter o monstro. Ela pisou mais fundo no acelerador.

Capítulo 16

Falls Church, Virgínia

Um policial uniformizado acompanhou Riggins e Constance à cena do crime, que fora rapidamente isolada da rua com uma fita amarela e lonas. No caminho, ao telefone, Riggins ordenou que a mídia não soubesse de nada. Ninguém viu porcaria alguma. *E nenhum policial pode abrir a porra do bico,* disse Riggins, *ou eu acabo com a raça dele.*

Assassinar um agente da Divisão de Casos Especiais mostrava que o assassino queria chamar atenção. *Bem, foda-se,* pensou Riggins. *Não verá nada a respeito disso nos jornais.*

O cadáver de Paulson estava além do gramado diante do prédio, sobre o concreto. Riggins e Constance olharam para o colega. Tinha os membros torcidos em ângulos estranhos. Na mão direita, segurava uma rosa branca. Havia também uma pena presa aos cabelos escuros. *Que merda,* murmurou Riggins. Ele mandara o jovem agente à cena do crime em Chapel Hill e torcia para que o assassino não o tivesse seguido até ali.

— Acha que foi ele? — perguntou Constance, lendo seus pensamentos.

— Quem?

— O assassino de Green. O cadáver estava em uma posição dramática, como em Chapel Hill. Jeb foi lá no sábado.

Riggins olhou o corpo fraturado de Paulson.

— Não sei.

No entanto, ele sabia. Na verdade, não havia outra explicação. Riggins mandara mais um jovem agente ao encontro da morte. O que teria acontecido se ele próprio, obedecendo a Wycoff, tivesse ido a Chapel Hill? Seria ele quem estaria no chão, com ossos quebrados e olhos sem vida fitando o nada? Teria sido muito melhor. Nada prendia Riggins a este mundo. Por outro lado, Jeb Paulson tinha tudo para permanecer vivo. Seu potencial era ilimitado, mas fora destruído em poucos segundos.

Alguns andares acima, ouviram-se gritos assustados, chamando um médico. Riggins e Constance se entreolharam e subiram correndo.

Um dos policiais de Falls Church jazia no chão, gemendo, inconsciente. Seu corpo estremecia ligeiramente. Era estranho ver um homem como aquele deitado no chão, encolhido como um bebê. Um médico correu até ele, ergueu-lhe ligeiramente a cabeça, colocando sob ela uma toalha, virou-o de lado e suspendeu um pouco seu queixo, para facilitar a respiração. Dois outros chegaram e seguraram-lhe os braços e as pernas, a fim de mantê-lo estável para que fosse transportado a uma ambulância.

— Onde estava ele? — perguntou Riggins. — O que aconteceu?

Outro guarda respondeu:

— Estava aqui, junto comigo. Saíamos do apartamento e *bam*, ele simplesmente caiu.

— Algo no ar? — perguntou Constance. — Alguma coisa em que ele tocou?

— Não tenho ideia — disse Riggins. — Ninguém se mexe. Não toquem em nada!

Riggins pensou que talvez o alvo daquele assassino não fosse simplesmente Paulson. Talvez tivesse pensado em aniquilar um agente jovem da Divisão por saber que os mais experientes correriam à cena do crime, ansiosos por vingar o colega. Nesse momento, a armadilha se fecharia...

— Você — disse Riggins, apontando para o policial que vira o companheiro cair. — Diga exatamente o que aconteceu.

O homem lembrou os próprios passos, narrando-os em voz alta, desde a chegada à cena, o exame do apartamento de Paulson, cômodo por cômodo, armário por armário, até sair para respirar um pouco de ar fresco.

— ... então Jon empurrou um pouco a porta e, em seguida, eu o vi cair.

— A porta — disse Riggins. Algo derrubara Jeb Paulson com tanta força que ele não percebera que era arrastado até o telhado e empurrado para a morte. Tinha de ser algo na porta.

Constance foi até a porta e se abaixou.

— Riggins, há uma espécie de líquido viscoso na maçaneta.

— Muito bem, coletem uma amostra e façam o mesmo nas mãos desse rapaz. Cortaremos o restante e mandaremos para Banner. Preciso que alguém traga uma serra. *Agora.*

Capítulo 17

Sede da Divisão de Casos Especiais/Quantico, Virgínia

Há alguns anos, se você sofresse uma morte violenta e misteriosa em Los Angeles, tudo o que não fosse enterrado ou dividido entre os herdeiros acabaria no laboratório de análise de Josh Banner.

Mas Banner, desde então, se globalizou.

Fora ele quem ajudara a Divisão a encontrar Sqweegel, e Riggins não era um homem que esquecia favores. Tão logo surgiu uma vaga, convidou Banner a trabalhar em tempo integral na Divisão, em Washington. Banner adorou; mais especificamente, adorava estar cercado de indícios. Eles não eram sujeitos a emoções ou a caprichos humanos, eram meramente partes de uma história que era preciso recompor. A Divisão lhe permitia trabalhar nos melhores quebra-cabeças do mundo. Claro, a maneira de se manter mentalmente são em um trabalho como aquele era bloquear o fato de que as peças eram, na verdade, pedaços da vida de alguém. O motivo pelo qual acabavam no laboratório era por a pessoa haver morrido de uma maneira horrível.

Banner, no entanto, crescera aprendendo a compartimentar. Assim ele resolvia os problemas, e assim mantinha sua sanidade mental. E também com histórias em quadrinhos.

Dessa vez, porém, era mais difícil, pois na mesa diante dele estava a maçaneta da porta de um amigo. No seu primeiro dia de trabalho, Paulson metera a cabeça na toca de Banner, dizendo:

— Quero que me conte tudo o que você faz aqui.

Isso era impressionante. Havia agentes antigos da equipe que sequer perguntavam o nome de Banner. Paulson, no entanto, tratou-o como um cientista criminal. Saíram juntos diversas vezes, para comer algo ou tomar uma cerveja. Às vezes falavam sobre o trabalho, em outras apenas se divertiam.

Banner visitara Paulson no seu apartamento. Ao se despedir, beijara Stephanie no rosto e apertara a mão do dono da casa, elogiando o jantar e agradecendo. Em seguida, fechara a porta atrás de si, com aquela maçaneta.

Agora ele a examinava, passando cuidadosamente um pano sobre a superfície de metal. Depois usaria uma máquina para separar os diversos elementos. Mais um quebra-cabeça a resolver.

Mas este, se o resolvesse, estaria ajudando a encontrar o assassino de Jeb.

Trabalhou a noite inteira e quase não ouviu Riggins entrar no laboratório.

— Achou algo, Banner?

— *Datura stramonium*, transformada em arma letal.

Riggins olhou para Banner, esperando que ele falasse. Era quase uma dança: Banner provocava e esperava a pergunta de Riggins. Dessa vez ele não mordeu a isca.

— Desculpe — disse Banner, entregando rapidamente os pontos. — Também é chamada trombeta-dos-anjos ou erva do demônio. É uma contradição estranha, pensando bem.

Riggins ficou calado, esperando.

Banner continuou:

— É um alcaloide absorvido por membranas mucosas. Algumas pessoas o fumam ou mastigam para obter efeitos alucinógenos, mas nunca vi na forma em que está na maçaneta. Pode ser absorvido pela pele, fazendo efeito em poucos segundos e causando paralisia e colapso cardiovascular. Por isso Jeb e o policial perderam os sentidos ao tocá-la.

— É difícil encontrar essa substância?

— No estado natural, não, mas essa sem dúvida sofreu manipulação.

— Quem teria acesso a algo assim?

— Um militar, talvez. Mas não se pode esquecer os laboratórios particulares e as universidades.

Riggins meditou sobre o assunto. O assassino era um homem inteligente ou tinha acesso a tais substâncias — provavelmente as duas coisas.

— Havia isso na casa de Green?

— Não — respondeu Banner. — Apareceu um agente nocivo na forma de aerossol, chamado Kolokol-1. Um homem desmaia em três segundos após inalar aquilo.

— Parece familiar.

— Diz-se que as tropas russas o usaram contra os chechenos em 2002 e...

Riggins, no entanto, não estava prestando atenção; murmurou para si mesmo: *Dois agentes químicos diferentes, usados para fazer as vítimas perderem os sentidos. Por quê?*

Capítulo 18

Washington D.C.

Knack sabia como fazer com que pessoas importantes o atendessem ao telefone. Não era muito difícil. Bastava dar a impressão de haver ligado mil vezes antes, ter um assunto absurdamente urgente e dizer que a menos que a pessoa atendesse "nesse minuto, que merda!" ela perderia algo fundamental. Ao longo dos anos, o repórter aperfeiçoara o exato tom de voz.

No entanto, essa estratégia não pareceu dar resultado na Divisão de Casos Especiais.

— Vou transferir o senhor para o setor de imprensa — disse tranquila uma voz feminina.

— Não, não, meu bem, não quero merda de imprensa nenhuma. Eu quero...

— Fique na linha. Sua chamada está sendo transferida.

— Merda...

Knack desligou. Os assessores de imprensa eram totalmente inúteis para os jornalistas. Precisava tentar outro caminho.

Espere: ele tinha o telefone de Paulson, registrado no contrato de aluguel do carro. Algo dentro dele sentiu vergonha ao ligar para o número de um morto, mas não era a parte dele com um prazo a cumprir.

O telefone tocou duas vezes e, em seguida, ouviu-se um clique. Ótimo, a chamada estava sendo transferida, exatamente como ele pretendia. Mas para quem? Houve um novo clique.

— Aqui é Riggins.

Bingo.

— Agente Riggins? Sou John Knack, do Slab. Uma coisa rápida...

— Tchau.

Knack teve de agir depressa. As palavras seguintes foram pronunciadas num só segundo:

— Sei o que aconteceu com Paulson.

Houve uma pausa. Riggins entreabria a porta, e Knack saltou pela fresta:

— Escute, sei que Paulson esteve em Chapel Hill. Estava investigando o assassinato de Martin Green. E agora está morto. Não acha que é uma coincidência, acha?

— Sem comentários — disse Riggins.

— Não acha muito peculiar que um assassino em série escolha agentes federais como alvos?

— Sem comentários.

— Da última vez que isso aconteceu, foi com Steve Dark, certo?

Knack ouviu um resmungo. Atingira um ponto fraco.

— Sinceramente, Knack? Cá entre nós?

— Diga.

— Enfie esse papo no seu rabo *peculiar.*

Knack não esperava que Riggins lhe confirmasse informações, mas sua reação dizia tudo. Havia muitos tipos de negativas. O repórter abriu o laptop e começou a escrever o artigo. Tinha novas e importantes informações, inclusive a "confirmação" de fontes da equipe de Paulson. Riggins não confirmara nada, mas não iria a público para desmenti-lo. Às vezes bastava conseguir um "sem comentários" ao telefone.

Além disso, Knack sabia que Paulson tinha estado na cena do primeiro crime. E que estava morto, o que suscitava muitas perguntas. Haveria uma tentativa de abafar algo? Ou seria o começo de algo importante?

Capítulo 19

West Hollywood, Califórnia

Dark abriu o laptop. O Slab trazia um artigo sobre Paulson, escrito minutos antes, informando que ele era casado com Stephanie Paulson (nome de solteira, West), de 24 anos, que acompanhara o namorado, vindo da Filadélfia. Ela era professora primária e estava se candidatando a um emprego em uma escola de Washington, onde achava que seu trabalho faria uma grande diferença. Knack descreveu Stephanie como uma mulher inteligente e generosa: exatamente o tipo de companheira capaz de aguentar um marido que trabalhava naquela equipe. Ficaram casados por 13 meses. Não havia qualquer palavra atribuída a Stephanie, mas Knack entrara em contato com suas amigas da época de colégio, através de uma rede de relacionamento, que lhe forneceram os detalhes.

O artigo comentava os aspectos bizarros da cena do crime: o fato de que Paulson "podia ter sido" encontrado com uma flor nas mãos e que caíra do terraço do próprio prédio. "Fontes policiais" afirmavam que ele não fora amarrado, não havia contusões anteriores à queda nem sinais de qualquer tipo de coerção.

Knack dizia possuir uma fonte importante na Divisão de Casos Especiais, o que, se fosse verdade, era preocupante. Ninguém na Divisão falava com jornalistas. Caso Riggins visse um agente conversando com um repórter, ele acabaria com o agente antes de o demitir.

Dirigindo-se à cozinha, Dark juntou as peças mentalmente, procurando compreender qual poderia ser a mensagem do assassino.

Serviu-se de um copo de água e bebeu a metade, até perceber que não havia gosto, era metálico. Não quis mais. Derramou o restante na pia, buscou uma cerveja na geladeira e abriu a garrafa. Precisava saber mais detalhes. A morte de Green — segundo a foto que acompanhara o primeiro artigo de Knack — parecia envolver diversos requintes. Presumivelmente, o assassino tivera bastante tempo para imaginar, organizar e executar o plano. Mas o assassinato de Paulson teria ocorrido de maneira semelhante?

Havia somente uma maneira de saber.

— Aqui é Riggins.

— Sou eu — disse Dark.

Ouviu-se um suspiro penoso, como se alguém houvesse perfurado um pulmão de Riggins com um caco de vidro.

— Uma pergunta — disse Dark. — Você me deve isso, ao menos.

— Não sei o que você pensa em fazer, mas...

— Por favor.... Você sabe exatamente por que estou ligando.

— Não me importo em saber. Não somos mais parceiros.

— Escute, Riggins. Sei que não devo mais me envolver com a Divisão, mas talvez possa ajudar. Não oficialmente, apenas entre você e eu. Vocês são amigos, são como família para mim. Não consigo deixar de pensar nisso, e talvez eu possa fazer algo.

— Não. Você disse que queria sair, e agora está fora. Eu nem deveria conversar com você.

— Deixe-me ver os arquivos da morte de Paulson. Sei que posso ser útil.

— Você é inacreditável.

— Está bem, mas responda a algumas perguntas.

— Você nem deveria estar pensando nesse caso. Por que não dá uma volta e aproveita o sol da Califórnia, como tanto queria? Aliás, por que não passa algum tempo com a sua filha? Ela vai gostar de ver seu rosto.

Riggins sabia ser mau quando queria: fosse para que Dark desligasse ou para realmente irritá-lo.

— Ah, vamos, Riggins...

— Não se deve discutir um caso com pessoas externas. Foi o que você quis, não foi? Não me telefone. Aproveite o sol.

A comunicação foi cortada.

Dark pensou em chamar Constance, mas rapidamente desistiu. Sua relação com Riggins era uma coisa e com Constance, outra, completamente diferente.

Nos meses horríveis após o assassinato de Sibby, Constance lhe fizera companhia, mas muito havia acontecido e era tudo muito recente. Primeiro, jantares. Ficavam ambos em longos silêncios, sentados, preenchendo juntos as horas vazias. Ela tentou substituir Sibby, pensando que poderia tirá-lo da beira do abismo, mas Dark não queria uma substituta para Sibby. Não queria nada exceto fazer seu trabalho.

Constance poderia conseguir as informações, mas isso significaria reabrir aquela porta. Dark era capaz de muitas vilanias, mas não dessa.

Naquele momento, lembrou-se de como poderia conseguir os detalhes. Pegou a carteira e tirou um cartão de crédito.

Capítulo 20

Voo 1412, Los Angeles — Washington D.C.

Desde sua última missão para a Divisão de Casos Especiais que Dark não pegava um avião. Durante quase cinco anos, fora levado aos quatro cantos do mundo, sem avisos prévios. Havia dias nos quais seu relógio biológico ficava tão alterado que ele mal distinguia o nascer e o pôr do sol, e era obrigado a esperar para ver em qual direção o sol se movimentava. Chegara a detestar tanto aviões que era capaz de alugar um carro e dirigir 47 horas até Los Angeles, parando somente para comer e reabastecer.

Mudando-se para Los Angeles, ficava mais perto da filha. A cidade era também um lugar onde podia se perder, pois a conhecia melhor do que qualquer outra. Na verdade, era uma dúzia de cidades ligadas entre si por montanhas, pistas de asfalto, crimes, sol, sexo e sonhos. Uma cidade que ele considerava seu lar.

Preparava-se para deixá-la novamente. Aproximou-se do balcão do aeroporto, deslizou a carteira de motorista na máquina e esperou. Digitou as três primeiras letras do seu destino. Esperou novamente. Nada.

Em poucos segundos, dois guardas uniformizados o circundaram.

— Por favor, Sr. Dark, afaste-se para o lado.

— Por quê? — respondeu Dark.

— Por favor, faça o que peço.

Trinta minutos depois Dark ainda estava trancado em uma sala abafada, junto a uma mesa bastante arranhada. Ninguém lhe dissera por que fora detido, mas ele percebeu sozinho. Alguém, talvez Wycoff, colocara seu nome em uma lista de pessoas sob observação. Se tentasse ir a algum lugar, o alarme soaria e os guardas o escoltariam a uma sala sem janelas, onde ficaria indefinidamente.

Finalmente entrou um homem em um terno azul, com um envelope pardo na mão. No bolso superior esquerdo de seu paletó havia o símbolo de uma companhia aérea.

— Desculpe tê-lo feito esperar.

— Perdi o voo? — perguntou Dark, sabendo perfeitamente que o avião para Washington partira havia muito.

— Depois falaremos sobre isso.

O homem rodeou a mesa e puxou uma cadeira, mas não se sentou.

— Pelo que sei, o senhor é um agente afastado do FBI.

Dark assentiu com a cabeça.

— Qual era sua divisão?

— Se sabe que trabalhei no FBI — disse Dark —, sabe qual era minha divisão. O homem concordou e abriu o envelope, folheando algumas páginas e erguendo as sobrancelhas algumas vezes. Depois de algum tempo, Dark compreendeu que se tratava de um profissional na arte de perder tempo. Era alguém com a missão de mantê-lo preocupado até que a pessoa realmente responsável aparecesse.

Assim, Dark ficou calado, imaginando quanto tempo aquilo ainda levaria.

Passaram-se mais 45 minutos. Após uma entrevista estranha, na qual somente um dos dois falava, o homem foi chamado para fora da sala. Ao voltar, meia hora depois, disse a Dark que poderia ir embora, se quisesse. Não pediu desculpas nem fez outros comentários. Dark se levantou e saiu da sala, passando por diversos corredores até chegar novamente ao terminal.

Lisa Graysmith o esperava.

— Lamento que tenha durado tanto tempo — disse ela. — Às vezes as engrenagens da Segurança Nacional giram mais devagar do que eu gostaria.

— Sem dúvida — disse Dark. — Acho que devo pensar que você não está aqui por acaso.

— Sim, está certo.

— Provavelmente estou em uma lista de pessoas proibidas de viajar.

Lisa ofereceu um sorriso torto.

— Anda paranoico?

Dark ficou calado.

Ela se aproximou e lhe estendeu um envelope da companhia aérea.

— Você tem uma reserva no próximo voo para Washington, sem escalas e na primeira classe. Eu preferiria que fosse um voo particular, mas não queria que você perdesse mais tempo, tendo que ir a outro aeroporto. Da próxima, talvez.

Dark olhou os bilhetes na mão dela. Uma parte sua desejava virar as costas e ir embora para casa. Para pintar o quarto da sua filha, para seguir com sua vida. *Você largou essa merda*, ele pensou. *Então seja homem e* mantenha-se firme na sua decisão.

Em vez disso, pegou o envelope das mãos de Lisa.

— Isso não muda nossa situação — disse Dark.

— É claro — respondeu ela.

Dark tentou dormir durante o voo, mas foi inútil. Quase não dormia em casa: por que conseguiria relaxar em uma caixa de metal a 12 mil metros de altitude? Pensou em Lisa. A mulher dissera que poderia conseguir todos os detalhes que ele desejasse, qualquer coisa. No entanto, ele passara os últimos cinco anos sendo controlado por Wycoff e não desejava encontrar um novo vigia. Nesse caso, por que fazia aquilo, atravessando o país para investigar um homicídio? Por que não deixava isso a cargo de Riggins e do restante da Divisão? Qual era o problema dele, afinal?

Dark não tinha resposta para essa pergunta.

Poucas horas depois, retirou alguns objetos do compartimento superior e caminhou pelo corredor do avião. Já era noite, e ele odiava as horas perdidas quando viajava para o leste.

Constance Brielle o esperava no terminal.

Constance achava que, a essa altura, ela estaria imune, mas seu olhar ainda brilhava cada vez que via Steve Dark. O corpo realmente se adapta aos estímulos negativos, não é? Basta apertar um botão com certa regularidade e receber um choque elétrico para que o organismo acabe por entender que ei, é melhor não continuar a fazer isso. Por que não poderia ser assim com Steve Dark?

Alguém do gabinete de Wycoff telefonara dizendo que o nome de Dark aparecera numa lista de pessoas vigiadas. O resultado foi que Riggins a mandou para esperá-lo no aeroporto.

— Se eu for, vou acabar dando um soco nele — dissera Riggins.

— Por que acha que eu não faria o mesmo? — perguntara Constance.

— Eu não acho — dissera Riggins. — Na verdade, espero que bata com mais força.

Ambos faziam essas piadas, ao estilo rude da Divisão, mas o sofrimento era real. Ao partir, Dark os abandonara. Ele queria voltar? Justamente naquele dia?

Constance, porém, não pretendia misturar ressentimentos pessoais com sua missão. Era uma tarefa simples: fazer com que Dark entrasse imediatamente em um avião de volta a Los Angeles. Se ele se recusasse, ela o prenderia. Além disso, quem sabe? Talvez *realmente* lhe desse um soco se ele tentasse resistir. Pronto; já estava misturando as coisas.

Basta fazê-lo voltar, disse Constance a si mesma.

Dark caminhou diretamente até ela.

— Acho que você veio me pedir para voltar.

— Não vou pedir — replicou ela, segurando um bilhete de passagem. — Você vai embarcar no voo das 8 horas para Burbank, via Phoenix.

— O governo não pode nem pagar um voo direto?

— Esse é o próximo voo disponível.

— Então vá você. O clima de Los Angeles é muito agradável nesta época do ano. Você não precisará passar semanas aguentando ventos gelados.

— Não me obrigue a fazer o que eu não gostaria, Steve.

— Não barre o meu caminho, Constance. Isso não tem a ver com você.

Dark tentou se adiantar, passando por ela, mas Constance lhe agarrou o pulso, apertando-o e puxando-o para si até que ambos ficassem cara a cara.

— Sei por que está fazendo isso. Riggins acha que sua intenção é apenas aborrecê-lo, mas sei que você pensa que a história está se repetindo.

— Você não sabe o que está dizendo, Constance. Me solte.

— A história não vai se repetir. Nós controlaremos a situação. Volte para sua vida.

Dark suspirou. Por um instante, ela pensou que ele desistiria. Em vez disso, torcendo a mão, ele passou a segurar o pulso dela. Um segundo depois, Constance sentiu uma dor subindo pelo braço. Tentou pegar as algemas, mas hesitou.

— Aliás, Stephanie não está no apartamento — disse ela. — Está sob proteção policial.

O rosto de Dark mostrou surpresa por um breve momento. Constance percebeu que acertara no alvo. Riggins pensava que Dark se sentia culpado, acreditando que Paulson tomara seu lugar e acabara sendo assassinado. Ela sabia que não era isso.

— Não me atrapalhe — disse Dark. Em seguida, soltou o braço dela e seguiu apressadamente pelo saguão do aeroporto.

— Ela não é Sibby — murmurou Constance.

Capítulo 21

Falls Church, Virgínia

Constance tinha razão: Stephanie Paulson estava longe do seu apartamento. Hospedara-se no bairro de Georgetown, na casa de Emily McKenney, que estudara com ela na universidade e era professora numa escola em Washington D.C.

Dark as observava, do outro lado da rua. Estavam em uma cafeteria. Não podia ouvir a conversa, mas podia adivinhá-la pela linguagem corporal. *Vamos, coma algo. Beba algo. Não precisa assimilar tudo imediatamente, apenas coma alguma coisa. Jeb não gostaria de ver você assim. Ele desejaria que comesse.*

Pouco tempo antes, Dark também sentia repulsa de qualquer comida. De que adianta comer se não for na companhia de uma pessoa amada? Qualquer alimento o fazia lembrar-se de Sibby. Era uma das muitas maneiras com as quais ela expressava seu amor por ele, e cada refeição era como um beijo. Sem ela, comer era simplesmente um processo físico, uma conversão de calorias em energia. Era o mesmo que uma injeção de vitaminas.

Emily fez a amiga levantar a cabeça e sorriu para ela. Um sorriso amplo, belo, amigável, que dizia: *Estou aqui com você. Não vou embora, vou continuar com você.*

O olhar de Stephanie, no entanto, era inexpressivo. Ela via a amiga e balançava a cabeça, concordando com suas palavras, mas não via significado nelas. *Porque Jeb não estava lá, nunca mais estaria.*

Do outro lado da rua, Dark não conseguia reunir o ânimo para se intrometer nos sentimentos dela. O que poderia dizer? *Olhe, eu trabalhava no emprego que acabou de matar seu marido. E sabe de uma coisa? Um maníaco também matou minha mulher!*

Era absurdo.

Quando sua filha ainda era um bebê, Dark achou que precisava de algum tempo para colocar a cabeça no lugar e que, depois, seria um verdadeiro pai para ela. Ninguém se lembra dos acontecimentos antes dos 2 anos... talvez até mesmo antes dos 3, certo? Dark apenas se recordava de alguns fragmentos angustiantes dos seus primeiros anos. Eram lampejos, não muito diferentes de um sonho. Quanto mais trabalhava nos casos, mais ele imaginava: *Haverá tempo.*

Mas o tempo passara rapidamente e a menina tinha 5 anos. O que poderia pensar, ainda mais quando ele nem sequer lhe dava atenção por tempo suficiente para lhe desejar boa-noite e dizer que a amava?

Todas as pessoas que Dark amara haviam desaparecido. Os pais biológicos, Henry, seus pais adotivos; o pior é que fora sua culpa. A mãe, o pai, o irmão de 9 anos, todos enfileirados, amordaçados e executados. Tudo porque ele perseguira um monstro. O mesmo acontecera com Sibby, o amor da sua vida. Dark ainda perseguia o mesmo monstro, tentando consertar as coisas, e a levara também.

Seu maior temor era que a filha fosse a próxima.

III
Três de Copas

Para ver a leitura pessoal de Steve Dark
nas cartas do tarô, acesse grau26.com.br
e digite o código: copas.

Filadélfia, Pensilvânia

Fazia uma hora que o desconhecido observava as mulheres. Elas riam, encostando-se umas às outras, com apenas um objetivo: ficarem bêbadas. E isso facilitaria tudo.

Seus olhos encontraram os de uma delas — uma loura baixinha, que parecia uma atriz. Provavelmente já haviam dito isso a ela milhões de vezes. A expressão em seu rosto o estimulava. *Vamos, tente alguma coisa. Não estou interessada. É um desafio.*

Levantando a mão, o desconhecido curvou o dedo indicador. *Venha cá.*

Um levíssimo sorriso perpassou o rosto da loura, mas ela fingiu não haver notado o homem e voltou a atenção para as amigas. Não era um problema. O desconhecido era paciente. E tinha muito tempo.

Quando a loura o olhou novamente — claro que o olharia novamente —, o estranho moveu o dedo. *Ah, vai. Venha cá.*

A loura fez um biquinho com os lábios e apertou os olhos, aborrecida. *Está me chamando?*, perguntava em silêncio. *Venha você aqui!* Novamente ela desviou o olhar.

No entanto, não podia ignorar completamente o desconhecido. Tinha um aspecto rude, mas era bonito e não poderia ser desprezado. Embora desde a adolescência todos dissessem que ela se parecia com determinada atriz, era apenas uma cópia. O nariz era um pouco maior do que o da tal celebridade e os lábios, mais finos. E ela sabia disso.

Quando o olhou novamente, o desconhecido sorriu ingenuamente e a chamou outra vez com o dedo.

Ela sorriu, desistindo. *Está bem, seu idiota... Farei o que você quer.*

Confiantemente, o desconhecido lhe deu as costas e levantou uma das mãos, como se pedisse outro drinque. Em poucos segundos, percebeu que ela estava atrás dele. Em seguida, sentiu os dedinhos dela lhe tocando o ombro.

— E então? O que é tão importante para que eu viesse até aqui?

Ele se voltou e sorriu.

— É só que eu sabia que você viria se eu a chamasse por um certo tempo.

O efeito foi incrível, pensou o desconhecido; como se ele a tivesse esbofeteado. A surpresa e o choque a surpreenderam. Ninguém podia falar assim com ela: era uma mulher de classe, uma universitária! A loura pareceu indecisa entre jogar a bebida no rosto do desconhecido, lhe dar um chute ou simplesmente o ignorar completamente.

Escolheu a terceira opção. Ou ao menos tentou.

O desconhecido continuou a sorrir radiante enquanto ela voltava para as amigas, curvando-se e contando sua versão do incidente. Será que ela havia reproduzido exatamente suas palavras ou inventara algo mais cruel?, ele se perguntou. Ela o olhou novamente, cheia de ódio, mas ele não se moveu.

Em breve ela convenceu as amigas a irem ao banheiro, levando as bebidas.

Era quase o momento de começar.

Que sujeito idiota!

Sentando-se, Kate Hale lamentou o que fizera. Por que fora à mesa dele? Porque era burra, isso sim! Além disso, estava começando a ficar bêbada.

Mas era isso o que ela merecia. As primeiras semanas na universidade tinham sido um desastre. Ela esperava ansiosamente pelas férias, que lhe dariam a oportunidade de se recuperar nos estudos. Mas, naquela noite, queria se arrumar e tomar alguns martínis com as amigas. Não deixaria um idiota qualquer estragar sua diversão.

— Esquece isso, amiga — disse Donna, ajeitando-se e alisando o vestido azul. — Num bar como esse, aparecem muitas pessoas inconvenientes. Deveríamos ter ido a Old City.

Enquanto isso, Johnette entrou em uma das cabines. Não gostava muito de martínis, e durante toda a noite tomara vodca com suco de laranja. Estava bastante animada e gostou da oportunidade de ir ao banheiro.

— Mas estamos em 2010, não? — perguntou Kate. — Aquele cara sabe que cantadas como essa morreram na virada do século?

— Estamos na Filadélfia. O que eu posso dizer? As pessoas estão acostumadas.

— Eu deveria ter escolhido uma universidade mais perto da minha cidade.

Donna sorriu.

— Se tivesse escolhido isso, não estaríamos tomando nossos drinques, desabafando e dando o fora em pessoas importunas. Não deixe que isso estrague sua noite. Viemos aqui para comemorar!

As noitadas de segunda-feira eram um ritual para Kate e suas duas melhores amigas. A segunda-feira é a única noite em que não se deve ficar bêbado, e exatamente por isso elas o faziam. Podiam se dar ao luxo de uma ressaca na terça-feira porque ainda estavam na universidade, mas em um ano não teriam mais essas noitadas.

Kate não resistiu. Um sorriso amplo lhe iluminou o belo rosto.

— Vamos dominar o mundo!

— Dominar o mundo, porra! — exclamou Donna.

— Isso mesmo!

— Assim que Johnette acabar a missão ali na cabine — disse Donna, exagerando cada sílaba.

— Johnette? — Kate riu.

Nada.

As duas se entreolharam. Johnette já fizera aquilo antes. Bebia até cair. Literalmente. Não seria a primeira vez que isso acontecia em um banheiro. Ela, no entanto, afirmava que não era alcoólatra. Bebia apenas para se animar. De que outra forma conseguiria passar por tantos anos de estudo com aquelas notas altíssimas?

— Johnette, querida... — disse Donna, suavemente. — Abra a porta.

Kate suspirou e se aproximou do cubículo.

— Estou falando sério... Já chega...

Nada.

— John... — disse ela, empurrando a porta.

Johnette estava realmente sentada no vaso sanitário. Seus olhos inexpressivos fitavam Kate. Uma corda vermelha fora amarrada no seu pescoço, tão apertada que a fizera inchar.

Kate sentiu uma onda gelada lhe passar pelo corpo. Deu um passo para trás. O chão parecia escorregadio. Aquilo não podia estar acontecendo... As pias estavam atrás dela, e Kate estendeu uma das mãos para se apoiar. Olhou para Donna, que sempre fora a mais forte das duas.

Não a viu.

— Donna? — gemeu ela. — Ah, meu Deus, Donna, por favor...

Então Kate sentiu a corda no próprio pescoço. Duas mãos lhe apertaram os ombros, fazendo-a ajoelhar-se. Diante dela havia um espelho grande, ao lado da porta, onde ela podia se ver.

E também a pessoa que estava atrás dela.

Kate recuperou os sentidos por alguns segundos.

Na verdade, não por muito tempo, porém o suficiente para ver o que acontecia ao seu redor. Assustou-se ao perceber que estava em pé. Como poderia sustentar o próprio peso? Sentia os membros dormentes, a cabeça rodando. Piscou os olhos várias vezes, afastando as lágrimas, procurando focalizar a vista. Donna também estava em pé, perto dela. Tinha os olhos arregalados e a boca se abria e se fechava, como se tentasse gritar sem conseguir emitir um som. Kate tentou falar. Queria dizer a Donna que estava tudo bem, que não sabia o que estava acontecendo mas que tudo acabaria bem.

O desconhecido surgiu por trás de Donna, colocando a lâmina brilhante sob seu queixo. Segurava uma taça de martíni diante da moça. A mão que trazia a faca se deslocou para a direita, num movimento quase imperceptível.

O sangue esguichou da garganta de Donna, correndo pelo peito e caindo na taça.

Kate finalmente conseguiu reunir forças para soltar um grito angustiado.

— POR QUÊ? POR QUE ESTÁ FAZENDO ISSO?

O desconhecido a olhou e sorriu. Passou por baixo do braço estendido de Donna; como ela poderia estar ali depois de um corte no pescoço? O homem deu três passos adiante, se aproximando de Kate. Ainda tinha a faca na mão.

— Não é por sua causa — disse ele. — É por causa do que você se tornaria.

Kate tentou gritar novamente, mas o desconhecido foi rápido. No primeiro segundo, ela sentiu a lâmina fria e pegajosa na garganta.

No segundo seguinte, já não conseguiu gritar.

Capítulo 22

Washington D.C.

À 1 hora, Dark conseguiu encontrar um quarto barato perto do Capitólio. Trouxera pouca coisa consigo: uma camisa limpa, um bloco de notas e o laptop. Sabia que precisava se alimentar, então comprou um sanduíche e seis garrafas de cerveja em um mercado 24 horas. Não se lembrava de quando comera pela última vez.

Tomando a cerveja, pensou em Stephanie Paulson. Não podia deixar de notar as semelhanças. Jeb Paulson também estava no encalço de um monstro, mas esse o abatera rapidamente. Por que Riggins o mandara sozinho a Chapel Hill? Em geral, mandava-se uma pequena equipe, ao menos dois agentes. Dark era o único capaz de agir como um lobo solitário. Será que Paulson estava tentando seguir seu exemplo, fazendo questão de agir sozinho?

Pare com isso, pensou Dark. *Pense no caso. Entenda a conexão entre a morte de Paulson e a de Green.*

O primeiro homicídio era um caso complexo de tortura. O assassino precisaria verificar o lugar com antecedência. Por exemplo, teria de se certificar de que o teto suportaria o peso do corpo de Green. Já a morte de Paulson parecia ter sido improvisada, quase uma decisão repentina. Não houvera tortura, somente um empurrão.

Se realmente se tratasse do mesmo assassino, a morte de Paulson deveria transmitir alguma mensagem. Por que atirá-lo do telhado do prédio? Por que não lhe dar um tiro, quebrar seu pescoço ou atropelá-lo? Não, aquele crime também fora planejado. O assassino precisara atrair Paulson ao telhado ou torná-lo indefeso para levá-lo até o local. Precisara fazê-lo recuperar os sentidos, convencê-lo a se aproximar da borda e o empurrar. Era bastante complexo.

Enquanto Dark procurava a conexão entre os dois crimes, seu celular vibrou. Uma mensagem de Lisa:

ACONTECEU DE NOVO. ME LIGUE.

Vinte minutos depois, um carro o buscou na calçada do hotel. Fora o hóspede pelo tempo mais curto que o tedioso porteiro já vira.

— Algum problema com o quarto, senhor?

Dark não respondeu. Não havia nada errado com o quarto, mas provavelmente havia algo de errado consigo.

Lisa lhe dissera que menos de uma hora antes a polícia fora chamada ao local de um assassinato triplo, num pub no leste da cidade, perto da Faculdade de Administração Wharton. Três mulheres haviam sido torturadas e degoladas num banheiro fechado. Os corpos também foram "arrumados".

Aquela era a oportunidade deles, dissera Lisa. Ela o levaria à cena do crime imediatamente e daria a ele acesso integral, onde Dark poderia investigar o que quisesse antes mesmo que alguém da Divisão se levantasse da cama.

— Como? — perguntara Dark.

— Deixe comigo — respondera ela.

Dark achou que ao menos seria uma oportunidade de descobrir qual era, na verdade, o jogo daquela mulher.

O carro o levou a um aeroporto particular, onde um jatinho Gulfstream o esperava. O melhor, nos aviões particulares, era não precisar passar pelo controle de segurança. Em poucos minutos estavam no ar.

Havia outro passageiro: uma mulher de terno. Dark imaginou que ela estivesse aproveitando uma carona num avião do Serviço Secreto, até ela se levantar e perguntar se ele queria algo para beber.

— Não, obrigado — respondeu Dark.

O avião cortava o ar mais depressa do que qualquer voo comercial, especialmente em território norte-americano.

Não apenas por causa do ruído dos motores, Dark se admirou ao perceber que se sentia alerta após um dia inteiro de viagem. Talvez aquilo realmente fosse sua missão na vida. Era uma compulsão única. Se não estivesse caçando predadores, era melhor se deitar e desistir de respirar.

Mas, se isso era verdade, qual seria o lugar da sua filha?

Não mais de vinte minutos depois, o avião pousou na Filadélfia. As luzes da cidade piscavam à distância, na neblina. Dark se questionava: se aquela fora *mesmo* a escala seguinte do assassino, qual era seu motivo? Seria por Stephanie Paulson vir da Filadélfia? Talvez aquilo fizesse parte de um plano. De Green a Jeb Paulson, e deste para sua mulher? O próximo seria alguém da família dela? Ou havia outra conexão misteriosa?

Logo Dark foi transferido para um carro. A parte oeste da cidade ficava a cerca de 15 quilômetros, informou o motorista, e chegariam em cinco minutos. No caminho, o telefone de Dark vibrou novamente. Ele tirou o aparelho do bolso. Era Lisa. Não importava que fosse tarde. Ela parecia perfeitamente desperta.

— Vejo que está a caminho da cena do crime — disse ela. — Tem tudo que precisa?

— Você disse que eu teria acesso — respondeu Dark.

— Estou enviando para o seu telefone nesse momento. Mostre a tela ao investigador-chefe. O nome dele é Lankford. Ele o deixará entrar.

Capítulo 23

Filadélfia, Pensilvânia

Sem os fregueses e o barulho, o bar parecia um palco vazio. O salão estava cheio de mesas, sem ninguém para ocupá-las. As luzes brilhantes destacavam todas as imperfeições — arranhões na madeira, poeira nos lustres, manchas nos tecidos. Num lugar como aquele, só se podia pensar em beber ou comer se as luzes estivessem fracas.

Os corpos haviam sido descobertos uma hora antes do fechamento. Após ouvir os primeiros gritos, um dos seguranças correu ao banheiro feminino e percebeu que estava trancado, com uma chave quebrada na fechadura. Quando finalmente conseguiu arrombar a porta, o homem não pôde deixar de gritar também. Os fregueses, apavorados, fugiram. As mesas ainda estavam cheias de copos pela metade e de asas de frango fritas intactas. Alguns deixaram os paletós, e ao menos um par de sapatos de salto alto ficou para trás. Se aquilo fosse uma filmagem, pensou Dark, indicaria que os atores haviam sido demitidos no meio da produção, deixando tudo como estava.

As mágicas credenciais de Lisa funcionaram. Ao mostrá-las a Lankford, o investigador-chefe rapidamente levou Dark à cena do crime. Dois policiais guardavam o local, mas permitiram que Dark o examinasse.

Era surreal. Em quantas batalhas burocráticas ele se engajara ao longo dos anos? Quantas brigas por acesso aos indícios, mesmo com suas credenciais da Divisão de Casos Especiais?

Dark começou a examinar a cena do crime, encharcada de sangue. Primeiramente o que precisava ser visto logo, embora a confusão de cadáveres e cordas no banheiro exigisse atenção. Dark, porém, conhecia seu trabalho: verificou todas as entradas possíveis (duas pequenas janelas), esconderijos (armários e os tanques dos vasos) e reentrâncias (atrás do revestimento das paredes) antes de se voltar para os corpos, abaixando-se para evitar tocar nas cordas durante a busca. Sempre havia a possibilidade de o assassino ainda estar no local, esperando e observando.

Ele aprendera isso da pior forma, cinco anos antes.

Finalmente começou a examinar a cena do crime, que parecia um show de fantoches vindos diretamente do inferno. Os corpos das três jovens — Kate Hale, Johnette Richards e Donna Moore, segundo as carteiras de motorista nas respectivas bolsas — estavam dispostos por meio de cordas finas amarradas aos canos no teto e aos suportes das cabines. Um conjunto de cordas saía do pescoço de cada uma e ia até o teto. Pouco abaixo, as gargantas foram cortadas, com um golpe rápido e profundo. Outras cordas saíam dos pulsos erguidos até o teto. Um conjunto final de cordas amarrava as cinturas, mantendo-as em posição horizontal. As mãos, cheias de sangue, ainda seguravam as taças. O chão de ladrilhos estava escorregadio, também coberto de sangue.

O assassino fizera o possível para criar uma grande sujeira. Não era como o Dália Negra, que agia como um cirurgião-estripador, ansioso por esgotar o sangue da vítima para, em seguida, lavar e esfregar ternamente o cadáver. Não, aquele assassino se interessava mais pelo cenário que criava.

Dark pensou nas taças de bebida. As moças as seguravam na vertical. Teria sido mais fácil pendurá-las sem se preocupar com isso. Bem, seria ainda mais fácil degolá-las e escapar. O que significariam as taças? Por que enchê-las com o sangue das vítimas? Por que atacar três jovens ao mesmo tempo? Por que não apenas uma?

Os assassinos faziam escolhas, e cada uma delas tinha um significado.

Dark tirou o celular do bolso, ativou a câmera e olhou a tela. O ângulo não era bom. Deu um passo para trás, colocando-se atrás da vítima de vestido cor-de-rosa. Tudo combinava perfeitamente, até mesmo as cores das cordas. Vistas do ângulo adequado, misturavam-se com o fundo. As jovens pareciam estar vivas, erguendo as taças numa comemoração.

Eram três.

O número entrou no cérebro de Dark e se recusou a sair. O número era a chave daquela cena, ele tinha certeza. Por que três?

Dark tirou várias fotos rapidamente com o telefone, mas não exagerou. A menos que Lisa o estivesse enganando, ele teria acesso total aos relatórios do médico-legista da polícia da Filadélfia. Dark precisou reconhecer que se alegrava por saber que não teria de registrar tudo sozinho. Poderia focalizar o quadro mais amplo e entender o que diziam aquelas cenas.

E compreender quem era o autor.

Lankford, o investigador-chefe, o interceptou na saída:

— Agente Dark? Temos algo interessante.

Levou-o a um pequeno escritório fora da área central do bar. Havia um pequeno monitor, preparado para funcionar. Era de baixa definição, com um gravador VHS e câmera em preto e branco, mas era melhor do que nada.

— Olhe para isso... Acho que é o filho da puta!

A tela mostrava um homem sozinho, de cabelos um pouco longos, indo na direção dos banheiros.

— Ele não aparece saindo. As moças estavam no banheiro.

— O aparelho captou a imagem dele antes?

— Ainda estamos procurando, mas parece que ele estava sentado no ponto cego da câmera, no bar. Interrogaremos todos para saber onde estavam sentados e em quais momentos. Tenho certeza de que teremos uma descrição do homem em poucas horas. Farei com que você a receba.

— Obrigado — disse Dark.

Lankford olhou para o lado e, depois, para Dark.

— Escute, sei que não deveria perguntar, mas quem é você, afinal? E por que está interessado nisso?

— Boa pergunta — disse Dark. — Gostaria de poder dar uma resposta.

Lankford assentiu com um leve movimento de cabeça.

— Faz sentido.

Dark perguntou se poderia olhar o videoteipe por mais algum tempo, para o ajudar a recordar a cena. O investigador concordou, especialmente considerando as credenciais que ele apresentara.

Embora não houvesse dormido durante as últimas 23 horas, Dark se instalou para examinar o filme. O assassino provavelmente era esperto o suficiente para não mostrar o rosto, mas havia muitas maneiras de identificar uma pessoa. Apertou o botão REW.

— Sabemos quem é.

A voz despertou Dark dos seus pensamentos. Ele assistira à fita repetidas vezes durante as últimas duas horas, até perceber que o mundo se distanciava e ele sentir que estava sentado no bar. Sentia o cheiro de cigarros — era proibido, mas ninguém reclamaria. Ouvia a música soul e o ranger do banco sob seu peso, e via os anéis formados pela cerveja que esquentava no balcão do bar.

Observava o mesmo homem se levantar do banco e caminhar até o banheiro feminino, e outra vez...

E outra vez.

E outra vez.

Por quanto tempo você planejou isso?

Só pode ter sido planejado. As cordas, a porta trancada, a maneira rápida e metódica com que as atacou e as dominou.

Foi por causa do bar ou das moças?

Durante quanto tempo você as vigiou? Elas tinham alguma relação com você?

Por que três mulheres? Elas esnobaram você? Tentaram você, com vestidos justos acentuando suas curvas?

Por que deixou as três taças nas mãos delas? Quer dizer que eram devassas, que mereciam aquilo?

A voz por trás de Dark o trouxe de volta à realidade. Não importava. Não poderia ficar ali para sempre. O relógio continuava a avançar. Algum membro da Divisão poderia chegar a qualquer momento.

— O nome dele é Jason Beckerman. Operário de construção, natural de Baltimore — disse Lankford. — Juntamos as informações de vários fregueses. Alguém conversou com ele sobre questões do sindicato. Outra pessoa identificou uma tatuagem e outra notou as roupas dele. Não foi preciso muito tempo.

— Está preso? — perguntou Dark.

— Está, foi encontrado dormindo em seu apartamento. Não há sinal das roupas que usou no bar. Onde quer que estejam, devem ter se encharcado de sangue e não admira que as tenha jogado fora. Os técnicos estão investigando o apartamento nesse instante e ele está sendo interrogado. Quer acompanhar?

Dark assentiu.

— Vamos.

Capítulo 24

ora do bar, Johnny Knack sentia o vento frio no corpo, sem saber se a informação anônima era verdadeira ou se era alguma brincadeira idiota.

O informante dissera pertencer ao esquadrão de homicídios da polícia da Filadélfia e admirar o trabalho do jornalista (mentira um: o informante não faria isso a menos que houvesse alguma vantagem). Disse também que fora chamado à cena de um estranho homicídio triplo que ele julgara parecido com os crimes que Knack vinha descrevendo (mentira dois, muito provavelmente: o informante procurara falar como um operário, mostrando-se loquaz, e agentes não se comportavam daquele modo).

Portanto, ou havia uma informação correta ou se tratava de uma brincadeira de mau gosto. O telefonema viera da Filadélfia e, até aquele ponto, outros detalhes estavam corretos: o nome do bar, o horário aproximado do crime. Ainda assim, Knack tinha a impressão de estar sendo enganado.

Viera de Washington de carro e imediatamente começara a trabalhar pelas pontas: vizinhos, espectadores. Depois de algum tempo, tinha material suficiente para um artigo para seu editor no Slab: "Novo ataque do assassino de Green?" Ninguém, porém, quis dar declarações formais.

Tudo era suposição e insinuação. Por isso ele não mandara imediatamente o artigo, ao menos até que encontrasse algo vagamente parecido com um gancho oficial no qual pendurar sua narrativa.

Knack precisava também de um nome para o homicida. Todos os assassinos em série famosos tinham um apelido. O *BTK matador*, o *Atirador do Anel Rodoviário*, os *Estranguladores da Colina*. Os nomes mais fáceis derivavam do local, mas aquele sujeito andava por todos os lados. E, se fosse o mesmo homem, mudava rapidamente de método. Torturara uma vítima, atirara outra do alto de um prédio e, em seguida, atacara três moças simultaneamente. Não poderia se ater a um método, como a maioria dos assassinos em série?

Pouco depois, Knack viu um homem com os olhos vermelhos sair do bar, acompanhado por outro que certamente era do esquadrão de homicídios da Filadélfia.

Quem seria o homem misterioso? Ele vestia calça jeans e uma camisa social. Com base nas reações dos guardas uniformizados, Knack percebeu que não se tratava de um policial da Filadélfia. Pegou o telefone e tirou várias fotos. Tinha a impressão de conhecer o homem, mas vira tantos rostos ao longo dos anos que costumava achar que *todos* eram conhecidos.

Depois de entrar em uma cafeteria para redigir o artigo, Knack olhou novamente as fotos no celular. Talvez o homem misterioso fosse importante. Talvez fosse outro agente da Divisão de Casos Especiais.

Estudou as imagens e, em seguida, abriu um site de busca. Não era o Google nem outros comerciais. O Slab era cliente de uma grande agência de fotografias. Knack digitou "AGENTES DA DIVISÃO DE CASOS ESPECIAIS". Menos de um segundo depois, percebeu que estava olhando para o mais famoso de todos os agentes daquela Divisão. O nome dele era Steve Dark.

Cinco anos antes, a mulher dele, Sibby, fora raptada, torturada e finalmente morta por um contorcionista maníaco que vestia uma roupa feita de látex, escondendo-se embaixo de camas antes de surgir no meio da noite para se divertir com os corpos adormecidos. Mais tarde se verificou que esse contorcionista, a quem os agentes federais chamavam de Sqweegel, tinha uma obsessão por Dark, preparando-lhe surpresas nos dias que antecederam o assassinato de Sibby.

Boato: Sibby Dark dera à luz um bebê enquanto estava sequestrada no covil do maníaco.

Boato: em represália, Dark matara Sqweegel; mas os agentes da Divisão abafaram o incidente.

Nem uma linha sobre esses detalhes aparecera na imprensa tradicional, e o material ficou relegado a sites de aficionados por crimes em série, principalmente o Level26.com. Houvera muitos boatos sobre Dark, e mais ainda sobre Sqweegel. Assim como Elvis, acreditava-se que o antigo Sqweegel ainda estivesse vivo, escondido em algum sótão, esperando por uma vingança sangrenta. Os mais excitados entre os adeptos dessa teoria da conspiração achavam que Sqweegel certa vez atacara em Roma, envenenando dezenas de pessoas e deixando, na cena do crime, uma das suas roupas características, porém agora de cor preta.

De qualquer forma, o envolvimento de Steve Dark tornava aquele caso ainda mais interessante, especialmente devido às notícias mais recentes.

Comentava-se que Dark fora obrigado a deixar a Divisão de Casos Especiais.

Knack precisava entrar na cena daquele crime e verificar o que estava acontecendo. Antes, no entanto, pegou o telefone. Era hora de mandar mais um artigo.

Capítulo 25

Jason Beckerman manteve sua história, dizendo que chegara em casa por volta das 20 horas e tomara algumas cervejas para relaxar após um longo fim de semana de trabalho. Não fora a nenhum bar na zona oeste da cidade. Ficara no quarto e adormecera cedo.

— Tomei umas copas, confesso — disse ele. — Mas isso é algum crime? Quero apenas voltar para casa e dormir um pouco mais. Preciso trabalhar amanhã, preciso trabalhar todos os dias, se eu tiver sorte.

Não, ele não tinha estado com mulheres. Era só o que faltava! Sua mulher, Rayanne, o estrangularia se ele se envolvesse com alguma universitária.

Beckerman queria apenas dormir e esquecer. Era seu único dia de folga; trabalharia no turno da manhã no dia seguinte. Queixou-se de que a ressaca não valia as poucas cervejas que tomara na noite anterior. *Merda, minha cabeça está me matando!*

— A história dele confere? — perguntou Dark.

Estava com Lankford numa sala ao lado do local de interrogatórios. Uma fileira de monitores mostrava o interior da sala em três ângulos.

— Um vizinho o viu chegar em casa pouco depois das 8 da noite, como ele disse, mas outro jura que eram 9.

— E o emprego? Ele realmente trabalha com construção? — perguntou Dark.

— Sim, faz parte de uma equipe que está construindo um prédio na cidade. Mora em Baltimore, mas alugou um quarto simples durante o período em que estiver trabalhando aqui. Em Baltimore são realmente altas as taxas de desemprego. Tudo confere.

— Acha que pode ter sido ele? — perguntou Dark.

— Claro. Tem força e mau humor suficientes, e evidentemente não se trata de um feminista. Mas falta algo...

— Um motivo.

— Não há nada que o ligue àquelas mulheres. No entanto, testemunhas o viram na cena do crime. Uma das vítimas, Katherine Hale, foi até o bar e lhe falou algo, afastando-se rapidamente em seguida. Ninguém ouviu o que disseram. É possível que ele tenha se aborrecido a ponto de matar a moça e as amigas e depois amarrar os corpos no banheiro, como animais caçados?

— Não é provável — disse Dark.

Ouviram Beckerman repetir várias vezes suas declarações. O interrogador trabalhava bem. Era paciente, mas exigia precisão nos detalhes. Beckerman parecia estar de ressaca e ansioso para dormir. Pediu apenas uma Coca-Cola diet, para se manter acordado.

— Não mereço essa dor de cabeça, amigo.

Lankford olhou para Dark.

— Acha que é ele?

— Quem?

— Quem quer que você tenha vindo buscar.

A cabeça de Dark, porém, divagava, repetindo as palavras de Beckerman. Algo lhe parecia estranho. Como ele dissera? *Tomei umas copas, confesso*, dissera ele. Uma maneira antiga de se dizer que estava bêbado. Talvez Beckerman ouvisse seu pai falar assim e, por isso, usava a expressão: *Umas copas*.

Na cena do crime, as moças seguravam três taças, três copas.

— Merda — murmurou Dark.

Lankford se voltou para ele.

— O que foi?

— Preciso do seu computador.

Minutos depois, Dark digitou TRÊS DE COPAS no computador de Lankford. Uma imagem surgiu na tela, exatamente a imagem que vira na cena do crime. Dark xingou em voz baixa e digitou outras palavras para busca. O ENFORCADO. O LOUCO.

Cartas de tarô.

O assassino arrumava as cenas como nas cartas de tarô.

Capítulo 26

Quantico, Virgínia

O celular de Riggins tocou. Era Wycoff. Fantástico, justamente o que ele precisava.

— Está ignorando meus e-mails de propósito? — rosnou o secretário de Defesa.

Ah, mas que simpático, esse Wycoff. Riggins suspirou e acessou sua caixa de entrada em meio a uma confusão de arquivos e janelas abertas na tela do seu computador. Claro, Wycoff enviara um e-mail urgente, com três pontos de exclamação ao lado do nome. Bem, devia ser mesmo importante. No e-mail havia um link para uma coluna do Slab. A manchete dizia:

**CAÇADOR DE ASSASSINOS VOLTA AO TRABALHO
PARA VINGAR SUA AMADA**

O autor era Johnny Knack — o repórter idiota que ligara para ele. Abaixo, a foto de Steve Dark, com o celular encostado ao ouvido, saindo do local do homicídio triplo na Filadélfia. Riggins não queria acreditar, mas a imagem não mentia. Era realmente Dark. Tinha uma expressão conhecida no rosto, de um caçador de assassinos imerso em pensamentos, bloqueando tudo exceto a cena do crime. Riggins vira centenas de vezes aquele olhar no rosto de Dark.

— Merda — murmurou para si mesmo.

— Então — falou Wycoff —, o que seu rapaz estava fazendo na Filadélfia?

— Não tenho a menor ideia. Estamos num país livre.

Wycoff não deu atenção ao comentário.

— Quando você disse que Dark tinha saído da equipe, jurou que ele seria excluído. Ele não pode visitar cenas de crimes à vontade.

— Vou verificar, mas provavelmente há outra explicação. E você sabe disso.

— Outra explicação? — perguntou Wycoff. — Estou olhando a foto nesse momento! O que você acha? Que ele tem um irmão gêmeo andando por aí? Que, por acaso, estava perto da cena de um homicídio triplo?

A ideia efetivamente passara pela cabeça dele. Riggins era a única pessoa que conhecia os segredos da família de Dark, todas as raízes tortas daquela árvore genealógica.

— O problema é seu, Tom — disse Wycoff. — Quero que cuide pessoalmente dele.

— O que quer dizer com isso? Acha que devo segui-lo?

— Escute, estou lhe fazendo um favor ao falar primeiramente com você. Ou cuida dele ou mandarei pessoas que ficarão muito felizes com esse serviço.

Aquelas palavras deflagraram instantaneamente uma associação de ideias na cabeça de Riggins. O esquadrão secreto de Wycoff — matadores clandestinos que se vestiam de preto e tinham uma predileção por agulhas. Mais de uma vez Riggins tivera de enfrentá-los. Ele os odiava mais do que aos assassinos que havia perseguido. Ao menos estes monstros se colocavam claramente no lado errado. Aqueles desgraçados, perpetradores de operações escusas, matavam secretamente em nome do governo dos Estados Unidos e provavelmente recebiam aposentadorias polpudas.

— Vou falar com ele — disse Riggins, jogando o telefone sobre sua mesa.

Por que Dark estaria se envolvendo naquele assunto? E como poderia ter chegado tão rapidamente à cena do crime na Filadélfia? Talvez alguém na Divisão o estivesse ajudando. Não seria a primeira vez.

Riggins suspirou, resignando-se diante da desagradável tarefa. Dark sempre fora teimoso como uma porta, mesmo quando começara sua carreira policial. Durante um ano, candidatara-se várias vezes a uma vaga na Divisão e sempre fora rejeitado.

Um dia, perguntou a Riggins qual era o motivo das recusas. Para poupá-lo de decepções, ele respondeu que aquele trabalho acabaria com ele. *Esqueça isso, se apaixone por alguém, tenha um filho*, respondera. *Vá viver sua vida.*

Dark se recusara a aceitar a resposta. *Quero capturar assassinos, Riggins*, dissera ele. *Quero capturar os piores bandidos. É o que desejo!*

Por mais que tentasse, um homem como Dark não conseguia se desligar de seu lado "caçador de bandidos" como se fosse um interruptor elétrico. A partir do momento em que ele supostamente se retirara, Riggins soube que aquilo aconteceria. Não sabia, contudo, que seria tão rápido.

Pegou o telefone e reservou um voo especial para Los Angeles. Cinco anos antes, fizera o mesmo trajeto para trazer Steve Dark de volta da sua aposentadoria prematura. Dessa vez iria a Los Angeles para se certificar de que ele continuaria afastado.

Capítulo 27

Filadélfia, Pensilvânia

— Para de encher meu saco, Knack! Você sabe que não posso fazer declarações.

Knack se apoiou na porta da sala de Lankford.

— Vamos, Lee. Por que Steve Dark veio aqui?

Lankford balançou negativamente a cabeça.

— Não sei do que você está falando.

— Claro, e eu não vi vocês saindo da cena do crime.

— Você está tendo alucinações.

— Vi que saíram juntos, Lee. Ele estava falando com você. Então, me diga, por que está negando? Se você não me disser algo, vou ter que inventar.

Knack conhecia Lankford por conta de uma série de artigos que escrevera no ano anterior sobre um policial da Filadélfia que bebera muito certa noite e resolvera "limpar" o bairro em que morava com a própria arma, matando um marginal de cada vez. O único problema foi considerar como "bandidos" alguns garotos de 13 anos que estavam se divertindo numa luta um tanto pesada. Um deles morreu, dois ficaram feridos e houve um alvoroço na mídia. Knack, que procurava um ângulo diferente, focalizou o estresse extremo dos policiais médios de bairros pobres da cidade. Com esse artigo conquistara muitos amigos na polícia, inclusive Lankford. O resultado foi uma grande onda de boa vontade, que ainda lhe era de grande ajuda.

Nada disso parecia ter importância naquele momento. Lankford não cedia nem um mísero centímetro.

O detetive se levantou, folheando papéis em uma pasta e passando por Knack para sair da sala.

— Escute, Johnny. Você é um cara legal. Talvez mais tarde eu possa lhe dizer algo, está bem? Mas agora, não.

Knack assentiu com a cabeça, fazendo-se de contrariado. Não muito. Só um pouquinho.

Se Dark tinha vindo oficialmente, talvez houvesse algum documento a respeito. Talvez Lankford deixasse algo na escrivaninha. Knack preparou a câmera do celular, caso precisasse captar algo rapidamente, e em seguida sentou-se na cadeira do investigador. Se ele voltasse à sala, o jornalista poderia dizer que estava tentando fazer uma ligação. Ali o telefone funcionava melhor, suas pernas estavam cansadas etc.

Depois de alguns minutos passando os olhos por alguns papéis, nada tinha visto de interessante na mesa de Lankford. Mas no histórico do navegador de internet do computador...

As pessoas nunca apagam o histórico dos seus computadores. Knack conseguira ao menos três grandes furos de reportagem apenas checando os sites acessados por presidentes de empresas ou por policiais. Com dois cliques, seus olhos já estavam arregalados.

Conseguira o que queria sobre o assassino em série.

Capítulo 28

Aeroporto Internacional da Filadélfia

Quando regressou ao aeroporto, pouco antes do meio-dia, Dark se surpreendeu ao ver que Lisa o esperava no avião. Estava sentada na luxuosa poltrona de couro, com as pernas cruzadas e uma pilha de pastas e outros papéis ao colo. Ela devia ter viajado em outro voo enquanto ele analisava a cena do crime.

— Tem tudo o que precisa? — perguntou ela.

— Para começar, sim — respondeu Dark.

— O que acha do suspeito que a polícia prendeu, o operário?

Dark se sentou na poltrona do outro lado do corredor, deitou a cabeça para trás e fechou os olhos, que ardiam devido à falta de sono.

— Jason Beckerman? Não me parece ter sido ele. Era o homem errado no lugar errado, no momento errado. Talvez até um bode expiatório que o verdadeiro assassino tenha preparado para nós. A polícia da Filadélfia não tem motivo para mantê-lo preso. Além disso, ele parece ter um bom álibi para a noite da morte de Jeb Paulson.

— Então, quem é nosso homem?

— Não sei. Ainda não tenho elementos suficientes para trabalhar. Não vi as cenas dos dois primeiros crimes e não tive muito tempo no terceiro.

— Acho que você tem algumas ideias.

Dark olhou para ela, hesitou um instante e disse:

— O assassino pode estar reproduzindo as imagens das cartas de tarô.

Os olhos de Lisa se iluminaram.

— Eu *sabia* que você já tinha alguma coisa. Vamos, comece a falar, a partir da morte de Green.

Inicialmente, Dark deu a impressão de não a ter ouvido. Pegou o laptop que estava na poltrona ao lado e acessou a internet. Depois de alguns cliques, virou a tela para que ela pudesse ver.

— Eis o Enforcado — disse. — Martin Green.

— Meu Deus! É igual à cena do crime.

Mais alguns cliques e surgiu outra carta do tarô.

— O Louco — disse Dark. — Jeb Paulson.

— Não entendo...

— Pense na cena do crime — disse Dark. — Imagine-o no telhado, prestes a dar um passo para o desconhecido, com uma rosa branca na mão.

Lisa então pareceu compreender.

— Então ele estava zombando da Divisão? Chamando-os de loucos*?

Dark sacudiu negativamente a cabeça.

— Não creio. O pouco que sei sobre cartas de tarô é que nunca devem ser tomadas literalmente. O Louco não é um lunático, segundo li na internet. À falta de melhor definição, creio que personifica um novato.

Lisa assentiu.

— Quer dizer, um novato na equipe de Casos Especiais. Entusiasmado, ambicioso, decidido, ansioso.

— E as moças estavam... — disse Dark, digitando novamente e mostrando a tela onde surgia a carta Três de Copas — ... comemorando. Embriagadas com a vida.

— Nossa... como você chegou a essa conclusão?

Dark deu de ombros.

---

* A carta *O Louco* em inglês é *The Fool*; isto é, o bobo. (N. do E.)

— O fato de elas segurarem taças na cena do crime parecia muito forçado, muito proposital, não acha? Era um detalhe que gritava por atenção.

— Se esse assassino quer despertar atenção — disse Lisa —, por que não simplifica as coisas, deixando uma carta de tarô ou algo assim?

— As vítimas ficam no lugar das cartas.

— Mas as vítimas não fazem sentido... Veja as três universitárias. Por que elas? Primeiro Green, depois Paulson, o agente que investigava a morte de Green. Mas o que representam essas três jovens? Qual é o próximo passo?

— Não sei — disse Dark. — Não sou mais um investigador. Não sei o que você quer de mim.

Lisa sorriu, saindo de onde estava para se sentar ao lado de Dark. Ele a olhou, aspirando-lhe o perfume, fresco e intoxicante. Seu lado animal queria tomá-la nos braços e transar com ela, dormir durante vários dias e acordar quando tivesse vontade de trepar com ela outra vez. Suspeitou de que ela soubesse disso.

Ela se curvou para a frente, quase sussurrando ao ouvido dele.

— Você viu os recursos que posso lhe dar.

— O que quer em troca? — perguntou Dark.

— Quero que você capture assassinos.

— A Divisão já faz isso.

— Mas não de maneira tão competente como você. E não pode completar o serviço, fazendo com que esses monstros recebam o que merecem.

— E o que eles merecem?

— A morte.

Dark desviou o olhar. O avião começava a se movimentar em direção à pista. Raios de luz perpassavam pelas janelas. Tudo começava a fazer um pouco de sentido.

Lisa não estava interessada na lei, na ordem ou no devido processo da justiça, por isso não oferecia aos canais normais os consideráveis recursos que possuía — nem mesmo à Divisão de Casos Especiais. Por mais que fossem clandestinas, as ações sempre estariam sob a responsabilidade de alguém. As histórias, até mesmo as secretas, precisariam ser registradas.

Ela poderia dar a Dark as chaves para sua vida anterior, fazer dele novamente um caçador de monstros. Dessa vez, porém, ele teria acesso ilimitado e um cheque em branco. Bastaria dizer sim.

Dark se voltou para Lisa.

— E qual é seu interesse nisso?

Ela o fitou intensamente.

— O monstro que torturou e matou minha irmã está em um quarto com temperatura controlada e faz três refeições por dia. Recebe roupas, tem assistência médica e dentária. Tem acesso a livros, canetas e papel. Tem permissão para fazer exercícios, pode pensar, pode sonhar. Enquanto isso, o corpo mutilado da minha irmã apodrece em um cemitério qualquer. Acredite, não se passa um dia sem que eu pense em mandar alguém àquela prisão para acabar com o filho da puta!

— Por que não faz isso? — perguntou Dark. — Talvez se sinta melhor assim.

— Seria um ato egoísta. Se vou vender minha alma ao demônio, que seja para algo útil.

— Já fez um pacto com o diabo?

— Escute — disse Lisa —, estou simplesmente oferecendo a você a oportunidade de fazer aquilo que sabe fazer bem. Você encontrou um monstro certa vez e o eliminou da face da terra. É capaz de fazer isso novamente, quantas vezes forem necessárias.

— Até quando?

— Até que o mundo esteja seguro para sua filha.

— Não posso acabar com o mal.

— Talvez não, mas pode fazer a diferença. Um assassino de cada vez.

Dark não confessaria em voz alta, mas era exatamente aquilo o que desejava.

— Então, qual é sua resposta? — perguntou ela. — Temos um acordo?

— Sim — respondeu Dark em voz baixa, tentando afastar da mente a imagem da filha. — Temos.

IV
Dez de Espadas

Para ver a leitura pessoal de Steve Dark
nas cartas do tarô, acesse grau26.com.br
e digite o código: espadas.

EX LUX LUCIS ADVEHO ATRUM

X

DEZ DE ESPADAS

Myrtle Beach, Carolina do Sul

S em dúvida era um homem já na meia-idade, mas ainda havia músculos sob a camada de gordura. A pele mostrava algumas cicatrizes, como se houvesse sido um combatente, mas era estranhamente pálida em outras partes, como se tivesse passado algum tempo convalescendo em hospitais. Estava deitado de bruços na mesa, e em breve não teria segredos para Nikki.

Isso a satisfazia.

Gostava de olhar seus clientes de cima, como um anjo gótico de um pesadelo que descesse dos porões secretos do reino dos céus pronto para realizar os sonhos deles.

Aquele era seu pequeno teatro; ela era a estrela.

Os amigos perguntavam como ela podia tocar em homens asquerosos como aquele, mas era essa a clientela típica daquele estabelecimento: pessoas rudes, velhas, repulsivas, brancos ricos longe das esposas, querendo aconchego com alguma aspirante a modelo, incluindo um final feliz. Mas os amigos de Nikki não compreendiam. Ela não saía pelas ruas se oferecendo por dinheiro; ali tinha o controle absoluto. Durante trinta minutos, era a proprietária daqueles velhos caquéticos. Não tinham segredos para ela — nem nos corpos, nem nas mentes.

Num local como aquele, a poucos minutos de Myrtle Beach, a discrição era algo extremamente valorizado. Os chefes deixavam claro que, se qualquer sussurro sobre o que se passava dentro daquelas paredes chegasse ao exterior, a penalidade seria a demissão imediata, com a ameaça velada de um processo criminal.

Nikki não se preocupava. Ela gostava de guardar para si o que fazia.

Em troca, os clientes habituais a enchiam de presentes: colares brilhantes, perfumes caros, bebidas raras. Nikki adorava ficar acordada até tarde, assistindo a debates políticos na TV a cabo. Era um tipo estranho de poder: conhecer a expressão de um senador quando cagava ou quais chupavam os dedos depois de inseri-los em certos orifícios.

Ela se via como parte de uma estrutura secreta de poder dos Estados Unidos.

E agora era hora do show.

Nikki se olhou no espelho pela última vez. Gostava de se contemplar vestida com um quimono que acentuava os seios e os quadris e prometia tudo, revelando pouco. A revelação viria mais tarde. Ela gostava de ver os homens deitados de bruços e virando a cabeça para uma olhada rápida e furtiva. A reação deles era única.

A porta atrás dela se abriu e uma mulher entrou no vestiário.

— Ei, você não pode entrar aqui.

Nikki se virou e viu a mulher, completamente nua, usando uma máscara protetora. Tinha cabelos escuros e longos, que lhe caíam sobre os ombros, e olhos inquisidores que a fitavam através dos vidros levemente embaçados da máscara. Nikki mal teve tempo de registrar a estranha visão. A mulher ergueu uma latinha de spray, espalhando uma névoa fria e úmida no seu rosto. O efeito foi imediato.

Deitada no chão, Nikki se viu paralisada e perdendo rapidamente a consciência. Manteve-se lúcida o suficiente, no entanto, para ter a horrível sensação da roupa de seda sendo arrancada do seu corpo, *deixando-a completamente nua...*

Deitado nu sobre a mesa, o senador Sebastian Garner se preparava para os únicos momentos de prazer na sua vida detestável. Aquele era o único lugar onde conseguia relaxar. Aspirou o perfume suave das velas acesas, esperando pela mulher. Ela sempre usava um quimono de seda que ele havia comprado para ela, o que lhe recordava a guerra, isto é, as mulheres durante a guerra.

Garner ouviu a porta se abrir e sorriu. Desejou poder congelar o tempo e viver eternamente nos trinta minutos seguintes, deixando que tudo o mais sumisse. Aos combatentes muçulmanos era prometida uma vida eterna de leite, figos e virgens. Um incansável combatente do todo-poderoso capitalismo não mereceria algo semelhante?

Ouviu o clique da porta que se fechava. *Vamos começar. Apague tudo da sua mente, seu velho idiota*, disse Garner a si mesmo, *e preste atenção no momento. Aproveite o inferno dessa sessão.* Esperou que os dedos macios e mornos de Nikki lhe acariciassem as costas, dançando ao longo de sua espinha fatigada, fazendo os músculos aos poucos relaxarem no esquecimento.

— Olá, Nikki — sussurrou ele.

Ouvia o farfalhar suave do quimono de seda deslizando pelo corpo de Nikki e caindo ao chão. Aquilo era o melhor! A expectativa o deixava louco. Estava deitado nu na mesa, e ela a poucos passos atrás dele. Em poucos segundos, os dois estariam juntos. Não era preciso pedir ou suplicar timidamente bobagens como "minhas coxas doem, quer fazer uma massagem?". Garner e Nikki se entendiam perfeitamente havia muito tempo. Ela sabia o que ele esperava dela e ele sabia o que teria.

Garner aguardou o primeiro toque.

Em vez disso, sentiu uma dor no alto do pescoço, como a picada de um inseto.

O senador instintivamente tentou levantar a mão para espantar o que o havia picado, mas percebeu que era impossível. Sentia o braço direito pesado, mole, sem vida. Aquilo não fazia sentido. Não conseguia mexer o braço. A primeira ideia que lhe veio freneticamente à cabeça foi a de um infarto. *Que merda, um ataque logo ali! Como poderia explicar isso?* Tentou mexer as pernas, os dedos dos pés... Nada. Não, não, não....

— Silêncio — murmurou alguém.

Ele queria dizer "Nikki", mas não conseguia juntar os lábios. Não conseguia formar sequer uma sílaba. Se pudesse, estaria gritando naquele momento. *Nikki, o que está fazendo? Não percebe que não consigo me mexer? Que preciso de ajuda?*

Ele ainda conseguia enxergar. Não muito, apenas uma visão periférica parcial.

Viu algo prateado e as cores de um roupão. Aquilo não era um quimono. Não era Nikki quem estava com ele. Talvez um médico? Teria desmaiado? O que estava acontecendo?

Por que não conseguia se mover, merda?

Sentiu que mãos o tocavam, mãos ásperas. Ao menos podia sentir isso. Alguém procurava ajudá-lo. Graças a Deus, pois ele não conseguia mover nenhum músculo. Sentia-se como um corte de carne no balcão de um açougueiro.

Onde estaria Nikki? Quem o tocara? Garner tentou apertar os olhos, para ver melhor, mas tampouco podia mexer as pálpebras. Tudo parecia muito brilhante, muito barulhento.

Sentiu dedos lhe percorrerem a espinha, apalpando, procurando. Beliscavam por um instante e logo soltavam. Finalmente, pareceram ter encontrado o que buscavam.

— Não se mova — disse a voz. Não era Nikki.

Ele queria gritar. Não conseguia.

O primeiro golpe foi brutal, doloroso. Os músculos e os ossos pareciam estar duros, mas Garner sentia tudo. A adaga tinha uma ponta aguda. Sentiu o frio do aço deslizando além da pele e dos músculos, enterrando-se bem fundo no seu corpo. Sentiu seu sangue morno subindo e borbulhando ao longo das costelas.

A pessoa ao seu lado parecia rir. Tinha outra espada nas mãos. Mostrou-a a ele, passando a mão esbelta pela ponta, como se fizesse uma demonstração.

— Está pronto?

Não, não, NÃO!

Os dedos começaram novamente a busca. Apalpando, procurando, tamborilando, como se estivessem contando as vértebras.

Por favor, não...

138

Garner ouviu um riso baixo. Tentou se agarrar à mesa, mas não conseguiu. Sentia dores horríveis. Estava indefeso como um bebê. Por que sua boca não se movia? Por que não conseguia gritar? Ao menos um grito lhe traria algum alívio, mas não havia alívio. Não havia como escapar. Sentia somente o aço que lhe penetrava no corpo.

Não, não mais. Não poderia suportar aquilo. Fez um esforço para virar os olhos. Não muito, apenas uma fração de centímetro para a esquerda. Queria ver quem fazia aquilo com ele, ainda que fosse a única coisa possível. Sabia que não podia ser Nikki. Não era Nikki, aquele doce anjo. Era outra pessoa. Alguma megera enlouquecida, maníaca por coisas como aquela. Garner piscou para afastar as lágrimas mornas que brotavam nos olhos e tentou focalizá-los, quase fazendo os globos oculares saltarem das órbitas.

Não conseguia ver quem o torturava daquela maneira, mas via uma pequena mesa com uma toalha branca.

Sobre a toalha havia *mais oito espadas.*

Capítulo 29

West Hollywood, Califórnia

Dark rasgou o invólucro de plástico, abriu a caixa de papelão e espalhou as cartas de tarô sobre a mesa da cozinha. Comprara o baralho em uma livraria em Westwood, ao voltar para Los Angeles. Se o assassino gostava de tarô, muito bem. Dark mergulharia naquela linguagem. Detestava trabalhar às cegas.

O livro de instruções que acompanhava o baralho explicava enfaticamente que o tarô "não era uma forma de ler a sorte ou uma religião". Era simplesmente uma linguagem simbólica.

Ainda assim, ele achou estranha aquela opção. Em geral, deixar uma carta de tarô em locais onde eram cometidos atos de vandalismo era uma atitude de jovens desordeiros, a fim de assustar as autoridades com um toque *fantasmagórico*. Um pentagrama, um gato esfaqueado, uma carta de tarô. Coisa de criança. Dark sabia, porém, que alguns assassinos importantes tinham o tarô em mente. Lembrava-se de dois casos principais: o infame Atirador do Anel Rodoviário — John Allen Muhammad, com seu parceiro menor de idade, Lee Boyd Malvo — deixava cartas de tarô para os investigadores nos locais dos ataques. Uma delas fora a carta A Morte, com uma mensagem rabiscada no verso:

Para você, senhor policial.

Código: Me chame de Deus.

Não informe a imprensa.

A carta fora encontrada no local onde Muhammad matara com um tiro um menino de 13 anos, que ia a pé para a escola em Bowie, Maryland. A imprensa imediatamente apelidou o criminoso de Assassino do Tarô, mas se tornou evidente que a mente perturbada de Muhammad estava obcecada pelo jihad e não por prever o futuro. No fundo, ele agira exatamente como um adolescente que assusta os outros com imagens de fantasmas.

Poucos anos depois, surgira o homicida apelidado de Hierofante, nome inspirado em um dos arcanos principais do tarô. Não deixava cartas no local dos crimes. Em vez disso, escolhera a cruzada moral das antigas ciências ocultas, buscando "pecadores" e executando-os de maneira que fossem descobertos junto com seus pecados. Sonegadores de impostos foram encontrados estripados e rodeados por documentos que provavam sua culpa. Adúlteros eram assassinados nos quartos de hotel que utilizavam. Pedófilos foram achados com imagens de pornografia infantil. O Hierofante suicidara-se antes de ser capturado. Obviamente o assassino encobria uma série de pecados próprios, inclusive cárcere privado, violência doméstica e fraudes.

A nova série de assassinatos, no entanto, era diferente.

As vítimas personificavam as cartas do tarô.

Uma história era narrada.

Mas qual seria?

Dark tomou outra cerveja enquanto se inteirava dos detalhes das cartas. Superficialmente, as imagens pareciam simples. Havia sempre uma figura principal, muitas bastante óbvias. Porém, quanto mais eram examinadas, mais evidentes se tornavam os pequenos detalhes.

O Enforcado, por exemplo. Era a 12ª carta dos arcanos principais, segundo o livro. A cena podia ser considerada macabra, mas a expressão no rosto do homem era de calma, de serenidade. Em volta da sua cabeça inocente brilhava um halo de luz; ou seja, o homem estava em paz.

Vamos, fale comigo, Enforcado, pensou Dark. *Sei o que significa ficar pendendo assim, de mãos atadas, sozinho. Por que você está tão tranquilo?*

Dark foi até o porão e projetou novamente na parede a cena do assassinato de Martin Green. Em seguida projetou a carta de tarô superposta à imagem do homem.

As duas eram iguais.

Idênticas.

Desde a torção dos cotovelos até a posição da cabeça — ligeiramente voltada para a direita — e o ângulo exato da perna esquerda dobrada... tudo combinava. O assassino tinha uma evidente obsessão por aquela carta, guardando na memória todos os detalhes para em seguida os recriar com o corpo pendurado de Martin Green.

Era alguém com uma profunda ligação com o simbolismo e o ritual das cartas, não apenas um maníaco que as usava para chocar. Respeitava-as e as usava para montar seus cenários.

Naturalmente, a posição do corpo de Jeb Paulson não era a adequada, mas, durante um instante, ao ser obrigado a dar aquele passo além da margem do telhado, sem dúvida tinha sido. Talvez o assassino não precisasse que outras pessoas presenciassem o momento. Talvez fosse algo que ele pretendesse guardar para si, para saborear com os olhos.

Os corpos das três moças, no entanto, apresentavam a mesma atenção aos detalhes da cena da morte de Martin Green. Todo aquele esforço para amarrá-las e cortar as gargantas, com as taças na vertical... Outra vez uma extrema devoção ao tarô.

Mas o que o assassino estava tentando dizer?

Dark compreendeu que as respostas das quais precisava não estariam em alguma página da Wikipédia nem no livro de instruções de um baralho.

Naquele momento, alguém bateu à sua porta.

Capítulo 30

Depois de recuperar a Glock do seu esconderijo sob as tábuas do assoalho, Dark parou na entrada do porão e, em seguida, dirigiu-se à entrada principal da casa, deslizando cautelosamente ao longo de uma parede. A porta de entrada tinha um daqueles visores antigos com lente de aumento, mas Dark jamais o usava. Era muito fácil para a pessoa do outro lado saber a posição de quem estava dentro. E embora Dark houvesse encomendado uma porta suficientemente espessa para suportar um tiro à queima-roupa, o buraco da lente era apenas vidro. Uma bala passaria por ele com facilidade. Adeus, massa cinzenta. Adeus a tudo.

Por isso, ele olhou por um furo oculto no lado esquerdo da porta, que lhe permitia ver um conjunto de espelhos montados no alto. Os espelhos revelaram um rosto conhecido.

Tom Riggins.

O que ele estaria fazendo ali?

Dark esperou um momento para acalmar sua respiração ofegante. Novas batidas, dessa vez mais fortes. Guardando a Glock no bolso de trás da calça jeans, Dark girou a tranca e abriu a porta.

Poucos minutos depois, Riggins abria uma garrafa de cerveja, caminhando pela casa como se fosse sua. Era assim que se fazia: nada de pedir licença, simplesmente agir. Sua Sig Sauer pendia pesadamente do cinto, a camisa parcialmente aberta. O voo fora longo, no final de um dia ainda mais longo. A manhã daquela terça-feira fora na Virgínia e a tarde em West Hollywood, com o estômago constantemente embrulhado. Riggins queria ter mandado outra pessoa. Meu Deus, qualquer um! Sabia, porém, que era ele quem precisaria entender Dark, pois ninguém mais seria capaz.

— Sabe o que vi quando vinha do aeroporto para cá? — perguntou Riggins.

Dark, que já tomara metade da cerveja, caminhava atrás dele, procurando se mostrar à vontade.

— Não, o quê?

— Putas motorizadas. Pensei que fosse uma lenda da cidade, mas não: eram de verdade. Mulheres da noite dirigindo pela Sunset Boulevard, à procura de clientes. Uma delas tentou me fazer parar. Eu teria parado, se não tivesse pressa em encontrar você.

— Fico lisonjeado... Como sabia que eram prostitutas?

Riggins parou, virou-se e fez um gesto com a garrafa.

— Bem... ou ela estava coçando o interior da boca com um pepino invisível ou fazendo um gesto obsceno.

— Talvez tenha apenas gostado de você.

— Você já me olhou com atenção?

— Parece que perdeu alguns quilos.

— Ah, vá à merda!

Riggins não via Dark desde que ele deixara a Divisão. No último dia, não houvera promessas de ligações, visitas ou e-mails. Ambos sabiam que aquele relacionamento, embora estreito, existia somente no contexto profissional.

O estranho efeito, portanto, era que agora, novamente cara a cara, o tempo parecia não haver passado. Tudo recomeçou no ponto em que se detivera, como se tivessem resolvido se encontrar para tomar umas cervejas após quatro meses de intervalo.

Enquanto tagarelavam, porém, Riggins se ocupou em examinar a casa de Dark. Tanto quanto ele podia perceber, Dark mantinha uma vida normal. A mobília era de uma loja de decoração conhecida. Na geladeira, os artigos básicos para um homem solteiro. Nas paredes, cartazes de filmes, alguns favoritos de Dark dos tempos de adolescente: *A morte pede carona, Viver e morrer em Los Angeles, Perseguidor implacável*. Aquilo, porém, era apenas para enganar. Trivialidades.

E esse era também o problema. Onde estava o *verdadeiro* Dark naquela casa? Onde estavam os arquivos dos casos? Os livros de criminalística? As revistas especializadas? A coleção de obras sobre assassinos em série? Riggins nem sequer vira um computador, o que era o mesmo que ver o papa sem uma cruz. Simplesmente impossível.

Aquilo significava que Dark escondia o que *realmente* fazia ali, longe, do outro lado do país.

Enquanto isso, Dark o seguia pela casa, observando-o. Seu ex-chefe entrara sem cerimônia, sem lhe dar a oportunidade de dizer que o momento não era adequado e sem sugerir que ambos fossem a um bar para uma cerveja. Riggins era um buldogue que não esperaria um convite. Levava a cerveja na mão, caminhando pela casa, com seu enorme corpo musculoso, como se não fosse mais do que um velho amigo que se deslocara até a costa leste para se divertir um pouco e conhecer a casa do antigo companheiro de trabalho, talvez pensando em se aposentar em breve e buscando um novo lugar onde viver.

Aquele era o grande dom de Tom Riggins. Era muito competente em se fazer subestimado. Parecia o sujeito que devora uma cesta de frango frito e várias cervejas junto com você no bar da esquina, uma espécie de irmão adotivo a quem se faz confidências, aquele que ajuda nas mudanças. Riggins era uma curiosa mistura de ameaça e bondade, e fora graças a isso que desarmara incontáveis bandidos ao longo dos anos. E era assim que procurava desarmar Dark agora.

Riggins devia ter visto a foto no Slab. Qual motivo teria para estar ali? Até então, porém, não a mencionara. Dark sabia que era melhor esperar. Cedo ou tarde ele chegaria ao assunto. Poderia simplesmente fazer uma advertência ou algum gesto dramático como prendê-lo.

Afinal, Dark notara uma van estacionada na rua que não pertencia a ninguém da vizinhança.

— O que você anda fazendo? — perguntou Riggins, parando na cozinha e encostando o corpo no balcão.

Não havia muita comida na casa. Não que Dark fosse um gourmand — Riggins se lembrava de que era Sibby quem tinha bom gosto nesse assunto. Ainda assim, a cozinha parecia mais cenário de programa de TV do que uma dependência usada para fazer comida e se alimentar. Parecia ter sido projetada para ser exibida.

— Tenho dado aulas — respondeu Dark.

— Claro! Ouvi falar das suas aventuras com os alunos da Universidade da Califórnia. Como está indo? Tem alguma celebridade nas suas aulas? Como aqueles... como se chamam mesmo? Aqueles irmãos?

— Gosto de dar aulas, e não conheço nenhuma celebridade.

— Alguém promissor para a Divisão?

— São jovens de 20 anos, Riggins.

— Você já teve 20 anos — disse Riggins. — Na verdade, acho que essa era sua idade quando nos conhecemos, certo?

Dark tomou o resto da cerveja e ergueu a garrafa vazia, a espuma escorrendo pelo gargalo.

— Quer mais uma?

Riggins o encarou firmemente.

— Podemos tratar de amenidades na sua cozinha para sempre, mas devo dizer que minhas pernas estão começando a se cansar. O que você está realmente fazendo?

Dark sustentou o olhar.

— Por que você não deixa de rodeios e me diz por que veio até Los Angeles. Para tomar umas cervejas? Há poucos dias você nem sequer quis falar comigo na porra do telefone!

Riggins fez um gesto indicando as cartas de tarô sobre a mesa da cozinha.

— Bem, para começar, quer falar sobre isso?

— Uma curiosidade intelectual — disse Dark.

— Ótimo, *professor Dark*. Eu havia esquecido.

Batendo com a garrafa no balcão, Riggins prosseguiu:

— Escute, vi as fotos na internet e sei que você também as viu. Você esteve na Filadélfia, na cena do crime. Tenho quase certeza de que esteve também em Falls Church. O que quero saber é: que merda é essa que você está aprontando? Achei que estava cansado de perseguir monstros, cansado da burocracia. Achei que queria voltar a ficar próximo de sua filha.

Dark ficou calado.

Riggins bufou. *Está bem, não diga nada. De qualquer maneira, em breve saberei*. E realmente saberia. Do lado de fora, os técnicos da Agência Nacional de Segurança analisavam a casa de Dark e mais uma dúzia de prédios na vizinhança.

Capítulo 31

Riggins sabia que a vantagem de trabalhar com um manda-chuva como Norman Wycoff era o acesso às ferramentas das quais ele dispunha, e o secretário de Defesa possuía muitas ferramentas novas. Por exemplo, uma enorme van repleta de equipamentos de espionagem supermodernos, estacionada em frente à casa de Dark, do outro lado da rua. Eram instrumentos usados na Agência de Segurança Nacional, capazes não apenas de captar áudio e vídeo através de paredes de concreto, mas também de escanear o HD de praticamente qualquer computador através de muros de mais de 30 centímetros de espessura. Tão próxima, a tecnologia poderia escanear completamente a casa de Dark.

Se ele estivesse escondendo algo, Riggins descobriria.

Tão logo a equipe confirmasse que Dark tinha consigo o que não deveria, Riggins poderia prendê-lo com a consciência tranquila. Houve acordos formais, documentos assinados. Dark teria de compreender. Além disso, Riggins, se sentiria melhor se colocasse Dark em segurança. Talvez precisasse falar com alguém para isso.

— Como conseguiu chegar à cena do crime? — perguntou Riggins.

Dark se limitou a olhar para ele.

— Não posso imaginar como tenha sido — continuou Riggins. — Não apenas você magicamente conseguiu acesso como, ainda por cima, chegou lá antes de qualquer pessoa da minha equipe. Quem deu a dica, Dark? O que está acontecendo? Fale comigo, me tranquilize.

Dark se manteve em silêncio.

O celular no bolso de Riggins vibrou. Era exatamente o que ele não desejava. Os agentes haviam encontrado algo. Dark ofereceria resistência? Nesse caso, ele precisaria se preparar para uma longa noite. Um homem como Dark deveria ter mais de um caminho de fuga. Possivelmente tinha uma arma, escondida em algum lugar. Uma Glock, calibre 40, a favorita dele. Um carro veloz, provavelmente o Mustang cereja que Riggins vira estacionado diante da casa, em uma descida. O celular vibrou novamente.

— Preciso atender — disse Riggins, pegando o telefone.

— Sem problema — disse Dark.

Mas a chamada não era dos agentes de vigilância, era uma mensagem de texto de Constance:

ME LIGUE AGORA... ACONTECEU MAIS UM.

Capítulo 32

Dark ficou surpreso ao ver Riggins se levantar, guardar o telefone, tomar o restante da cerveja e dizer que precisava ir. Seria uma armadilha? Estaria tentando fazê-lo ir à porta para que a equipe o algemasse e encapuzasse? Não era o estilo dele, mas as circunstâncias eram estranhas. Ambos estavam em terreno desconhecido.

— Preciso ir, mas não terminei com você — disse Riggins. — Você me deve algumas respostas.

Dark assentiu, olhando para fora. Procurava sombras, ruídos, como o arrastar de sapatos no pavimento, algum indício. Sabia ser capaz de correr mais depressa do que Riggins e escapar pelo jardim. Também poderia haver uma equipe nos fundos, caso Riggins estivesse levando o assunto realmente a sério.

— Obrigado por passar aqui — disse Dark.

— Foda-se por me deixar preocupado — disse Riggins.

— Bem, a solução é simples — retrucou Dark. — Não se preocupe comigo.

Riggins fez um gesto, abarcando todo o cômodo.

— Isso é o que Sibby gostaria?

— Não sei, Riggins. Ela não está aqui para me dizer. Mande um abraço à equipe que está na van. Há alguém que eu conheça?

Riggins bufou novamente, entregou a garrafa vazia a Dark, e saiu.

Na van, Riggins olhou para os agentes. Estavam curvados diante do mais avançado equipamento de espionagem disponível. Riggins se sentiu um pouco como Gene Hackman em *A conversação*, isto é, um profissional durão prestes a apanhar por todos os lados. O chefe da equipe, um freelancer chamado Todd, tirou os fones do ouvido e sacudiu negativamente a cabeça.

— Nada — disse ele.

— Não achou nada? — perguntou Riggins.

— Tanto quanto podemos saber, ele está totalmente limpo — disse Todd. — Não há computadores, câmeras de segurança ou telefones celulares. O cara não tem nem televisão. Só uma linha fixa de telefone, que grampeamos. Parece que ele vive em 1980!

Aquilo não fazia sentido: Dark era obcecado por segurança antes mesmo do pesadelo de Sqweegel. Por que moraria em uma casa sem quaisquer medidas de proteção? Estaria tentando provocar o assassino para que o atacasse, uma espécie de isca? Não, ele certamente escondia algo. Talvez aquela não fosse realmente sua casa. Talvez fosse um disfarce e ele estivesse guardando o que era importante em outro lugar.

— Ele possui outras propriedades na Califórnia? — perguntou Riggins.

— Verificamos isso — disse Todd. — Nenhuma, a não ser um antigo endereço em Malibu, no nome da esposa. Havia também a residência da antiga família adotiva, mas foi vendida há muito tempo.

Riggins pensou um pouco e disse:

— Esperem... A foto no Slab o mostrava com um celular ao ouvido.

— Bem, não há sinal de atividade telefônica. É o mais fácil de detectar. Ainda que ele retirasse a bateria e jogasse o aparelho num balde com água, nós teríamos descoberto. Talvez fosse um telefone descartável e ele o tenha jogado fora.

— Merda!

Riggins não poderia perder mais tempo. Constance estava fazendo uma reserva para ele em um voo de Los Angeles para Myrtle Beach.

Houvera outro estranho assassinato e, dessa vez, o alvo não era um trio de estudantes de administração. Era um senador, morto a facadas em um estabelecimento de luxo perto da praia. Enquanto Riggins passeava pela costa oeste, o assassino se divertia alegremente no litoral do Atlântico.

Wycoff queria acabar com Steve Dark, mas as prioridades eram claras. Primeiro, o assassino. Dark podia esperar.

Capítulo 33

Depois de se certificar de que Riggins se fora, Dark desceu ao porão e continuou a estudar os indícios da cena do crime. Pouco depois chegou Lisa, entrando sem dizer uma palavra.

— Houve mais um — disse ela.

Antes de seguir para se encontrar com Dark na Filadélfia, ela fizera algumas modificações no sistema de segurança da casa dele, que ela chamara de "brincadeira".

— Fiz uma varredura completa — explicou. — Será como se sua casa estivesse coberta com chumbo. Ninguém saberá o que você está fazendo, para quem está ligando e quais sites está acessando.

Dark, porém, duvidou. Lisa não parecia o tipo de pessoa em quem se confia cegamente. Aparentemente, porém, as mudanças feitas por ela o haviam salvo, pois Riggins trouxera uma equipe de vigilância completa, gente demais para quem viera apenas beber umas cervejas.

Dark resolveu que se preocuparia com aquilo mais tarde.

— Fale do crime — disse ele.

— A vítima foi o senador Sebastian Garner. Conservador linha-dura. Esteve nas manchetes no ano passado, defendendo as grandes financeiras de Wall Street, especialmente na época em que seus eleitores começavam a detestá-las. Foi um herói na Guerra no Vietnã e era um homem de família. Não deve ter sido uma surpresa encontrá-lo em uma casa de massagem em Myrtle Beach. Estava nu e transpassado com dez espadas.

Espadas. Dark imediatamente se lembrou da carta do tarô com espadas. Eram dez, espetadas nas costas de um homem deitado de bruços.

— Sabiam que ele tinha viajado até lá? — perguntou Dark.

— Não — respondeu Lisa. — Segundo a mídia, Garner estava participando de um seminário na região. Tenho certeza de que os auxiliares dele estão ocupados, procurando inventar algum tipo de dor crônica nas costas que explique sua ida ao local. Mas fatos são fatos. E alguém vai se divertir muito com as reportagens.

— Sabemos algo sobre as espadas?

— Um dos primeiros a chegar à cena disse que pareciam ser aquelas vendidas em lojas de ocultismo perto da praia, rebuscadas e com desenhos complexos. Em breve devo conseguir uma foto, mas certamente não eram facas de cozinha.

Curvando-se sobre ela, Dark fez uma rápida busca no Google.

— Veja isso.

Na tela apareceu a imagem da carta Dez de Espadas. No primeiro plano, um homem deitado de bruços em uma praia arenosa, vestindo um colete e uma camisa branca. Sobre suas nádegas, um manto ou lençol vermelho lhe cobria as pernas. Sob a cabeça parecia correr um pequeno riacho de sangue. Nas costas, dez longas espadas, a primeira enterrada junto à cabeça e as demais seguindo a linha da coluna, além das nádegas e ao longo de uma das coxas. A cabeça estava voltada para um horizonte negro. Os dedos pareciam inertes, imóveis no chão.

Dark fechou a janela e esfregou as têmporas, apoiado na mesa.

— Imagino que eu deva pegar um avião imediatamente — disse ele.

— Não — respondeu ela. — Deixe que Riggins e Brielle trabalhem na cena do crime. Não se trata da morte de alguma prostituta em um beco, mas de um senador. A busca de indícios será obsessiva. Aliás, grampeei o telefone de Riggins e o de Brielle. Além disso, tenho minhas fontes na Divisão. O que eles descobrirem nós ficaremos sabendo.

Algo inquietou Dark. Era como se ele houvesse traído seus amigos e comprometido sua segurança. No entanto, ignorou a preocupação. Não fora ele quem chamara Riggins a Los Angeles.

— E então? — perguntou Dark. — Vamos ficar parados esperando que o sujeito cometa um novo crime com suas cartas?

— Não — disse Lisa. — Faça o que sabe fazer bem. Junte as pistas em uma narrativa. Temos quatro cartas e seis vítimas, num período de cinco dias. O assassino escolheu essas cartas por algum motivo. Trate de entrar na mente dele. Você faz isso melhor do que ninguém.

— Não — retorquiu Dark. — Não trabalho de forma *aleatória*. Não há dedução a fazer, o intelecto não serve para isso. Ele pode perfeitamente estar girando uma roleta e matando pessoas conforme os números que aparecem. Por mais que eu pense, não vou conseguir adivinhar.

De repente Dark se sentiu claustrofóbico, pensando na mulher que deixara entrar na sua casa. O que havia imaginado? Ela poderia ter instalado qualquer coisa na casa — um sistema para anular a segurança, câmeras microscópicas, *qualquer coisa*. Resolveu passar o restante da noite examinando o porão para descobrir o que ela fizera. Talvez até precisasse se mudar. Levar apenas o que fosse essencial... Não, não levaria nada. Era o que merecia por ter sido um idiota.

— Ei... — disse Lisa. — Sente-se, respire fundo. Você parece que vai ter um infarto.

— Preciso pensar um pouco.

— Deixe-me ajudá-lo a se acalmar.

— O que quer dizer com isso?

Dark a olhou. Ela não deu sinais óbvios. Não ajeitou os cabelos, não apertou ligeiramente os lábios nem mexeu os quadris. Nada. Ainda assim, Dark sabia o que ela estava oferecendo, despreocupadamente, como se tivesse sugerido um café espresso.

No entanto, ele falou:

— É melhor você ir embora.

Capítulo 34

Washington D.C.

 extraordinário como algo simples — por exemplo, uma carta de tarô — pode abrir as portas do reino da mídia.

CONHEÇA O ASSASSINO DAS CARTAS DE TARÔ

Ele já fez seis vítimas. Será VOCÊ a próxima?

Knack tinha consciência de que essas cartas de tarô eram uma dádiva dos céus. Com uma chamada tão ao gosto da mídia como *O Assassino das Cartas de Tarô*, seus artigos finalmente despertariam a atenção merecida. Até mesmo pessoas incapazes de distinguir bolas de cristal e de basquete sabiam o que era uma carta de tarô. Era um caso perfeito para as massas.

Até o nome do homicida poderia ser resumido em uma sigla pronta para ser consumida: ACT.

Knack estava quase fora de si, tamanha era sua alegria.

O que ele não imaginara, no entanto, era que poucas horas após inventar um apelido para aquele psicótico estaria em um estúdio em Washington, com um técnico ocultando um microfone sob sua camisa e esperando que Alan Lloyd — sim, do *Alan Loyd Report* — lhe fizesse perguntas via satélite. Tudo acontecera em uma velocidade surpreendente.

O circo começara sem ele. Todas as principais redes de TV entrevistaram especialistas em tarô e os telespectadores ofereciam suas opiniões e interpretações, procurando adivinhar o passo seguinte do assassino. Knack chegou a saber que algumas casas de apostas em Las Vegas aceitavam palpites sobre a carta que apareceria. Os assassinatos despertaram a imaginação do público e todos queriam participar. Alguns se mostravam aterrorizados com a ideia de que um maníaco matava pessoas ao acaso, em toda a costa do Atlântico. Outros aguardavam ansiosamente um novo relato macabro.

A mania começara com os artigos de Knack no Slab. Ainda melhor, Knack transformara Steve Dark no personagem principal, como o lendário caçador de monstros. Era a única peça que faltava. Se conseguisse entrar em contato com ele e obter sua cooperação, ninguém se compararia.

— Está pronto? — perguntou uma das belas assistentes.

— Estou — respondeu Knack, procurando respirar pausadamente e aproveitando seu momento de comemoração. Havia triunfado. O assunto do dia era seu.

— Você estará no ar em três...

Pensando bem, aquilo não renderia apenas um artigo, mas um livro inteiro! Um livro que marcaria sua carreira.

— Dois...

Bendito seja, ACT. Onde quer que esteja...

— Um...

Alan Loyd assumiu uma expressão de profunda preocupação.

— Sr. Knack, há muitas pessoas preocupadas com a possibilidade de que o Assassino das Cartas de Tarô surja diante delas. É algo provável? Devemos todos ter receios?

Knack precisava dar uma resposta adequada. Não deveria se mostrar alarmista, mas tampouco podia reduzir o impacto dos seus artigos. O objetivo era manter as pessoas em um estado de relativa incerteza. Assim, desejariam ver e ler cada vez mais, até se sentirem um pouco mais seguras. Cada nova vítima representava um alívio, porque... bem, não fora *você*.

— Alan — respondeu ele —, é uma boa pergunta. Na verdade, as autoridades estão alarmadas porque ainda não sabem qual padrão o ACT segue. Ele pode literalmente atacar qualquer pessoa, em qualquer lugar, a qualquer momento.

Merda, pensou Knack. Era demais. Além disso, usara a palavra "alarmadas". Merda! Começou a suar.

Alan Loyd, no entanto, achava ótimo.

— Então, o que se deve fazer? Ficar em casa e evitar qualquer contato com outras pessoas? Parece um tanto estranho, não acha?

— É claro que não se deve fazer isso, Alan — disse Knack. — É mais fácil ganhar na loteria do que se ver cara a cara com o ACT, mas é preciso saber que esse homicida é especialmente atrevido. Escolheu um agente do FBI como sua segunda vítima imagina só, Alan, do FBI. Ao menos entre as que conhecemos.

Lloyd assentiu gravemente e, em seguida, solicitou as ligações dos telespectadores. A primeira foi Linda, de Westwood, Califórnia.

— Pronto, Linda, você está no ar.

— Gostaria de saber se o Sr. Knack acha o Assassino das Cartas de Tarô pior do que o Filho de Sam ou o do Zodíaco.

— Ainda é cedo para saber, Linda — respondeu Knack. — Em comparação, no entanto, o Zodíaco era um tanto covarde, escolhendo casais em lugares remotos e se escondendo atrás das cartas que escrevia. O ACT não tem medo de enfrentar o inimigo.

Knack se arrependeu assim que as palavras saíram da sua boca: acabara de igualar policiais ao inimigo. *Escolha bem as palavras, seu idiota, escolha bem!*

— Scott, de Austin. Pode falar.

— Por que esse lunático usa cartas de tarô? Quer parecer assustador?

Knack balançou negativamente a cabeça.

— Scott, isso está além de assustar. Não sou um perito no assunto, naturalmente, mas a julgar pelo que vi nos locais dos crimes, o ACT pretende recriar os cenários das cartas. Com qual objetivo? Não temos a menor ideia. E, infelizmente, não creio que possamos saber até que ele revele outra carta.

— Drew, de Champaign-Urbana, Illinois. Tem uma pergunta para o Sr. Knack?

— Tenho — disse uma voz tímida. — O senhor disse que não devemos ter medo, mas o que me assusta é ser tudo aleatório. Eu poderia ser a próxima vítima?

— Essa é a grande questão — disse Knack. — Gostaria de saber dizer no que o ACT está pensando, mas ninguém pode fazer isso. Nem mesmo o FBI.

Capítulo 35

West Hollywood, Califórnia

A pós Lisa sair, Dark fez o mesmo. Levou apenas as chaves e a carteira. Pegou o telefone e o olhou por um momento antes de o atirar novamente no balcão da cozinha. Não queria que ninguém ligasse. Significaria que *mais uma vez* não atenderia ao telefonema de Sibby de todas as noites, mas não poderia simplesmente sentar e esperar. Ela entenderia. Era uma menina corajosa, como ele fora. Além disso, ele compensaria aquilo. Talvez a visitasse no dia seguinte, fizesse uma surpresa. Bastava seguir a estrada na costa do Pacífico até Santa Bárbara e passar algumas horas brincando com ela no chão. Não se lembrava de quando fizera isso pela última vez.

Agora, tudo que precisava fazer era dirigir sem ser incomodado.

Entrou no Mustang e partiu velozmente pela Wilshire, passando pelas lojas de dois e três andares e pelos restaurantes e bares de Santa Mônica até chegar ao fim da rua, onde fica a imagem branca em estilo art déco da santa que dá nome à cidade, de autoria de Eugene Morahan, rodeada de árvores tortas e de um gramado em forma de coração. Seguindo um impulso, Dark virou à esquerda na Ocean Drive e passou a toda pelo cais de Santa Mônica. Manobra errada. Havia muitas lembranças naquele cais. Olhou em volta, quase esperando ver Riggins, fitando-o com uma expressão magoada no rosto.

Dark pensou em pegar a estrada 405 Sul e seguir até a divisa com Ensenada. Ali compraria uma garrafa de qualquer bebida barata que fizesse sua mente se apagar e se sentaria na praia, se perdendo na noite...

Naquele momento, viu uma mulher caminhando pelo quarteirão, vindo da Neilson Way.

Não podia ser...

Movia-se do mesmo jeito. Os cabelos eram longos, como sempre. A curva das costas...

Dark pisou no freio, fazendo o Mustang derrapar um pouco. Saltou do carro, perdendo a mulher de vista temporariamente. Para onde teria ido? Teria subido a rua? Correu naquela direção, buscando os cabelos negros e longos de sua falecida esposa.

Não, não era Sibby. Sua parte racional sabia disso. Ela se fora havia cinco anos e, embora a lembrança estivesse viva na sua mente, ele sabia que o corpo descansava no cemitério de Hollywood. Com a filha no colo, Dark presenciara a descida dela para a cova. Era como se observasse um grupo de desconhecidos enterrando seu coração.

No entanto, aquela mulher, que vira por acaso, se parecia tanto com Sibby que ele não conseguia se conter. Precisava olhar para ela, para que sua parte irracional se acalmasse.

Os tênis de Dark batiam freneticamente no chão. O ar frio do oceano soprava em sua nuca, congelando o suor que repentinamente o banhara. A mulher, a *Falsa Sibby*, não poderia ter desaparecido com tanta rapidez. Não havia para onde ir, onde se esconder. E por que se esconderia? Momentos depois, ele se achou diante da Igreja de São Clemente, uma construção modesta afastada da rua principal. As portas ainda estavam abertas. A última missa daquele domingo terminara pouco antes.

Talvez a *Falsa Sibby* houvesse entrado ali.

Dentro ainda havia um jovem padre, recolhendo os hinários abandonados e os folhetos amassados nos assentos dos bancos. Dark olhou em volta, para o modesto altar com uma cruz de madeira e para os pequenos confessionários. Não havia ninguém.

— Posso ajudá-lo? — perguntou o padre.

Dark perguntaria se uma mulher havia entrado na igreja, mas percebeu que pareceria uma loucura, ainda mais caso o sacerdote perguntasse se se tratava de sua esposa ou de uma parente.

Não, padre, não a conheço, mas ela me recordou minha falecida esposa e, por isso, pensei em correr atrás dela pelas ruas de Santa Mônica para ter certeza de que na verdade não era a minha mulher.

— Desculpe — disse Dark. — Preciso apenas de um pouco de silêncio. Tudo bem? Ou está na hora de fechar a igreja?

— Ainda não. Aproveite o quanto quiser — disse o padre com um sorriso acolhedor.

Dark deslizou para o banco mais próximo e se ajoelhou. Quando entrava em uma igreja, lembrava-se dos pais adotivos. *Enquanto você estiver orando a Deus, tudo estará bem*, explicara certa vez seu pai. Obviamente isso fora antes que ele se visse contemplando os cadáveres de toda a família. Dark achava que o pai rezara nos seus momentos finais, com as mãos amarradas atrás das costas, completamente indefeso. Não rezava para si, mas pelas almas da família, inclusive a de Dark.

Ele juntou os dedos, apertou as mãos e encostou o rosto nos punhos cerrados.

Tentou recitar o Pai-nosso, mas, por algum motivo, as palavras não lhe chegaram à mente. Era ridículo. Crescera com os versos praticamente tatuados na cabeça. Ali, porém, só se recordava de fragmentos.

Pai nosso

Vossa vontade

Livrai-nos

Quando você abandona uma cidade por muito tempo, sua mente armazena o mapa das ruas lá no fundo. Seria o mesmo com as preces? Se você deixar de pronunciar as palavras, a mente as guardará em um arquivo oculto? Dark não se lembrava de quando rezara pela última vez. Lembrava-se de muitas noites de bebedeira em que amaldiçoara Deus. Talvez Deus houvesse reagido, apagando as palavras de sua mente.

Basta, pensou. Ele se levantou.

— Está tudo bem, meu amigo? — perguntou o padre, um tanto surpreso com o movimento.

Não, padre. Deus apagou uma parte da minha mente. Talvez seja a ideia que Ele faz de misericórdia.

— Sim, padre — disse Dark, saindo da igreja.

Capítulo 36

Santa Mônica, Califórnia

Dark não sabia havia quanto tempo caminhava pelas ruas de Santa Mônica. Saíra dos limites da cidade e se encontrava em algum lugar perto de Venice Beach. Havia pessoas andando de skate ou passeando pela praia à sua volta. Às vezes o assaltava a sensação de que alguém o observava, mas ele achava que se tratava de paranoia. Primeiro vira uma mulher e a confundira com a esposa morta. Em seguida, imaginara que havia agentes vigiando todos os seus movimentos. Merda, talvez estivesse mesmo sendo seguido. Lisa poderia ter mandado alguém o observar desde o princípio.

O vento se tornou mais forte, mais feroz. Os topos das palmeiras balançavam violentamente. Dark terminou o último cigarro e jogou a ponta na areia. Sibby teria se zangado com ele por causa disso. Também não teria gostado de deixar o carro em um lugar proibido. Mas para quê se preocupar? Se Lisa podia colocá-lo na cena de qualquer crime, certamente poderia anular uma multa de trânsito e tirar o Mustang do depósito.

Se continuasse a procurar, talvez ele reencontrasse a mulher parecida com Sibby. Caso isso não acontecesse, Dark sabia que ficaria acordado a noite inteira, pensando em como era possível que alguém fosse tão parecido com ela, caminhasse como ela, e não fosse ela. Talvez fosse também a vontade de Deus.

Um homem obeso, um sem-teto com um odor desagradável de desinfetante e vômito, pediu dinheiro a Dark, perto da praia. Ele colocou a mão no bolso e percebeu que, na pressa, esquecera a carteira no carro. Tinha no bolso uma nota de 10 dólares e algumas de 1. Deu a primeira ao homem e ficou com as outras. O vagabundo murmurou um agradecimento, um pouco espantado com a sorte que tivera, e se afastou.

Com apenas 5 dólares no bolso, Dark pensou que era melhor voltar e ver se o carro ainda estava lá. Caso contrário, teria de caminhar muito até West Hollywood.

Naquele momento, viu a loja de magia. O nome pintado acima da porta era Psico Délico.

Dark olhou o letreiro e não pôde deixar de sorrir. Obviamente fizera tudo errado. Se queria pegar o Assassino das Cartas de Tarô, evidentemente teria de procurar alguém que lesse cartas.

Lembrou-se daquele lugar. Certa vez Sibby tentara que ele entrasse, para se divertirem. Dark não concordara.

Vamos... vai ser divertido.

Não, não para mim.

Por favor...

Não acredito nessa besteira.

Mas agora ele olhava a tabuleta e pensava: o que teria acontecido se houvesse entrado com Sibby, cinco anos antes? Teria sido capaz de prever os horrores que ocorreriam? Poderia ter mudado o destino de ambos por... nada mais do que 5 dólares?

Não, aquilo era ridículo. Dark sabia que deveria voltar ao carro e seguir para casa. Era o suficiente haver perdido o telefonema da filha. Precisava voltar, preparar a aula do dia seguinte, procurar reorganizar sua vida. Ele costumava saber bem o que *deveria* fazer.

Naturalmente, nem sempre fazia.

A proprietária da loja estava sentada diante de uma mesa redonda. Era mais jovem do que ele imaginava. Não tinha verrugas, tatuagens, rugas ou pelos negros no queixo. Aparentava pouco mais de 40 anos, tinha um porte majestoso e atitude séria. A pele era bronzeada, e os olhos, calmos, juvenis e amistosos. Brincava com as quatro esferas de vidro que tinha nas mãos, fazendo-as girar sem parar.

Dark estava prestes a sair quando ela o chamou.

— Steve Dark — disse a mulher.

— Como sabe meu nome?

Ela sorriu.

— Li sobre você nos jornais. Capturou o ACT? O Assassino das Cartas de Tarô?

— Você *realmente* lê os jornais.

— Meu trabalho é saber um pouco da vida de todos. Meu nome é Hilda — disse ela, indicando uma cadeira junto à mesa. — Sente-se.

Enquanto ele se ajeitava na cadeira, Hilda começou a embaralhar as cartas de tarô, manuseando o baralho com dedos ágeis. Havia abajures e velas acesas, além de um balcão de vidro com ornamentos de ocultismo, incensos, bijuterias e remédios à base de ervas à venda. Havia imagens de Buda e de Jesus e um quadro com uma cena de *Alice no país das maravilhas*. Quem passasse pela soleira mal iluminada de madame Hilda não estaria mais na ensolarada e agitada Venice Beach, mas em um recinto eterno e mágico, onde tudo podia acontecer. *Ao menos é isso o que a decoração representa*, pensou ele.

— Isso é tudo bobagem, não é? — perguntou Dark.

Hilda não se perturbou com a pergunta.

— Tanto quanto o que existe além dessa porta.

Dark precisou reconhecer que ela era competente o bastante para ganhar algum dinheiro com uma loja como aquela no meio da loucura de Venice Beach, contando com turistas que precisavam escolher entre conselhos espirituais ou uma tatuagem temporária para mostrar aos amigos quando voltassem para suas cidades.

Hilda empurrou o baralho para o outro lado da mesa.

— Corte como quiser.

Dark fez uma pausa, ergueu uma pilha de cartas e colocou-a de lado, repetindo o processo algumas vezes.

— Alguém já leu o tarô para você antes? — perguntou ela.

— Não — respondeu Dark. — Quase entrei, uma vez. Era essa mesma loja, mas não entrei.

— Talvez não fosse o momento certo.

Dark não respondeu. Pensou em Sibby; nos belos olhos dela, apertados contra o sol. *Vamos, será divertido.*

— Funciona assim... — disse Hilda. — ... vou distribuir dez cartas, viradas para cima. Eu não revelo o destino. Eu o *leio*. As cartas não fazem previsões ou oferecem promessas falsas. Servem apenas para nos guiar, esclarecer. Você pode tirar delas o que quiser. Portanto...

Hilda tomou algumas cartas e as apertou contra o peito.

— O que quer saber?

Dark suspirou e resolveu abandonar os rodeios. Não precisava se envolver no misticismo. Não era diferente de uma conversa entre um policial e um informante.

— Preciso saber como funciona. Se entender melhor seu mundo, talvez eu consiga capturar o assassino.

Capítulo 37

Hilda sorriu novamente, embora seu sorriso fosse frágil e acanhado.

— Não sei se isso será útil para você, mas sugiro começarmos com uma leitura pessoal. Veremos aonde isso nos levará.

A última coisa que Dark desejava era uma leitura *pessoal*. Sua carreira foi uma mistura profana entre o pessoal e o profissional, o que o despojara de tudo o que era importante. Antes que ele pudesse responder, porém, Hilda distribuiu as cartas, em forma de cruz.

Primeiro: *O Enforcado.*

Em seguida: *O Louco.*

E depois: *Três de Copas.*

Dark encarou a mesa. Não conseguia respirar. Alguém parecia ter sugado todo o ar da sala. Até as luzes trêmulas pareciam se contorcer em volta das velas, ansiosas por oxigênio.

Hilda notou que ele não estava à vontade e parou.

— Algum problema?

Três das cenas de crimes, na *ordem exata*. Aquilo era uma armadilha ou a mulher lia os jornais com *muita atenção* e estava zombando dele. A possibilidade de que aquelas cartas específicas surgissem *naquela* ordem era de...

— Essas cartas correspondem aos assassinatos — murmurou ele, olhando para Hilda. — O que você fez? Preparou o baralho?

Hilda se recostou no assento. Não sorria: era uma verdadeira atriz ou realmente não percebia a importância das cartas sobre a mesa.

— Não faço mágica, Sr. Dark. Você mesmo cortou o baralho. Tudo o que fiz foi embaralhar as cartas. O destino é quem contará a história.

Hilda finalizou o formato de uma cruz celta com mais três cartas:

Dez de Espadas.
Dez de Paus.
Cinco de Ouros.

Depois colocou mais quatro sobre a mesa:

A Roda da Fortuna.
O Diabo.
A Torre.
A Morte.

Dark rapidamente as memorizou. Dez, cinco; Paus, Ouros. Era fácil. A sequência final também: Roda, Diabo, Torre, Morte. Montou rapidamente uma frase para as fixar na memória: "Se girar a roda contra o diabo, acabará na torre, onde encontrará a morte." Não era difícil.

Naquele momento, porém, quem tinha uma expressão de surpresa era Hilda.

— Algum problema? — perguntou Dark, com certo tom de zombaria.

— Olhe para essa cruz... Seis arcanos principais e um de cada arcano menor. Durante todos os anos em que venho trabalhando com o tarô, nunca vi algo assim...

Dark encarou Hilda.

— O que significa?

Hilda fez uma pausa antes de responder:

— Significa que você deveria estar aqui.

Capítulo 38

A leitura durou até a manhã raiar sobre Venice. Conforme prometera, Hilda fez uma leitura pessoal para Dark, tendo o cuidado de explicar o significado de cada carta à medida que prosseguia.

A sessão demorou a noite inteira porque cada carta parecia deflagrar uma lembrança explosiva. Conforme elas apareciam, Dark se convencia de que não havia nenhum truque. Aquelas dez cartas estavam ligadas à sua vida de forma verdadeira e fundamental. A sessão parecia mais um aconselhamento do que ocultismo. Inicialmente Dark procurou não dar importância às cartas, fazendo brincadeiras para duvidar do seu significado. *A carta significa isso tudo, é?* Mas Hilda se manteve firme, calma, fazendo perguntas simples que abriam janelas na mente de Dark. *Em que momento da sua vida você foi o Louco? Quando finalmente entrou para a Divisão de Casos Especiais, como se sentiu? Foi uma comemoração? Está disposto a falar da sua pior lembrança?*

As cartas proporcionavam um entendimento assustador sobre os quatro primeiros assassinatos.

— O Enforcado — explicou Hilda — representa a história de Odin, um deus que se sacrificou para obter conhecimento, que depois compartilhou com a humanidade. Sofreu em prol de um bem maior. Da mesma forma, Martin Green, participante de um círculo intelectual de alto nível, obteve certo conhecimento. Sua morte, presumivelmente, também foi para um bem maior.

Na carta respectiva, o Louco iniciava uma jornada, levando seus pertences a tiracolo, com o sol do esclarecimento brilhando sobre si e a rosa branca da espontaneidade na mão. O cachorro ao seu lado, no entanto, era a voz da razão, instando-o a ser cuidadoso. Se não, ele poderia cair em um precipício... ou de um telhado, no caso de Jeb Paulson, o novo agente da Divisão. Qual seria a voz da razão que tentava convencer Paulson? O assassino teria procurado afastá-lo da investigação? Teria Paulson desprezado uma advertência e terminara pagando o preço máximo?

Com a carta Três de Copas, a morte das três estudantes de administração na Filadélfia também ganhou contornos mais precisos. Significava comemoração, exuberância, amizade, companheirismo — a formação de um laço em busca de um objetivo comum. No entanto, explicou Hilda, as cartas podem ser tomadas em sentido contrário, e a comemoração se transformar em autocontemplação e isolamento.

Finalmente, o Dez de Espadas representava a futilidade da mente, a incapacidade do intelecto para salvar o indivíduo. Um homem como o senador Garner prosperava por sua força intelectual, fazendo acordos e mudando o rumo da nação. Mas, no fim, o intelecto não o ajudara, porque seus desejos vis o haviam esfaqueado pelas costas. Eram os prazeres da carne contra a lógica da mente.

Assim como a sequência de cartas se ajustava à vida de Dark, também servia perfeitamente a cada uma das vítimas. Tanto essas quanto os métodos dos assassinatos não haviam sido escolhidos ao acaso. Eram perfeitamente adequados. Havia um desígnio, uma história sendo narrada.

Mas qual seria o elo que as ligava? E como terminaria a narrativa? Mais ainda, o que ligaria Dark a esses assassinatos? Seria apenas o destino o que conectava sua vida com aqueles crimes?

Ou seria algo mais profundo?

———

Pouco mais tarde, Dark se viu junto ao túmulo de Sibby. Ficava a poucos quilômetros de distância, mas fazia muito tempo desde que ele a visitara pela última vez. Sibby sempre tivera uma estranha capacidade de tirar Dark da sua única perspectiva e o ajudar a ver tudo com maior clareza. Ela lhe tranquilizava a alma como ninguém. Desde sua morte, olhar aquele túmulo era um doloroso lembrete de como ele se sentia totalmente perdido sem ela.

Tudo, porém, parecia diferente. Dark acendeu um cigarro e pensou nos acontecimentos daquela noite. Recordou tudo o que Hilda abrira dentro dele, o quanto fora obrigado a enfrentar. Em seguida, sorriu com amargura.

Você sabia desde o começo, certo?, murmurou para si mesmo.

A grama se agitou em volta da lápide.

— *Eu sei, eu sei... eu me recusei. Você suplicou para que ao menos eu tentasse, e agi como um idiota teimoso. Eu era muito bom nisso, não era?*

Sibby não respondeu, se é que o ouvia em algum lugar.

Dark deveria ter ouvido o que ela dissera tantos anos antes e ter entrado na loja. Talvez houvesse olhado melhor para a própria vida. Talvez pudesse ter poupado muito sofrimento a si mesmo.

Atirou o cigarro longe e se abaixou, tocando o alto da lápide. Estava morna por causa do sol.

— Desculpe — murmurou.

Sibby nunca gostara da profissão de Dark. Os livros sobre assassinos em série no seu apartamento a assustavam, e ela nunca queria ouvi-lo contar casos antigos. Sabia, porém, que ele era o melhor na sua profissão.

Dark olhou o nome da esposa gravado no mármore.

Teria sido ela quem o fizera entrar na loja de Hilda? Estaria dando a Dark a autoconfiança que ele não podia encontrar sozinho?

Se assim fosse, era exatamente o que ele precisava: saber que era capaz de capturar aquele homicida sem perder a si mesmo.

Capítulo 39

Myrtle Beach, Carolina do Sul

Àquela altura, Riggins trabalhava praticamente sem dormir e, por isso, não tinha o menor interesse em ver as nádegas flácidas e pálidas de um senador morto, muito menos alguém como Garner. Riggins jamais gostara dele, e era difícil sentir compaixão por ter sido assassinado durante uma massagem. O cadáver parecia uma galinha morta exposta por muito tempo no balcão de um mercado.

Mas era exatamente o que Constance lhe pedira: que olhasse com enorme atenção as nádegas do senador.

— Abaixe-se para ver o que estou mostrando — ordenou ela.

— Você não pode me dizer o que é? Esse caso já me proporcionou más lembranças para uma vida inteira.

— Quer se abaixar, por favor, e deixar de ser infantil?

Então, claro, Riggins se abaixou. Haviam conseguido retirar do quarto, por alguns momentos, os policiais locais, o que era quase um milagre. Não falariam daquela maneira diante de outras pessoas, e aquelas discussões os ajudavam a manter as emoções sob controle e a cabeça fria. Constance mostrou a Riggins a fileira de espadas que descia pela coluna do senador e terminava nas coxas envelhecidas. Das dez espadas, nove estavam enterradas até o cabo. A última, na coxa, atravessara primeiro uma carta de tarô, o Dez de Espadas. Riggins supôs que servia para o caso de a polícia não compreender imediatamente a alusão.

— Olhe a lâmina — disse Constance, admirada.

Acima da carta manchada de sangue, era possível ver pouco mais de 2 centímetros da lâmina, que tinha complicados desenhos gravados no aço.

— Imagino que não seja uma Ginsu — disse Riggins.

— Não é uma espada que se consiga em qualquer loja de ocultismo. Preste atenção nos detalhes...

Evidentemente, Constance tinha razão. Os detalhes eram complexos e elaborados, como as tatuagens de um gângster da Yakuza. Estava claro que o criminoso não procurara uma espada qualquer para servir como arma do crime; portanto, sua origem poderia ser mais facilmente verificada. Se não quisesse ser descoberto, o assassino teria ido a lojas como a Target ou a Wal-Mart em vez de buscar espadas exóticas ou drogas especializadas. Ele, porém, parecia não se preocupar com a possibilidade. Ele — ou ela — matara seis pessoas em cinco dias, em quatro cidades diferentes. Com tempo, a polícia descobriria de onde eram as espadas. Enquanto isso, o maníaco poderia matar mais pessoas. Tudo parecia indicar que o assassino estabelecera uma crescente. Matar três estudantes em um bar qualquer era uma coisa; atacar um senador, com uma equipe de segurança completa, armada e paga pela sociedade, era outra, muito diferente.

Riggins desviou o olhar do cadáver.

— Quem o encontrou? — perguntou.

— Nikki. Seu nome verdadeiro é Louella Boxer. Disse que entrou no quarto para preparar a sessão: "entrar no personagem", conforme explicou, e nisso alguém entrou também.

— Ela chegou a descrever a pessoa?

Um pouco. Afirmou que era uma mulher, nua, mas de máscara. Pele morena, porte atlético.

— Como era a máscara?

— Uma máscara contra gases. É o último momento do qual ela se lembra. Quando acordou, entrou gritando no quarto e encontrou o senador morto.

— Sabe, eu estava excitado até você falar da máscara contra gases — disse Riggins. — Por quanto tempo ela ficou desacordada?

— Ela não sabe.

— É o mesmo truque de desarmar as vítimas com substâncias tóxicas — murmurou Riggins. — O que aconteceu? Ele comprou essas substâncias em alguma liquidação? Precisamos que Banter verifique se é a mesma substância encontrada no sangue de Paulson. Veja se podemos rastrear seu caminho até uma base militar perto daqui.

— Sabe que é uma mulher, certo? — disse Constance.

Riggins assentiu.

— Máscara e seios nus. E eu achava estranho o maníaco com roupa de látex.

V

Dez de Paus

Para ver a leitura pessoal de Steve Dark
nas cartas do tarô, acesse grau26.com.br
e digite o código: paus.

*T*ranscrição do voo 1015, em avião particular, do Aeroporto Internacional de Denver ao Aeroporto Internacional da Flórida.

Piloto: Aqui fala o comandante Ryder, da cabine de voo. Desculpem, passageiros, mas há um mau tempo na nossa rota final. Se eu tivesse uma varinha mágica, poderia resolver o assunto, mas infelizmente não tenho. Por favor, voltem aos seus assentos.

Piloto: E por que não aproveitam para colocar os cintos de segurança?

Piloto: E, se estão cuidando disso, quero que pensem nas suas vidas. Nas pessoas que prejudicaram, nos planos errados que arquitetaram, nos atos que os trouxeram até aqui, para enfrentar seu destino...

A confusão se espalhou pela cabine de passageiros.

— O que ele está dizendo?

— É alguma brincadeira de mau gosto?

— Ele falou "destino"?

Poucos minutos antes, a vida se mostrara realmente fantástica para os dez passageiros do voo 1015. Seguiam para um encontro empresarial num local discreto, na costa ensolarada de Fort Myers. A agenda oficial dizia se tratar de um debate sobre o futuro da empresa e a reintegração dos valores fundamentais da Investimentos Westmire — bem, até parecia bonito. Todos, porém, pensavam em sexo, bebidas, drogas, massagens, mais drogas e muito possivelmente uma orgia, dependendo da quantidade e da qualidade da droga disponível.

Tiffany Adams já estivera em um desses "encontros", e sabia o que poderia acontecer. Às vezes os novatos queriam se dedicar excessivamente ao trabalho, o que era uma decepção para veteranos como ela. Felizmente, havia seis veteranos no voo — ela, Ian Malone, Honora Mouton, Warren McGee, Shauyi Shen e Corey Young — e somente quatro novatos — Maryellen Douglas, Emily Dzundza, Christos Lopez e Luke Rand. Tudo poderia acontecer, mas Adams gostava das possibilidades. Também achava que haviam começado bem: eram apenas 7 horas e o pessoal já começava a se animar.

Emily Dzundza, de seios grandes e lábios cheios, tomava seu segundo uísque, e parecia um tanto alta. Maryellen Douglas estava com Warren, e Christos Lopez contava sobre o encontro realizado pela sua última empresa, onde gastaram 135 mil dólares em bebidas em poucas horas. Ótimo! Era justamente do que Tiffany gostava.

Quando o piloto falou em apertar os cintos, no entanto, a situação parecera sem sentido. O céu estava totalmente limpo, tranquilo, sem qualquer turbulência. Abaixo deles, o terreno era plano, sem acidentes. Seria uma brincadeira? Não, pilotos não brincam, especialmente depois do 11 de Setembro.

De súbito o horizonte se inclinou violentamente e o avião começou a mergulhar em direção ao solo. As bebidas foram derramadas. Muitos começaram a gritar. Aquilo era uma loucura! Voos comerciais não fazem manobras como aquela, muito menos um avião particular, cujo piloto trabalha para tornar a viagem o mais tranquila possível. Ninguém deveria sequer perceber que estava voando.

Alguns pilotos, no entanto, gostavam de bancar os engraçadinhos. Talvez aquele não gostasse de pessoas ricas. Tiffany não ficaria sentada permitindo que ele fizesse suas loucuras. Ela iria até a cabine de comando, bateria com força na porta e ordenaria ao piloto que acabasse com aquela idiotice.

Era o que pretendia fazer, mas sentiu sua cabeça rodar. Talvez fosse a mudança repentina da pressão. Que merda de piloto. Ela queria lhe quebrar os dentes, mas precisava se recostar na poltrona, nada mais do que um minuto, até que sua cabeça voltasse ao normal...

Um baque a acordou. Ajudado pelo vento em seu rosto.

Vento... em um avião?

Tiffany se sentia tonta e enjoada. Percebeu que todos pareciam estar desmaiados nos assentos de couro. Nada fazia sentido. Estariam bêbados? Tiffany desafivelou o cinto, ergueu-se sob as pernas bambas e foi em direção à proa do avião. Diante dela, luzes e sombras estranhas dançavam nas poltronas desocupadas e na porta da cabine de comando. O vento se tornou mais forte, como se o piloto houvesse acionado o ar-condicionado ao máximo. Poucos passos à frente, ela percebeu de onde vinham as luzes e o vento.

A porta do avião estava aberta.

Ah, que merda...

Ela agarrou a poltrona mais próxima e virou o rosto, olhando para fora. Copas de árvores passavam velozmente, perto demais para serem reais. Era possível que o avião estivesse tão perto do chão?

A cada segundo o solo se aproximava.

Tiffany engoliu em seco e se atirou para a frente, em direção à cabine do piloto. Não olhe para fora, disse a si mesma. Nem pense no que está acontecendo! Procure o piloto, pergunte o que houve.

Ao chegar à porta, bateu com força. Mesmo contra as regras do controle aéreo, ela entraria.

Para sua surpresa, a porta se abriu sem esforço.

Os segundos seguintes foram confusos demais para ela, quando entrou na cabine e viu apenas manchas verdes e marrons correrem pelas janelas, o painel de instrumentos, as luzes que piscavam nos indicadores, os assentos vazios, as poltronas que oscilavam para a frente e para trás, um par de fones de ouvido balançando no manche. Preso a um dos interruptores de metal, havia uma carta de algum tipo de baralho.

Tiffany estava para dar um grito quando o avião bateu na primeira árvore e seu corpo foi atirado para a frente, contra o painel.

Ele observou o desastre do chão, a poucos quilômetros de distância. Todo o seu meticuloso plano dera certo. Sentia-se em êxtase pelo salto perfeitamente calculado e pela proximidade em relação ao veículo que escondera no matagal. Poucos momentos depois, o avião se precipitou ao solo, exatamente como em seu plano. A linda bola de fogo subiu perfeitamente das montanhas cobertas de árvores.

Capítulo 40

West Hollywood, Califórnia

Havia alguém no porão quando Dark chegou em casa. Provavelmente era Lisa, mas ele não quis arriscar.

Tirou a Glock do esconderijo sob o assoalho, desembrulhando-a dos panos sujos de óleo e prendendo-a na cintura, às costas.

Após apertar o botão que abria o alçapão, apontou a Glock para a entrada.

— Lisa?

Ainda com a arma na mão, desceu a escada. Afinal, apesar do que aprendera havia pouco, a paranoia ainda era sua companheira. Lisa provavelmente estaria sentada, trabalhando, mas também poderia haver uma pistola apontada para sua cabeça, na mão de um desconhecido. Talvez fosse ela quem apontasse a arma, diretamente para Dark, embora houvesse maneiras mais fáceis de assumir o controle. No esforço para proteger sua casa, Dark percebeu que deixara entrar o que mais arriscava sua segurança: uma funcionária da agência nacional de inteligência.

Lisa levantou os olhos do laptop por sobre a mesa de necropsia. Não havia armas apontadas para a cabeça dele ou na mão dela. A mulher piscou os olhos.

— Você está sempre querendo me dar um tiro — disse ela. — Freud deve ter uma explicação para isso.

Dark abaixou a arma, mas continuou segurando-a. Ainda não.

— Fique à vontade, por favor...

— Por onde você andou?

— Por aí.

— Em Venice Beach, por acaso?

Dark não respondeu.

— Escute, estou apenas protegendo você — disse Lisa. — Meu objetivo é sua segurança. Além disso, não é difícil rastrear um homem correndo por Los Angeles em um Mustang no meio da noite. Ainda tenho alguns amigos na polícia.

Dark nada disse. Ela sabia que ele tinha estado em Venice Beach, mas não mencionara Hilda ou a loja de produtos esotéricos. Talvez houvesse escondido um rastreador nas suas roupas, na carteira ou no carro. Poderia ser qualquer objeto, e, a menos que se despisse completamente e esfregasse o corpo num banho quente, o rastreador estaria com ele pelo tempo que ela quisesse. Muito bem, Lisa podia fazer o que desejasse, mas, por enquanto, ele guardaria para si a existência de Hilda e sua extraordinária leitura. Lisa tinha grande parte da vida dele sob uma lente de aumento.

— Venha aqui — disse ela.

Dark rodeou a mesa de necropsia, que lhe servia como escrivaninha, e percebeu que ela vestia uma camisa... e nada mais.

— No que está pensando? — perguntou Lisa.

— Em você, na minha casa, sem ser convidada, quase o tempo todo. Ela ignorou o comentário.

— As quatro primeiras cartas. Até onde isso irá? Qual será o próximo movimento do assassino? Veja isso...

Ao se aproximar, Dark sentiu o perfume fresco nos cabelos de Lisa. Ela tomara banho pouco antes. Teria usado o chuveiro dele? Dark olhou a tela, por sobre o ombro dela, e viu um mapa dos Estados Unidos onde estavam marcados os lugares dos assassinatos: Green em Chapel Hill, Paulson em Falls Church. As cartas e os crimes faziam sentido individualmente, mas haveria um elo entre eles? Olhando o mapa, sua mente começou a juntar as peças.

Chapel — Capela.

Church — Igreja.

Haveria uma ligação religiosa? O assassino estaria rindo das religiões?

Em seguida, havia as três estudantes na Filadélfia. A Cidade do Amor Fraternal. Cidade dos quakers, fundada por pessoas que fugiam de perseguições religiosas. Depois, o senador em Myrtle Beach. Não havia uma conotação religiosa óbvia, a menos que o prazer de uma "massagem" num balneário fosse considerado um pecado.

Esqueça a religião por enquanto, pense nos lugares.

— Então... no que está pensando? — perguntou Lisa, voltando-se para olhá-lo. Ela abriu levemente a boca. Dark a ignorou. Precisava se concentrar naquela tarefa.

Todos os lugares eram relativamente próximos, era possível ir de um a outro de carro. Não parecia haver um ponto central. O trajeto dos crimes seguia para o norte e fazia uma curva abrupta, voltando para o sul. Por quê? Não teria sido muito confortável ir, de carro ou de avião, a Myrtle Beach poucas horas depois de matar as três jovens naquele bar.

— Acho que não estamos lidando com um único criminoso — disse Dark. — É uma equipe organizada.

— Continue.

— Evidentemente houve um intenso planejamento e observação. Ao menos, vigilância e preparação. Um único assassino teria que criar intervalos de tempo, para contar com espaço para operar, mas isso não está acontecendo. Talvez um assassino tenha matado Green em Chapel Hill enquanto outro se preparava para atacar em Falls Church. Em seguida o primeiro, ou um terceiro, viaja para a Filadélfia, e assim por diante. Todos se sucedem, menos o segundo assassinato, o de Paulson. Aquilo não estava nos planos, foi um ajuste.

— E começaram a deixar cartas de tarô nas cenas dos crimes — disse ela. — Segundo o relatório da Divisão, a carta do Dez de Espadas foi encontrada na décima espada enterrada nas costas de Garner. É uma verdadeira afronta: matar um senador e deixar um cartão pessoal.

— É uma grande mudança — disse Dark. — Assassinos em série, em geral, não variam suas assinaturas. Eles têm seus modelos e os seguem à risca. Não havia cartas nas cenas dos três primeiros assassinatos. Os cenários tomaram o lugar das cartas, como uma representação viva delas. Então, por que ser tão explícito agora, deixando uma carta? O que mudou?

Lisa não respondeu. Mordeu um dedo, digitou o endereço de um site no laptop e virou-o para Dark.

— Foi a atenção da mídia — disse ela. — Um repórter do Slab, Johnny Knack, publicou a história após o assassinato das três moças na Filadélfia. Deu um nome, ACT, ao assassino; ou assassinos, se for o caso. Demais, hein?

— Então ficaram satisfeitos com a notoriedade — disse Dark. — Talvez quisessem isso desde o início. Talvez não estejam se dirigindo aos agentes, mas mandando uma mensagem ao mundo inteiro.

— Qual mensagem? O que estarão tentando dizer?

Dark não respondeu. Sua mente divagou para sua leitura pessoal no tarô e a forma como Hilda o obrigara a enfrentar a verdade sobre seu passado. A mensagem das cartas penetrava profundamente na sua alma. Como poderia aquela mensagem se aplicar a qualquer outra pessoa?

Ela se aproximou e lhe tocou o rosto.

— Tudo bem, Steve. Fique tranquilo... Como eu disse, estou aqui para apoiá-lo. Com tudo o que você precisar.

Se ele não houvesse passado a noite na rua, se Hilda não tivesse lido o tarô, se seu coração não se sentisse mais leve do que em muitos anos, talvez Dark se afastasse e continuasse a esconder aquela parte de si. Contudo, se manteve onde estava quando ela encostou o corpo no dele.

— Eu também estou sofrendo — murmurou ela ao ouvido dele.

Capítulo 41

Não houve preliminares ou qualquer conversa. Dark puxou rapidamente a blusa dela — na verdade, uma camisa sua, ao que notou — e começou uma exploração frenética daquele corpo. Lisa igualmente arrancou as roupas dele, notando o leve cheiro de incenso na camisa. *Então, onde você esteve em Venice Beach?*, quis perguntar. Dark, porém, apertou a boca contra a sua, cortando as palavras ao meio. Ela o empurrou rapidamente, encostando-o na mesa de necropsia, desafivelando o cinto e puxando-lhe a calça para baixo.

— Sei tudo a seu respeito, Dark — disse ela. — Sei o que o acalma e o que o excita. Brenda Condor fez relatórios detalhados.

— Não fale nela — disse Dark, sentindo seu sangue ferver. — Nunca repita esse nome.

— Desculpe.

— Apenas não fale nisso.

Brenda Condor tinha sido um boa trepada. Depois da morte de Sibby, ele ficara vulnerável, se rendendo a relação física com ela. Se Sibby era seu narcótico, Dark era um viciado, e Brenda explorara aquela condição quando o vigiara para Wycoff. Chegara a lhe dizer: *Serei o que você quiser que eu seja. Sua psicóloga, sua namorada, sua esposa dos sonhos, sua parceira, sua puta. Tudo o que for preciso para o ajudar.*

Depois daquele fracasso, Dark prometera a si mesmo que aquilo não aconteceria novamente. Quando precisasse de sexo, procuraria profissionais anônimas, não alguém próximo a ele ou potencialmente próximo.

Alguém como Lisa.

Dark, no entanto, disse a si mesmo que aquilo era diferente. Ela não penetrava sua mente através do sexo; era ele quem procurava entrar na mente dela. Lisa mantinha tudo oculto sob uma camada de confiança, arrogância, sofrimento e flerte que parecia ensaiada, demasiadamente estudada para ser verdadeira. Ele queria reduzi-la a sua personalidade real e ver o que restaria.

Ao menos foi o que disse a si mesmo.

Deitados no chão de concreto com os corpos cobertos de suor, Dark se lembrou da última vez que perdera o controle daquela maneira, sentindo o sangue ferver e todas as inibições morais desaparecerem. A última vez que permitira que a razão se dissipasse e que a parte animal de sua mente assumisse o controle.

Fora na noite em que trucidara o corpo de Sqweegel.

Pouco depois, Lisa quebrou o silêncio:

— Sei o que você estava fazendo.

— Sabe?

— Quer saber quem eu realmente sou, não é? Escute, pessoas como eu praticamente inventaram isso.

Dark nada disse.

— Não é uma crítica — prosseguiu ela. — Acredite, é bem-vindo. Meu trabalho é permeado de jogos de poder, enganos e desconfianças. Você não imagina a profundidade dos desentendimentos e das intenções. Por isso, qualquer oportunidade de romper esse ambiente e reduzir a interação humana a algo primitivo, algo básico... bem, me empolga. Quaisquer que sejam suas intenções.

Dark continuou em silêncio, o que a fez rir.

— Bem, seja bem-vindo à minha atrapalhada conversa pós-sexo. E você nem imagina as conversas que surgem na minha cabeça à noite! Como nesse horário, durante a noite... como as pessoas dizem? Terrores noturnos? Aquele momento em que a parte primitiva do nosso cérebro nos diz que devemos ter medo, muito medo, porque há predadores soltos na noite.

— Ou dentro de casa, deitados ao nosso lado.

— É verdade — replicou ela.

Em algum momento, ele relaxou o suficiente para se permitir passar a um estado de pouca consciência. Ainda percebia o que estava ao seu redor, assim como a pele nua de Lisa ao seu lado, o aroma dela, o som da sua respiração. Conseguiu, porém, desligar as outras partes do cérebro o bastante para que descansasse.

Ouviu-se um som. Lisa se levantou de um salto, correu para o celular e, em seguida, para o laptop na mesa de necropsia.

Capítulo 42

Por sobre o ombro dela, Dark olhou a tela. A manchete dizia:

DEZ MORTOS NA QUEDA DE UM AVIÃO PARTICULAR

Local: montes Apalaches. Ele imediatamente pensou em Hilda, revelando a quinta carta: Dez de Paus. Dez vítimas. Enquanto lia os relatos iniciais, os mesmos enviados à Divisão de Casos Especiais, Lisa já começava a fazer as conexões.

— É o Assassino das Cartas de Tarô — disse ela. — Um deles, se sua teoria estiver correta. Segundo uma transmissão ouvida pelo controlador de voo, o assassino estava no avião, torturando as vítimas. Disse exatamente o que aconteceria e como eles sentiriam o sabor da morte.

— Então ele estava no avião com os passageiros? — perguntou Dark.

— Segundo esse relato, sim. Na cabine de comando; ou ele pilotava ou tinha algum tipo de controle sobre o piloto.

— E o avião caiu.

— É o que diz aqui. O avião foi encontrado em chamas. Por quê?

— Qual tipo de avião?

— Pilatus PC-12, monomotor, turbo-hélice.

— É impossível se ejetar de um avião como esse — disse Dark. — A menos que o assassino quisesse se suicidar, teria que preparar um plano de escape. Alguma forma de saltar. — Dark pensou por um momento, examinando mentalmente alguns cenários. — Pode fazer com que eu chegue ao lugar onde o avião caiu? Antes que o pessoal da Divisão apareça?

De avião, Los Angeles ficava pelo menos a quatro horas de distância dos montes Apalaches. O lugar do desastre, ao contrário, era praticamente no quintal da Divisão de Casos Especiais, nada menos do que no mesmo estado. Dark observou as engrenagens na cabeça de Lisa rodarem agitadamente, fazendo cálculos frenéticos. Quem poderia fornecer o que ela precisava? Como alcançar essa pessoa em sessenta segundos? E o que teria de oferecer em troca?

— Não tome banho, nem mesmo escove os dentes — disse ela. — Vista a calça e corra para o aeroporto. Quando chegar lá, terei algo preparado.

— Acesso total, como na Filadélfia?

— Claro.

— Pode conseguir uma arma quando eu chegar ao local?

— Verei o que posso fazer. Agora, vá!

Dark hesitou, sem ter certeza do que fazer para se despedir. Será que ela queria um beijo? Ou ao menos que ele reconhecesse o que acontecera? Com Sibby, tudo fora muito fácil. Não era preciso pensar, era como se pudessem ler os pensamentos um do outro. Com Lisa... Meu Deus, ele a chamava pelo sobrenome, Graysmith. *Lisa, o nome dela é Lisa. Ao transar com uma mulher, comece a chamá-la pelo primeiro nome!*

Lisa o olhou e o empurrou para um lado com o cotovelo.

— Não vou sair daqui — disse ela. — Prometo. Vá, agora! Faça o que sabe fazer melhor do que ninguém.

Capítulo 43

Myrtle Beach, Carolina do Sul

Os celulares de Riggins e de Constance tocaram ao mesmo tempo, enquanto compravam sanduíches a caminho do aeroporto de Myrtle Beach, onde pegariam um voo às 10 horas. Dois agentes da Divisão lhes deram a mesma notícia macabra: a queda de um avião particular nos montes Apalaches. Dez mortos, piloto desaparecido. Mais preocupante, no entanto, era que parecia uma obra do Assassino das Cartas de Tarô. Os primeiros a chegar ao local viram no avião algo que confirmava essa teoria.

Entreolhando-se, Riggins e Constance perceberam que ouviam a mesma informação.

— Esse desgraçado está com pressa — murmurou Riggins.

Constance manteve o fone junto ao ouvido.

— Estou ligando para o aeroporto. Chegaremos o mais perto possível do local do acidente. A ausência do piloto diz tudo. Ele provavelmente saltou durante o voo.

— Claro — disse Riggins. — A essa altura pode estar em qualquer lugar.

— Sim, mas pode ter deixado alguma pista na cabine.... Oi, aqui é a agente Brielle. Quero falar com o piloto, por favor. Precisamos decolar imediatamente.

Enquanto Constance fazia os preparativos para a viagem, Riggins colocou as mãos nos bolsos. Não havia nada que o ajudasse a passar o tempo, nem uma moeda. Nada a fazer, exceto esperar enquanto aquele sádico desgraçado planejava um novo assassinato, Deus sabe onde. Talvez ele devesse sair do aeroporto e recorrer a uma vidente qualquer. Certamente haveria alguma em um lugar turístico como Myrtle Beach, onde estão os melhores fregueses. Gastaria 20 dólares e pediria uma leitura urgente. *Nada de cartas de tarô, senhora. Acenda a bola de cristal! Mostre-me tudo, como se eu estivesse trepando com Dorothy, em* O Mágico de Oz. *Talvez a senhora consiga se comunicar com os mortos. Seria bom consultar alguns dos meus ex-colegas, se estiverem à toa no além.* Se bem que, pela maneira como alguns deles haviam sido tratados, Riggins imaginava que provavelmente o mandariam à merda.

Tudo o que se relacionava com o ocultismo o irritava. Na opinião de Riggins, pessoas que se escondiam atrás do misticismo eram farsantes e vigaristas. Fumaça, espelhos, cartas, trovões, luzes e toda aquela baboseira servia para esconder a verdade. Eram todos ladrões, prontos para roubar.

A única diferença era que aquele ladrão roubava *vidas*.

Com os cintos de segurança afivelados, Constance olhou para Riggins. Quando ele estava de mau humor, era praticamente impossível se aproximar. Não eram apenas maus modos: parecia estar perdido em seus pensamentos. Ela não o via assim desde... bem, para ser sincera, desde que Steve deixara a Divisão.

Constance não acreditava que seu chefe confiasse nela da mesma maneira, independentemente do que ele dissesse. Riggins tirara Dark do anonimato como policial e o levara para aquela equipe, onde trabalharam juntos durante quase vinte anos. Quanto a ela e Riggins, o que havia em comum? Alguns meses incertos como parceiros? Sabia que Riggins jamais a colocaria no mesmo patamar de Dark. Para ele, ela sempre seria a assistente que fora promovida. Nada mais.

Ainda assim, Constance jurara ser fiel ao trabalho. Steve lhe ensinara a ignorar os problemas pessoais, a política, a rivalidade, o puxa-saquismo, as questões da repartição... e se concentrar no trabalho. O importante era capturar assassinos.

Por isso, ela se sentiu suficientemente confiante para se voltar para Riggins e perguntar:

— O que me diz de Steve?

Inicialmente, Riggins não reagiu, continuando a encarar a pista úmida pela pequena janela oval.

— Riggins, estou falando sério... Deveríamos chamá-lo para esse caso.

Riggins se virou, com os olhos acesos pela raiva.

— Dark? Nunca! Ele tomou sua decisão.

— Mas você pode convidá-lo.

— Wycoff está irritado por Dark aparecer nas cenas dos crimes. Você quer que eu o chame justamente agora?

— Você nunca seguiu todas as regras. Ele está praticamente pedindo para participar. Por que não o usar como um consultor? Informalmente... Nós fazemos isso sempre.

— Mas não com Dark.

O que mais irritava Riggins era saber que Constance tinha razão.

Uma parte dele *ansiava* por trazer Dark para o caso. Riggins vira um baralho de tarô na casa dele, e aquilo fora antes que Knack jogasse o tema na mídia.

E, por conhecer Constance, sabia que ela não desistiria. Poderia parecer vencida, mas encontraria formas de alfinetá-lo, cansá-lo, tentando chegar a um *sim*. No entanto, não poderia contar a verdade a ela. Como conseguiria?

O Steve Dark que ela idolatrava compartilhava traços genéticos com o pior assassino em série que eles conheciam.

Não era uma história ou um boato, nem mesmo indícios vagos. Riggins fizera o teste, erguendo a mão fria de Sibby e colhendo uma amostra sob a unha dela, o mais suavemente possível. Sibby lutara pela própria vida e a da filha, recém-nascida, com todas as suas forças. Rasgara a roupa de látex do maníaco com as unhas e arrancara um fragmento de sua pele. E aquele DNA estava na ponta de uma agulha.

Originalmente, Riggins quisera afastar uma terrível possibilidade: a de que a filha de Sibby houvesse sido concebida pelo maníaco.

No entanto, o teste acabara confirmando algo ainda pior.

Riggins fizera o exame e rastreara o resultado. O sistema mostraria todos os DNAs registrados relacionados àquela amostra. Os resultados chegaram com um *plim!*: sete dos 13 alelos combinavam. *Com Steve Dark.*

Ele ainda amava Dark como a um filho, mas conhecia a violência extrema da qual ele era capaz. Vira isso uma vez, naquele porão. Por que, afinal, ele abandonara a Divisão?

Por saber que, mais cedo ou mais tarde, Riggins descobriria a verdade?

Capítulo 44

O grito de uma mulher o acordou.

Johnny Knack se levantou de um salto e viu algo tremendo sob um maço de papéis. Era o despertador do seu celular. Depois da carnificina na Filadélfia, ele programara o grito de Janet Leigh no filme *Psicose* para acordá-lo. Claro, era um pouco infantil, mas servia para mantê-lo focado no trabalho.

Estranhamente, Knack nem sequer percebera que adormecera. Havia passado boa parte da noite redigindo uma proposta para um livro. O momento era importante, pois ele sabia que os crimes continuariam. O Assassino das Cartas de Tarô estava apenas começando. Afinal, quantas cartas haveria em um baralho?

Por isso, Knack queria estar preparado. O mercado de livros não era mais como antigamente. Nos velhos tempos, era possível passar anos escrevendo coisas como *A sangue-frio*, *Helter Skelter* ou *Zodíaco*, enquanto os leitores esperariam alegremente. Hoje, isso era impossível. Queriam saber tudo sobre um assassino enquanto os cadáveres das vítimas ainda estavam mornos, e imediatamente pensavam nos artistas que viveriam os papéis nos filmes. O mercado editorial finalmente se modernizara e era capaz de produzir livros quase que instantaneamente, ainda mais que já não eram mais necessários papel e encadernação. Um amigo de Knack conseguira um contrato para um e-book de 50 mil palavras envolvendo sexo, bebidas e uma jovem estrela do cinema, durante um feriado em uma estação em Aspen que fazia a situação parecer uma paródia exagerada de seriados sensacionalistas de TV. O lamentável texto fora baixado por 130 mil pessoas — o número continuava crescendo — e havia uma chance de filmagem. Tudo pelo trabalho de um fim de semana. Que pena, Capote. Você fez tudo errado.

Knack estava decidido a conseguir mais do que o amigo: queria publicar seu livro enquanto os assassinatos ainda estivessem *acontecendo*. Quatro cartas, seis cadáveres — bem, era mais do que o bastante. Juntaria tudo em detalhes encharcados de sangue, com muita especulação e algumas baboseiras sobre cartas de tarô, e pronto: o livro surgiria. A sequência viria logo depois, ao vivo.

O e-mail que chegara, portanto, devia ser de uma das editoras que ele contatara na noite anterior, divulgando o projeto. Que seria maravilhoso!

Knack estendeu uma das mãos para o telefone e a outra, para as balas de hortelã. Tinha a boca seca e áspera. Colocou uma bala na boca e acessou o e-mail. Não era uma editora. A mensagem vinha de um tal de ACT.

— Não pode ser...

Knack abriu a mensagem. Evidentemente era alguém rindo dele. Talvez algum daqueles editores de merda.

O texto dizia:

```
Gosto do seu trabalho. Não precisa ir até os mon-
tes. Aquela história morre lá. Quer estar à frente
dos fatos? Vá a Wilmington. Mande uma resposta em
branco para mais informações.
```

Montes? Aquilo não fazia sentido, nem a menção a Wilmington. Era o que intrigava Knack. Se fosse uma brincadeira, a pessoa tinha predileção pela obscuridade. Knack precisava verificar os sites de notícias e procurar pelas palavras "montes" e "homicídio".

Não foi preciso. Ao ligar o laptop, sua página inicial — naturalmente o Slab — estampava a reportagem, datada daquela manhã, com a costumeira falta de sensibilidade:

APALACHES: 10. BANQUEIROS: 0

Executivos da Westmire a caminho de "encontro" sibarítico morrem em estranho acidente aéreo

Knack leu rapidamente o artigo, com uma sensação desagradável de insegurança. Se alguém mais falasse em tarô, ele arrancaria a cabeça do intrometido. Não havia menção, porém, a cartas de tarô ou ligações com ocultismo. Apenas um boato estranho de que o piloto estava desaparecido e uma piada dizendo que ele provavelmente saltara de paraquedas por não suportar mais o comportamento desregrado dos passageiros. Talvez não houvesse qualquer relação com o ACT.

Mas, e se houvesse? E o que significava Wilmington?

Knack pegou o celular e respondeu a mensagem.

Capítulo 45

Espaço aéreo sobre os montes Apalaches

D ark ocupava um assento em um luxuoso Gulfstrem G650 modificado, o jato executivo mais rápido do mundo. Ouvia o piloto se vangloriar de que, embora a velocidade máxima oficial fosse de cerca de Mach 0,925, ele chegara a Mach 1 em voos de ensaio. O avião, de 60 milhões de dólares, tinha lugar para 12 passageiros acostumados a viajar com todo o luxo, mas Dark estava só. Sabia Deus como Lisa conseguira aquilo tão rápido. Pensando bem, ele não queria saber. Era estranho o bastante o fato de viajar num avião quase supersônico até o local de um desastre aéreo.

Qualquer que fosse a velocidade, Dark achava que não seria suficiente. Obviamente, seu ex-chefe teria de passar pelos trâmites oficiais: a Agência Federal de Aviação, a Junta Nacional de Segurança de Transportes, a Segurança Nacional e todas as outras agências que cuidavam de desastres aéreos. E caso Lisa fizesse em terra o mesmo que fizera para conseguir aquele avião extraordinariamente veloz, ele poderia chegar primeiro à cena do crime, ao ignorar todas essas instituições, e analisar tudo sem ser impedido.

Não tinha nada contra fotos e relatórios de terceiros, mas não era o mesmo.

Aquela poderia ser sua melhor chance de encontrar uma pista do assassino.

Enquanto o Gulfstream aterrissava no Aeroporto Regional de Roanoke, Dark imaginou a carta Dez de Paus.

A seguinte na sua leitura pessoal.

E a que fora usada pelo assassino. Ou *assassinos*.

O Dez de Paus mostrava dez longas varas juntas, sendo levadas por um homem ansioso por chegar a um destino desconhecido. Hilda dissera a Dark que a carta pressupunha uma tarefa que exigia um esforço quase sobre-humano para ser terminada. As casas próximas davam a entender que o fim da tarefa era iminente e que a carga deveria ser transportada sem pausa nem descanso.

Segundo Hilda, o homem na imagem da carta era um símbolo de opressão. A vontade de um único homem levada ao extremo da sua energia. Alguém impusera a ele aquela carga.

Será que o assassino se imaginava como aquele homem, levando dez almas ao além? Se fosse o caso, se concentraria somente na sua tarefa. Sua vida seria simples, teria um objetivo claro. Comeria, respiraria e dormiria somente para completar sua missão: matar.

Portanto, enquanto seguia até o local do acidente em uma van branca, Dark sabia que o assassino não estaria entre os mortos.

Talvez houvesse saltado do avião. Nesse caso, teria esperado até o fim, para presenciar o desastre. Até aquele momento, todos os crimes haviam sido praticados pessoalmente. Não poderia ter operado remotamente. Precisaria estar na cena.

Conforme prometido, Lisa lhe conseguira a arma. Depois de chegarem ao local, o motorista lhe entregou, sem dizer uma palavra, um estojo negro com uma Glock e três pentes de balas calibre 40 — a arma e o calibre preferidos por Dark. Se encontrasse o assassino nos montes Apalaches, não gostaria de estar indefeso.

As credenciais enviadas para seu celular atravessaram a barreira policial até os investigadores. Dark percebeu que a Divisão de Casos Especiais chegara, como previra. Reconheceu os veículos e as placas que sem dúvida eram daquela frota.

Sabia que precisava permanecer além da barreira, o que, no entanto, não era um problema. Daquela distância, o avião parecia intacto, como se houvesse aterrissado em vez de cair. O terreno naquela área era suficientemente plano para uma aterrissagem, embora fosse arriscado.

Depois de observar os destroços no local do desastre, Riggins achou que precisava de um uísque, talvez três. Em vez disso, precisou se contentar com um cigarro. Um dos investigadores se alarmou ao vê-lo procurando um isqueiro. Riggins assentiu, erguendo os braços. Afastou-se, acendendo o cigarro e inalando profundamente a fumaça, esperando apagar o cheiro e o gosto de carne queimada.

Enquanto fumava, pensou no assassino. Ele conseguira saltar de paraquedas sem que nenhum dos passageiros dissesse algo? Ficaram sentados, com os cintos atados, enquanto aquele louco escapava?

Não, isso não fazia sentido. Devia ter usado novamente a droga aplicada em Jeb Paulson e nos outros. Com as vítimas desacordadas, poderia deixar tranquilamente a cena do crime, que pouco depois seria destruída por uma imensa bola de fogo, sem deixar vestígios de sua fuga.

Ou haveria algum?

Riggins olhou o relevo acidentado da região e pensou que poderia encontrar pegadas se procurasse nos arredores. Não, não era possível percorrer aquele tipo de terreno, seria necessário algum veículo. Um carro, talvez uma moto. Ele precisaria procurar por marcas de pneus.

Nesse momento, viu, à distância, uma figura magra de jaqueta.

A cerca de 100 metros do avião, Dark viu as primeiras manchas de sangue na grama coberta de orvalho.

Foi você?, pensou ele. *Machucou-se carregando suas varas?*

Tirou do bolso um estojo e colheu algumas amostras. Talvez o assassino houvesse finalmente cometido um erro e deixado alguma pista.

Riggins pensou que estava vendo coisas.
Não podia ser...
Dark?

Capítulo 46

Riggins correu para a frente, enterrando os pés na terra enlameada. Alguém gritou seu nome, talvez Constance. Ele não deu atenção. Dark estava na cena do crime. Era impossível negar.

Mas como? Da última vez que Riggins o vira, Dark estava em Los Angeles. A menos que houvesse desenvolvido uma capacidade de premonição, não chegaria tão rapidamente ao local do desastre. Que merda, fazia cinco ou seis horas desde que o avião caíra. A única explicação era Dark saber que o acidente aconteceria e estar ali para esperar. Talvez tivesse até mesmo ajudado a planejar...

Riggins não queria pensar naquela hipótese, e sim se concentrar no que era importante: prendê-lo, trancá-lo em uma cela de concreto até que pudesse controlar a situação. Lamentava apenas não o haver prendido em Los Angeles.

Ao ver alguém correndo ao seu encontro, Dark deduziu que se tratava de Riggins. Ele não mandaria ninguém no seu lugar, não em um caso como aquele. Não importava que acabasse de chegar da costa oeste. O ex-chefe faria questão de estar no local, verificando os indícios, colhendo material e levando os cadáveres a um necrotério das proximidades. Riggins era incansável. Nesse sentido, ainda era o modelo que ele seguia.

Não naquele momento, porém. Riggins não entenderia nem toleraria sua presença. Ele o expulsaria dali sem discutir.

Dark guardou rapidamente a última amostra num tubo de ensaio, colocou tudo no bolso e puxou o telefone do outro bolso. Ligou para Lisa enquanto corria para uma fileira de moitas e árvores, a cerca de 10 metros. Talvez seguisse o mesmo caminho do assassino, afastando-se do avião e desaparecendo.

— Preciso sair daqui, depressa. Onde está o motorista?

Por mais rapidamente que Riggins corresse, os anos de cerveja, alimentação inadequada, fumo e tudo o mais que carregava nas veias acabaram por vencê-lo. A figura desapareceu entre as árvores, deixando-o curvado, com as palmas das mãos nas coxas, tentando recuperar o fôlego. Na verdade, estava quase vomitando; o outro era mais jovem e mais rápido.

"O outro". Claro.

Diga logo.

Você sabe que era Steve Dark, não sabe?

Riggins tinha uma decisão difícil a tomar. Poderia mandar uma equipe de homens e de cães procurá-lo e prendê-lo imediatamente ou poderia não fazer nada, sabendo que permitira a fuga de um possível assassino.

Recordou o dia em que Dark deixara a Divisão pela primeira vez, pouco depois do assassinato de toda a sua família adotiva. Os dois estavam em um estacionamento subterrâneo e Dark lhe dissera:

— Estou à beira de um abismo, caminhando numa corda bamba. Se não me demitir, passarei para o lado errado e você acabará correndo atrás de *mim*.

Riggins assentira e dissera que compreendia, mas obviamente não era a verdade.

As palavras proféticas de Dark pareciam se tornar realidade...

Riggins se deteve. Acreditava *realmente* naquilo?

Se Dark fosse o assassino, ficaria perambulando na cena do crime, observando o trabalho dos policiais? Por que não observar escondido entre as árvores?

Riggins estendeu a mão para o celular que trazia preso ao cinto, mas o destino tomou a decisão em seu lugar. O telefone tocou.

Capítulo 47

Washington D.C.

J ohnny Knack gostava da sensação de tocar aquelas notas de 100 dólares no bolso do paletó. No entanto, o jornalismo dependia essencialmente de contatos.

Se pudesse usar o que sabia em troca de acesso, conseguiria finalmente fechar um contrato para seu livro. Ninguém mais poderia afirmar ter acesso exclusivo aos arquivos da Divisão de Casos Especiais. Não importava que Tom Riggins jamais concordasse com aquilo, pois mesmo uma simples menção sobre a cooperação oficial poderia ser utilizada de várias maneiras interessantes.

— O assassino entrou em contato comigo — disse Knack.

— Knack — respondeu Riggins —, vá à merda.

— Você está no local do desastre, certo?

Houve silêncio do outro lado da linha. Knack percebeu que Riggins ficara surpreso.

— Está aí porque o responsável foi o Assassino das Cartas de Tarô, mas ninguém sabe disso. Para o público, trata-se apenas de mais um grupo de ricos irresponsáveis que teve o fim merecido. E eu sei a verdade. Como poderia saber se o assassino não houvesse me dito?

— Não estou lhe dando uma confirmação.

— Não é preciso, agente Riggins. Não quero nada de você, pelo contrário: estou ligando para lhe dar algo, porque acho que o assassino me revelou onde atacará da próxima vez.

— Onde?

— Direi com muito prazer, desde que me prometa algo.

— Merda, eu já imaginava.

— Não é nada importante, juro — disse Knack. — Basta prometer que vamos continuar a conversar. Ou ao menos que você se manterá em silêncio enquanto eu lhe disser algo, e, se eu estiver muito longe de acertar, soltará um grunhido. Se eu estiver na direção certa, tossirá. Vamos, você sabe o que quero dizer... algo no estilo *Todos os homens do presidente*. Uma bandeira no vaso de flores do terraço, por exemplo.

Knack prestou atenção. O silêncio o enchia de entusiasmo. Riggins acreditara nele! Estava analisando a proposta...

— Onde você está, Knack? — perguntou Riggins.

— Na minha casa.

— Em Manhattan, certo? No apartamento em Greenwich Village que você alugou há três anos? Bem, escute, seu merda: daqui a cinco minutos dois agentes federais entrarão pela sua porta e confiscarão seu laptop, suas notas, seus arquivos, suas cuecas e colocarão tudo em sacolas de plástico...

— Wilmington, Delaware.

Bem, Knack lançara o anzol e Riggins não mordera a isca. Não seria a primeira aposta que perderia.

— O quê?

— É onde ele, o assassino, disse que atacaria.

— Ele?

— Não sei. Ele, ou *ela*, me mandou mensagens de texto.

— Quero cópias de tudo — disse Riggins. — E quero que um técnico dê uma olhada no seu laptop.

— Tudo o que quiser, amigo.

— Não somos amigos.

Knack desligou. *Aquele idiota de merda*, pensou.

Tudo bem, viviam em um país livre. E Knack sentiu que em breve viajaria a Wilmington, Delaware.

VI

Cinco de Ouros

Para ver a leitura pessoal de Steve Dark
nas cartas de tarô, acesse grau26.com.br
e digite o código: ouros.

EX LUX LUCIS ADVEHO ATRUM

CINCO DE OUROS

Wilmington, Delaware

Demais ou de menos: assim era a vida de Evelyn Barnes.

Naquela noite, por exemplo, tinha uma enfermaria infantil completamente lotada e três enfermeiras ausentes por motivos de saúde. Se dependesse de Barnes, todas seriam despedidas. Não era a primeira vez. E havia ainda uma grave carência de enfermeiras, o que significava que ela corria o risco de receber três novatas mal treinadas e ainda mais conscientes dos seus direitos. Aquele era o verdadeiro problema: a geração seguinte, nos seus 20 anos. Mimadas pelos pais, com todos os desejos satisfeitos e notas altas independentemente do desempenho escolar, tinham ainda a estranha ideia de que deveriam receber salários altos apesar da pouca competência. Pior, esperavam cargos elevados, mesmo que para isso precisassem passar seis meses ou um ano sem trabalhar. Por que não? Papai e mamãe cuidariam delas em sua casa.

Barnes conhecia essa história por experiência própria. Sua filha era enfermeira e não trabalhava fazia um ano.

Nesse período, as poucas horas de sono fizeram um estrago no rosto dela. Antigamente era bonitinha... pequena, seios grandes, loura e interessante; sempre lhe ofereciam bebidas. Era ainda melhor quando finalmente confessava ser enfermeira — como se seus modos não deixassem isso claro. Trabalhava com crianças? Outra vantagem. Os homens aparentemente ainda se deixavam seduzir pela fantasia enfermeira-paciente.

Fazia tempo desde a última vez que alguém se oferecera para lhe pagar uma bebida. Os homens nos bares — e ela ultimamente não costumava frequentá-los — em geral sugeriam que ela tirasse férias ou ao menos que tomasse uma aspirina. Os cabelos louros, um pouco sujos, só serviam para serem puxados para trás e presos com um grampo, para que não caíssem sobre os olhos. O rosto era cansado e inchado, e o olhar parecia completamente sem vida. O que acontecera com ela?

Demais ou de menos. A mesma velha história.

Do outro lado da rua havia um pequeno bar cujos clientes eram quase que exclusivamente médicos, enfermeiras e funcionários do hospital. Barnes deslizava seu dinheiro por sobre o balcão e o dono lhe dava um maço dos seus cigarros favoritos. O vício se tornava cada vez mais caro e contrariava o conselho que ela dava a todos os jovens que encontrava: *Você nunca vai fumar, não é, Josh?* Porém, todos precisavam de uma válvula de escape. Barnes tirou um cigarro do maço, acendeu-o e olhou para o hospital, mais à frente. Aquela instituição lhe custara mais de vinte anos.

No entanto, não se arrependia. Cuidara de muitas crianças, consolara muitos pais aflitos. Não trocaria isso por nada. Ainda assim, gostaria de um alívio para o estresse, ainda que temporário.

Enquanto fumava, um vento lhe passou pelo corpo. O céu estava cinzento e escuro. Parecia que ia nevar. Estranho, no final de outubro. Ela deveria ter vestido o casaco.

O cigarro acabou mais cedo do que deveria; teria de voltar. Barnes jogou a ponta no chão e a esmagou. *Não fume, Josh, nunca, nunca, nunca*, pensou. Naquele momento, alguém a agarrou por trás.

Subitamente, um braço forte lhe enlaçou o pescoço, cortando sua respiração. *Meu Deus*, pensou Barnes. *Será um drogado?* Quanto mais se debatia, mais crescia sua raiva. Que merda, aquele bairro estava ficando um horror! Quem assaltaria uma enfermeira em frente a um hospital infantil?

Ouviu um sussurro distinto e tranquilo junto ao ouvido. A voz parecia abafada, como se sob uma máscara oca.

Shh... que tal se sentir indefesa? Sentir a vida se esvaindo, por mais que você se agarre a ela?

Não era um drogado. O agressor não tremia, não tinha o cheiro das ruas. Era uma pessoa grande, robusta.

Enquanto ela se debatia, a touca de enfermeira caiu. Tentou gritar, mas inspirou algo e tudo se tornou cinzento. Depois não viu mais nada. Tudo terminara.

Não, havia mais.

Estava em uma cama dura. Lençóis rígidos. Estaria tudo acabado? Ela seria a paciente? Não, não poderia ser. Não era possível que a tivessem posto numa cama do hospital infantil. Por que estava tão escuro e frio ali? Ela estendeu a mão na escuridão e seus dedos imediatamente tocaram uma superfície dura.

O que estaria acontecendo?

Com as pontas dos dedos, tentou compreender. Havia uma superfície fria e dura acima dela, a poucos centímetros. Ao apalpar na escuridão em volta de si, percebeu que não havia lençóis ou colchão. Era a mesma superfície fria.

De repente, compreendeu onde estava e por que fazia tanto frio.

Estava trancada na gaveta de um necrotério.

Evelyn Barnes gritou, bateu com os punhos no teto e agitou as pernas cansadas, tentando fazer o máximo de barulho, rezando para que alguém aparecesse antes que morresse congelada. Tentou permanecer calma, mas era impossível. Quem conseguiria? Ah, meu Deus, alguém me tire daqui, por favor! Prometo fazer o que quiser, não quero morrer assim! Meu Deus, quem vai tomar conta da minha filha? Por favor, Deus, ME TIRE DESTA MALDITA CAIXA...

Ninguém podia ouvir seus gritos. Estava ficando tarde, e o necrotério, assim como o restante do hospital, sofria de uma aguda falta de pessoal.

Capítulo 48

Wilmington, Delaware

Constance não podia imaginar o horror de esperar a morte na gaveta de um necrotério.

E era justamente o que o Assassino das Cartas de Tarô fizera com Evelyn Barnes. Raptara a enfermeira no hospital onde trabalhava, drogara a mulher para que ela ficasse inconsciente, colocara seu corpo na chapa deslizante de uma gaveta e a trancara, sabendo que àquela hora ninguém ouviria seus gritos por socorro. Não naquele pequeno necrotério, no subsolo do hospital.

Ela sabia que Barnes havia gritado, berrado, esperneado, esmurrado e arranhado com os dedos a fria prisão de aço. As mãos, cotovelos, joelhos e pés estavam horrivelmente marcados. Ela lutara até o fim, sabendo exatamente o que aconteceria.

Constance não conseguia nem imaginar.

Quem castigaria tão severamente outra pessoa? Que mal teria feito Evelyn Barnes? Ou seria aquele crime como os demais... horrivelmente aleatório?

Riggins mandara Constance a Wilmington sozinha. Inicialmente ela pensou se tratar de um castigo, mas o chefe explicou sobre a mensagem que Knack havia recebido e disse que queria seu "melhor agente" pronto para agir, caso algo acontecesse. O elogio a fez se sentir bem. A menor migalha valia muito.

Especialmente diante de um pesadelo como aquele.

Não havia muitas dúvidas de que fosse outra façanha do Assassino das Cartas de Tarô, no dia seguinte ao desastre com o avião. Ele colocara a carta Cinco de Ouros sob as costas de Evelyn, o único lugar no qual permaneceria por mais que ela se agitasse, esperneasse e esmurrasse ao redor. A logística também fazia sentido: era fácil imaginá-lo saltando do avião no local do impacto e seguindo para Wilmington. Não seriam mais do que seis horas de estrada.

Constance pensou na carta: duas pessoas doentes, uma mulher adulta e uma criança, caminhando por um campo nevado. Os corpos mostram ataduras e as roupas não são adequadas ao clima. São ambas pobres. A figura infantil caminha com muletas; a adulta se envolve em um xale, de costas para a criança, sem prestar atenção na evidente dificuldade dela. Atrás de ambos, um vitral com cinco estrelas de cinco pontas arrumadas em forma de árvore, em um amarelo forte e brilhante.

A enfermeira, Evelyn Barnes, seria a adulta? Nesse caso, quem era a criança? Nenhuma criança desaparecera do hospital. Ainda bem!

Assim como no caso de Martin Green, houvera tortura. Não se podia dizer o mesmo de todos os homicídios. Paulson morrera rapidamente, assim como as três estudantes. No caso do senador, houvera um esfaqueamento metódico, certamente uma tortura. Os passageiros do avião, no entanto, foram narcotizados, asfixiados e queimados de forma simples, impessoal.

Constance compreendeu: *alguns dos homicídios tinham um significado pessoal para o assassino.*

Outros eram apenas exemplos, impessoais: Paulson, as estudantes, os passageiros do avião; mas o assassino tinha um motivo pessoal para odiar Green, o senador Garner e aquela enfermeira.

Qual poderia ser o elo entre eles: um especialista em economia, um político e uma enfermeira de um hospital infantil?

Capítulo 49

West Hollywood, Califórnia

D ark voltou à Califórnia levando consigo, finalmente, uma pista real. Bastava entendê-la.

Durante anos, colecionara instrumentos diversos de laboratórios criminais da Divisão de Casos Especiais, como incubadoras ultrapassadas e centrífugas, e construíra seu ciclo térmico e sequenciador por meio de encomendas postais desde que saíra da agência. Essa estrutura improvisada era bastante rudimentar em relação aos laboratórios, mas serviria para o que ele precisava. Não havia tribunais ou estrutura de provas a preservar. O DNA bastaria apenas para revelar uma parte da história.

Após isolar as amostras e incubá-las, separando o DNA das impurezas, Dark colocou a amostra no sequenciador. Enquanto esperava o processo de análise, pensou nos ataques aparentemente aleatórios do criminoso.

O problema era que 99,9 por cento dos assassinos não escolhiam suas vítimas ao acaso. *Sempre* havia uma razão.

Os filmes e os romances policiais mostram assassinos cujas vítimas poderiam viver ou morrer conforme a sorte no cara ou coroa, no vermelho ou preto. A realidade, porém, não era assim. Para que se leve às últimas consequências a vontade de tirar a vida de alguém, é preciso um motivo, um plano.

A decisão não fica entregue a uma merda de um baralho de tarô. Certo?

Dark, no entanto, não conseguia ignorar a ideia de que havia forças superiores em ação. Digamos que o assassino acordasse e resolvesse: *Muito bem, farei uma leitura no tarô e matarei alguém segundo a leitura. Encontrarei pessoas que combinem com as cartas e assustarei muita gente...*

Ainda que isso fosse verdade, o assassino continuaria a se ocupar com as *escolhas*. Dentre todos os homens que quisesse enforcar, por que Martin Green, na Carolina do Norte?

Sem dúvida escolhera Jeb Paulson porque ele se intrometera. Se Jeb não houvesse entrado em cena — se, por exemplo, Riggins houvesse ido no lugar dele —, o que teria acontecido? O assassino atacaria Riggins? Não, não seria Tom Riggins, que era muitas coisas mas não um louco, no sentido das cartas de tarô. Não tinha alma de novato, esperando o renascimento. Meu Deus, era impossível ser mais preparado do que ele.

Novamente, fora uma *escolha*, não a sorte tirada em uma carta de baralho.

Mas, então, como explicar as três jovens do bar? Era um crime totalmente aleatório, sem qualquer ligação com Green além do campo de estudo: economia e negócios. Também as vítimas do desastre aéreo: executivos de uma empresa de investimentos. E o senador, que tinha ligações com o universo dos banqueiros e das leis. Um pouco forçoso, mas não muito. Era possível encontrar um elo entre todas as vítimas, com exceção de Paulson.

O sequenciador soou. As amostras estavam prontas.

O sangue era de um animal.

Não havia relação com o assassino.

Capítulo 50

Dark permaneceu no porão de casa em um estado de quase ausência, sem prestar atenção à passagem do tempo. Pensava nos pequenos fragmentos de fatos aos quais tivera acesso e seu cérebro se esforçava para juntá-los. Os indícios que coletara eram inúteis, como acontecera com Sqweegel.

O laptop acusou a chegada de um e-mail. Era um relatório enviado por Lisa. Houvera outro assassinato cometido pelo ACT, um dia depois da queda do avião. Dessa vez, uma enfermeira chamada Evelyn Barnes, em Wilmington, Delaware. Dark abriu o arquivo e, após algumas linhas, percebeu que lia um relatório preparado por Constance Brielle. A redação dela era factual, precisa, inteligente. Se algum dia precisasse copiar o trabalho de alguém, Dark escolheria o de Constance.

Ela havia rapidamente identificado a carta de tarô relativa ao crime: o Cinco de Ouros. Novamente, o assassino — ou assassinos, recordou Dark — não fizera mistério. Quem quer que houvesse trancado Evelyn Barnes na gaveta fria daquele necrotério deixara a carta junto com ela.

Era mais uma carta da suposta leitura "pessoal" de Dark. O que dissera Hilda sobre aquela carta?

Dificuldades e saúde deficiente. Como nos tempos difíceis após o assassinato brutal dos pais adotivos de Dark, quando ele dissera a Riggins que se demitiria da Divisão. *Você tem razão*, dissera Riggins. *Eu me preocupo demais.* Seria por isso que aquela enfermeira, Evelyn Barnes, merecera castigo? Ela se preocupava demais? Ou talvez, como a mulher na carta, ela ignorasse o sofrimento dos que a rodeavam.

Pare com isso, disse Dark a si mesmo. *Concentre-se no caso. Pense no assassino e não na sua própria vida. Você já decidiu isso!*

Tudo, porém, acabava voltando para as cartas.

Como era possível?

Talvez a vida não fosse o que ele pensava. Talvez fosse pré-determinada, e o livre-arbítrio, apenas uma ilusão. Talvez a cruz celta fosse uma abertura na fachada do maquinismo, permitindo-nos uma rápida olhada no funcionamento real do universo.

Mas, se fosse esse o caso, o que seríamos nós senão peões indefesos? Simplesmente pequenos insetos, aprisionados num copo, procurando desesperadamente subir até a superfície e inevitavelmente escorregando para baixo. Em breve, o ar acabaria; morreríamos todos. Temos a ilusão de um mundo vasto além do copo e respiramos pelas últimas vezes pensando que seremos aqueles que descobrirão como escapar dali. Ninguém descobre, no entanto.

Ninguém no mundo jamais conseguiu escapar do copo.

Dark pegou o celular, discou um número e esperou. *Vamos, Hilda, atenda. Por favor.* Em vez disso, uma voz gravada entrou na linha.

Aqui é madame Hilda. Não posso atender no momento...

Quando ouviu o sinal, Dark deixou uma mensagem:

— Hilda, você me ajudou muito, mas tenho novas perguntas e realmente preciso encontrá-la. Amanhã, se for possível. Irei a sua loja às 9 horas em ponto. Por favor, esteja lá.

Capítulo 51

Sede da Divisão de Casos Especiais/Quantico, Virgínia

— Diga-me que você está prestes a prender alguém.

Riggins encarou Norman Wycoff.

— Estamos usando todos os recursos disponíveis, mas tenho seis crimes em lugares diferentes, com 17 vítimas e seis jurisdições. Se quiser me fornecer mais recursos, aceito com prazer.

O secretário de Defesa surgira no escritório de Riggins por não se contentar em ligar ou enviar e-mails com milhares de pontos de exclamação vermelhos. Na televisão, ele se mostrava como o mais fervoroso defensor da segurança dos Estados Unidos. Todos consideravam suas táticas invasivas como parte do seu charme. O discurso, porém, ficava gasto, e os cidadãos se mostravam cansados de ouvir sobre métodos extraordinários, afogamentos, capuzes, choques elétricos, cachorros e torturas genitais. Wycoff também parecia cansado de se justificar, sem falar no trabalho de administrar seu departamento. Às vezes descarregava suas frustrações em quem estivesse por perto.

— Você entende que a Segurança Nacional quer tratar esse caso como atos de terrorismo? — disse Wycoff.

— Ótimo — disse Riggins.

Wycoff sorriu com desprezo.

— Não quer vingar seu rapaz, Tom? Não reconheço você. Acho que está perdendo o entusiasmo.

— E acha que me importo com o que você pensa?

O rosto de Wycoff ficou vermelho, um tom que Riggins não conseguia identificar. Pela sua expressão, parecia querer atacar de qualquer jeito. Seria até capaz de atingir-lhe os testículos. Finalmente, bradou:

— Talvez Steve Dark fosse o único membro da Divisão que sabia o que estava fazendo.

Riggins estremeceu. Não pôde evitar, mas se recriminou por isso.

Não por orgulho ferido, pois Wycoff não tinha ideia de como aquela Divisão funcionava, mas porque Dark povoava os pensamentos de Riggins. Para um homem como Wycoff, Dark era como uma pistola guardada na mesinha de cabeceira de um chefe de família no subúrbio. O homem nega possuí-la, nega suas fantasias sobre como a utilizar contra um intruso. Diz aos amigos liberais que gostaria de poder jogá-la no fundo de um rio, porém não tem coragem de fazer isso. Na verdade, alegra-se por ter a pistola ao alcance da mão. Desde que Dark deixara a Divisão, Riggins não conseguira dormir tranquilamente uma única noite.

Wycoff o viu estremecer e apertou os olhos.

— Ele está trabalhando para alguma agência? — perguntou o secretário de Defesa.

— Não — respondeu Riggins.

— Então por que anda farejando as cenas dos crimes? Pensei que estivesse ocupado dando aulas para idiotas na universidade.

— Claro, Dark se tornou professor, mas nos últimos vinte anos capturou assassinos. Ele me disse que era apenas uma curiosidade. Eu o mandei sumir e acho que ele vai obedecer. Mas, na última vez que procurei saber, ainda éramos um país livre. Quer proibi-lo de viajar?

Wycoff não deu atenção. Foi em direção à porta, parando apenas para fazer suas últimas observações sobre o assunto:

— Quero resultados. E faça com que Dark não se intrometa. Senão, eu mesmo o tirarei de circulação.

221

Josh Banner estava em seu restaurante favorito, um lugar barato nos limites do distrito de Columbia que servia as panquecas mais estranhas possíveis. Eram panquecas açucaradas e com pimenta *jalapeño* e *habanera*. Naquela manhã, Banner as pedira com pequenos pedaços endurecidos de massa. Constance, cujo metabolismo era felizmente como o de um atleta, pediu três ovos fritos, três salsichas, uma porção dupla de torradas com manteiga e três copos pequenos de suco. Riggins escolheu um café e torradas sem manteiga. Tinha o estômago embrulhado. Era melhor comer algo mais simples se quisesse passar ileso por aquela manhã.

— Você deveria experimentar um pedaço disso — disse Banner. — É como uma panqueca interminável.

— Preciso da sua ajuda — disse Riggins. — Informalmente.

— Imaginei que tomar café de graça era bom demais para ser verdade — disse Constance.

Riggins virou a cabeça para o lado direito:

— Quem disse que é de graça?

— Então, o que quer? — perguntou ela.

— Dark.

— Eu sabia...

Banner, com a boca cheia de panqueca, disse:

— Está falando de Steve Dark? Pensei que ele tinha... bem, caído fora.

— Sim — disse Riggins —, mas acho que não conseguiu realmente deixar o trabalho. As mortes e as cartas de tarô o atraíram, mas Wycoff não gostou que ele se metesse. Portanto, para o bem do nosso amigo, precisamos encontrá-lo e evitar problemas para ele.

— Ele não está em Los Angeles? — perguntou Banner. — Se for assim, deve ser fácil achá-lo.

Riggins não deu atenção e se voltou para Constance.

— Lembra-se dos amigos especiais de Wycoff, certo?

Por mais que bebesse, Riggins não conseguiria esquecê-los, mesmo cinco anos depois. Para o secretário de Defesa, talvez fossem menos importantes do que os jardineiros ou os faxineiros de sua casa. Mas, para Riggins, eram a personificação de um pesadelo. Cinco anos antes, Wycoff ameaçara matar Riggins, a menos que ele fizesse um "favor" a ele. A ameaça viera na forma de uma unidade de operações clandestinas composta por homens com máscaras de seda e agulhas afiadas. Wycoff os chamava de Artes Negras. Matavam por encomenda.

— Claro que sim — disse Constance. — Rapazes encantadores.

— Bem, não quero que conheçam Steve, mas é isso o que vai acontecer a menos que consigamos detê-lo.

— Muito bem, o que vamos fazer?

— Encontraremos Steve e o colocaremos atrás das grades para sua proteção até que acabem esses episódios do tarô e Wycoff o esqueça. E pegaremos o assassino.

Riggins pensou, mas não disse em voz alta: *E rezaremos para que Dark e o ACT não sejam a mesma pessoa.*

Banner fez uma pausa, um pedaço de panqueca espetado no garfo.

— Então você quer que cacemos o melhor caçador do mundo?

— Essa é a ideia — disse Riggins.

Capítulo 52

Venice, Califórnia

As ruas de Venice Beach estavam calmas, o que era raro. Ao largo, no oceano, formava-se uma tempestade. Dark se aproximava da loja com ideias paranoicas. *Talvez* devesse ter pedido a Lisa para verificar o passado de Hilda. Seu instinto lhe dizia que podia confiar nela, mas às vezes seu instinto lhe pregava peças. Sabia que poderia estar entrando em uma armadilha.

Ainda assim, abriu a porta e adentrou a loja. Dessa vez, no entanto, um rosto desconhecido o esperava na mesa redonda. Uma mulher esbelta, de cabelos negros e olhos assustados.

— Estou procurando por Hilda — disse Dark.

— *Hilda*? — disse a mulher, pronunciando o nome com um forte sotaque estrangeiro. — Desculpe... Não sei de quem o senhor está falando.

— A dona dessa loja — disse Dark. — Estava aqui há poucos dias e leu as cartas para mim.

— Qual é o seu nome?

— Steve Dark.

A expressão da estranha mulher se modificou. O sotaque desapareceu imediatamente.

— Desculpe, o senhor tem jeito de policial. Hilda me ligou há poucos dias. Não explicou o motivo, disse apenas que precisava que eu cuidasse da loja por alguns dias.

— Ela deixou um número de telefone? É muito importante que eu a encontre.

— Não — disse a mulher —, mas talvez eu possa ajudá-lo. Conheço muito bem as cartas. E Hilda me orientou quando comecei a fazer leituras.

Tomando Dark pela mão, praticamente o puxou para dentro da loja e o levou a uma cadeira, fazendo-o sentar-se e começando a embaralhar as cartas. A loja parecia diferente. As velas eram simples objetos de decoração. O balcão estava cheio de quinquilharias para vender aos turistas. De repente, Dark se sentiu em uma loja de tarô diferente da que conhecera em Venice Beach. Cinco dólares para saber sua sorte, seu futuro. Depois, o freguês poderia ir a algum bar universitário em Abbot Kinney, tomar umas bebidas e pensar no seu destino.

— Qual é o seu nome? — perguntou Dark.

— Abdulia. Quer uma leitura? Como disse, conheço bem o tarô.

— Não, não quero outra leitura. Uma já basta. Só preciso de respostas.

— Então sente-se, por favor.

Aquela mulher não era Hilda. Não o reconhecera. Não tinha ideia do que ele estava dizendo.

No entanto, Abdulia o surpreendeu ao dizer:

— O senhor está lutando contra seu destino.

— Sim — disse Dark. — Pode-se dizer que sim.

— Não sei o que Hilda pode ter dito — tornou Abdulia —, mas me deixe lhe dar alguns conselhos, gratuitamente. Muitos homens enlouqueceram tentando lutar contra seu destino ou modificá-lo, mas é uma bobagem. O destino é mais importante do que podemos imaginar. É impossível nos desviarmos do caminho que ele nos designou.

— Então, o que fazer?

— O melhor é abraçá-lo. É a única maneira de estar em paz, meu amigo. A *única* maneira.

Capítulo 53

Ao volante do Mustang, Dark saiu como um foguete pelas ruas de Santa Mônica, mais confuso do que nunca. A paz que Hilda parecia lhe haver oferecido estava despedaçada. Ainda mais perturbadora era a pergunta: Onde ela estava? Por que saíra repentinamente de Venice Beach?

Dark ligou para Lisa.

— Preciso que você encontre uma pessoa para mim. Chamada Hilda.

— Hilda de quê?

— Não tenho ideia.

— Tem algum número de telefone ou de identificação?

— Apenas um endereço comercial. Ela é dona de uma loja em Venice Beach, ou ao menos acho que é a proprietária. A loja se chama Psico Délico. Se você puder verificar o proprietário, talvez descubra algo e então...

Lisa suspirou.

— Não me diga que você consultou uma cartomante qualquer para esse caso? Se é assim, podemos fazer coisa muito melhor! Posso colocar você em contato com especialistas das melhores universidades, pessoas que estudam ocultismo há anos.

— Muito gentil da sua parte, mas gosto de trabalhar com pessoas comuns.

— Quem é ela? O que ela lhe disse?

— Basta que você me ajude a encontrá-la. Acredite, é importante.

Lisa suspirou, em tom de desapontamento, mas se resignou à tarefa. Encontrar uma mulher chamada Hilda, que poderia estar em qualquer lugar no sul da Califórnia.

— Hilda, Psico Délico. Algo mais?

— Não, só isso.

Ficaram em silêncio por alguns segundos. Dark não sabia o que dizer e, aparentemente, tampouco Lisa. Finalmente a ligação foi cortada automaticamente. Dark jogou o telefone no assento do passageiro e pisou no acelerador. Lisa encontraria Hilda: sem dúvida teria um relatório completo e indiscreto em pouco tempo. Dark achava que Hilda poderia ser a única pessoa realmente envolvida na história. Lisa poderia comandar o mundo secreto, mas não era capaz de lhe dizer o que Hilda sabia.

Dark pensou nas cartas que ela havia colocado tão despreocupadamente sobre a mesa. Em todos os casos em que trabalhara, jamais houvera tanta clareza, tanta simplicidade. João e Maria tinham morrido e ali estavam as migalhas de pão.

Naturalmente, ele tinha mais do que migalhas de pão.

Sabia qual era a carta seguinte:

A Roda da Fortuna.

Pense como os assassinos: você tirou a carta e a interpretará. Abdulia dissera para abraçar seu destino. Portanto, como o assassino interpretaria essa carta?

Hilda dissera que a Roda da Fortuna era uma das cartas mais complexas dos arcanos principais. A carta que tratava do destino, um ponto de mudança, levando a um lado ou a outro sem aviso prévio. Por exemplo, quando Dark conhecera Sibby, por acaso, em uma loja de bebidas em Santa Mônica. Hilda afirmara que a Roda da Fortuna tinha agido naquela ocasião. Um encontro casual que mudara para sempre as vidas de ambos.

Então tentar adivinhar o passo seguinte do assassino era tão inútil quanto querer prever o número seguinte em uma roleta?

Não.

Os assassinos agiam segundo algum modelo, não eram atos aleatórios. Para eles, tudo tinha um significado.

A mente de Dark voltou ao mapa que Lisa lhe mostrara, no qual ela havia localizado os crimes até aquele momento. Não havia um padrão geográfico visível, nenhum ponto a partir do qual os assassinos atacariam. Dark tentou visualizá-los, quem quer que fossem, jogando as cartas sobre um mapa gigantesco dos Estados Unidos, gesticulando entre si e murmurando a concordância enquanto...

E então ele compreendeu. *Filho da puta!*

Por que não vira isso antes?

VII
Roda da Fortuna

Para ver a leitura pessoal de Steve Dark
nas cartas de tarô, acesse grau26.com.br
e digite o código: fortuna.

EX LUX LUCIS ADVEHO ATRUM
EX LUX LUCIS ADVEHO ATRUM · EX ATRUM ADVEHO LUX LUCIS
EX ATRUM ADVEHO LUX LUCIS
EX LUX LUCIS ADVEHO ATRUM · EX ATRUM ADVEHO LUX LUCIS
X
T
A
R
O
RODA DA FORTUNA

Las Vegas, Nevada

Kobiashi queria o serviço de quarto *imediatamente*. Gastara dinheiro suficiente para que pedidos simples, como algumas toalhas limpas, uma garrafa de champanhe e uma pilha de filmes pornográficos fossem entregues no seu quarto *agora mesmo*. Haviam se passado cinco minutos, dois além do que ele esperava e três antes que a encomenda se tornasse inútil. Kobiashi estava inquieto. Depois dos 70 anos, cada momento é importante. Ele estava prestes a pegar o telefone quando ouviu um tímido *toc toc toc* na porta.

Ótimo! Poderia gritar com alguém pessoalmente.

Ao abri-la, porém, uma mulher lhe encostou uma arma na cabeça, obrigando-o a recuar para dentro do quarto. Ela rapidamente bateu a porta atrás de si.

— Gosta de apostas, não gosta? — disse ela.

Kobiashi parecia em estado de choque.

— O quê... o quê?

— Perguntei se você gosta de apostas.

Kobiashi compreendeu imediatamente. Ele se exibira demais e alguém o notara. Aquilo era um assalto. Meu Deus, estava sendo assaltado...

— Não precisa fazer isso — gaguejou ele. — Não contarei a ninguém. Você pode se dar bem!

— Shh... Você é um jogador, não é?

— Sou um empresário...

— ... que vem a Las Vegas ao menos seis vezes por ano — completou a mulher.

— Por favor...

— Conhece esse tipo de arma?

— Não, não, por favor!

— É uma Smith & Wesson calibre 44. Uma arma americana. Estamos em uma cidade tipicamente americana e, por isso, achei que precisaríamos de uma arma tipicamente americana.

— Por favor, saia do meu quarto. Eu imploro! Pode ficar com o dinheiro da minha carteira. Tem bastante!

A mulher balançou negativamente a cabeça.

— Não, não, Sr. Kobiashi, o senhor não entendeu. A gerência do cassino me mandou aqui para ajudá-lo na sua aposta final. O senhor gosta de arriscar, certo? Por isso atrai tantos espectadores. Eles adoram ver as pessoas apostarem algo.

— Por favor...

A mulher se movimentava em torno dele, tocando-lhe os ombros com as pontas dos dedos, deslizando-os pelas costas e segurando o revólver com a outra mão.

— Conhece a roleta-russa, certo?

— Não...

— Haruki, não minta para mim.

— Sim, já ouvi falar.

— Tire a calça.

— O quê?

A mulher franziu a testa, aproximando a arma do rosto de Kobiashi e levando-a ao longo do nariz dele até em frente ao olho direito. Kobiashi estremeceu. Nunca vira algo tão assustador. Sabia que dali em diante associaria o cheiro de metal lubrificado à morte. Bem, caso sobrevivesse.

— Tudo bem, tudo bem, estou tirando!

Enquanto ele abria o cinto, a mulher continuou a falar, passando o cano da arma pelo rosto de Kobiashi.

— Sabe que existe uma versão japonesa da roleta-russa? Parece loucura, mas é verdade. Os jovens jogam. Não envolve armas, mas sexo. Homens e mulheres se reúnem e transam, sem camisinha e sem pílula. Não param até que cada homem tenha transado com todas as mulheres. Por todos os orifícios.

— Por favor...

— O importante — continuou ela — é que algumas mulheres não têm problemas. Estão menstruando, não estão ovulando, ou algo assim. A menos que os homens as tenham infectado com alguma doença venérea, fica tudo bem. Outras, aquelas cujo ciclo menstrual esteja no momento exato... bem, poderão engravidar. Pronto, serão as perdedoras! Acontece que os homens não são bobos. Na verdade, vêm preparados para isso. Levam consigo muitos ienes, em torno de 5 mil cada um, e dizem que é o *seguro*. Se uma das mulheres engravida, ela usa o seguro para pagar um aborto. Acredita nisso? É o seu país, Haruki.

Ele acabara de tirar as calças.

— Concordo, é horrível...

— Fazer essas brincadeiras idiotas com uma possível vida... um inocente... Meu Deus, é realmente...

— Horrível. Por favor...

— Não, não é horrível. Sabe o que é, Haruki? É uma forma de trapacear. Não é assim que se joga a roleta-russa. Joga-se de verdade. Não importa se há em jogo todo o dinheiro do mundo. A aposta final é sua própria vida. Entende?

— Sim, entendo.

— Tem certeza?

— Claro, claro!

— Muito bem — disse a mulher. — Então, vamos jogar.

A mulher guiou o corpo velho e nu até uma cadeira e puxou outra para perto, a fim de se sentar a poucos centímetros de distância. Abriu o revólver e mostrou o cilindro vazio. Kobiashi se sentiu corar de raiva. Todo aquele tempo com uma arma sem balas?

Mas, antes que ele pudesse reagir, ela tirou uma única bala do uniforme de camareira, colocou-a no revólver e fechou o cilindro, encostando a arma na testa de Kobiashi.

— Uma bala. Cinco chances de sobreviver. Está pronto?

— Não! Não faça isso!

O espírito de jogador de Kobiashi, porém, examinou as possibilidades. Eram a seu favor. Ele poderia dar um tapa na cara daquela louca e, ainda que ela puxasse o gatilho, o mais provável seria que ele sobrevivesse.

Estaria disposto a correr o risco?

Ela não lhe deu a possibilidade de escolher.

Puxou o gatilho e...

Clique.

Nada.

Milhares de gotas de suor brotaram na fronte de Kobiashi. Ele soltou o ar dos pulmões, com a mais esfuziante e doce sensação. Porém, uma vez mais, antes que ele pudesse se mover, a desgraçada abriu o revólver e acrescentou uma nova bala.

— Você é um homem de sorte — disse ela, rodando o cilindro. — Vamos aumentar a aposta.

A arma foi encostada à sua testa. Kobiashi se sentiu gelado diante do cano à sua frente. Duas chances em seis. Uma possibilidade de morrer em três. Não era uma grande vantagem, com uma aposta tão elevada como sua vida. E então...

Clique.

Dessa vez não houve alívio, apenas raiva e medo, além da sensação doentia de que a vida escapava entre seus dedos e de que não havia nada que ele pudesse fazer exceto observar enquanto ela carregava a arma com mais uma bala no cilindro, rodando-o e fechando-o com um ruído metálico.

— O jogo ficou mais interessante — disse ela. — Você gosta desse risco, não? Gosta de viver no limite. Mas que importa o que você apostou? Você tem bastante dinheiro...

Clique.

— PARE COM ISSO, MERDA! — gritou Kobiashi. — POR QUE ESTÁ FAZENDO ISSO COMIGO?

Enquanto inseria mais uma bala, a mulher disse:

— Não é com você, meu caro Kobiashi. Você é apenas um exemplo. Poderia ser qualquer um. Você simplesmente atraiu nossa atenção.

O cano do revólver foi novamente encostado na testa coberta de suor.

— Quatro balas. Subitamente a vantagem é da casa, não é? Está se sentindo com sorte, Sr. Kobiashi? Está na sua zona de conforto?

— POR FAVOR, NÃO ATIRE! POR FAVOR, NÃO, POR FAVOR...

Clique.

A adrenalina quase o cegava, fazendo-o ensurdecer. Mal viu a arma ser carregada com a quinta bala, mal ouviu o rodar do cilindro, o terrível, horrendo clique quando foi fechado. Quase não sentiu o frio do aço encostado contra seu rosto.

No entanto, podia ver o cilindro e a câmara vazia afastada da agulha. Não era necessário contar cartas para perceber que isso significava apenas uma coisa.

Não haveria mais cliques.

Haruki Kobiashi sabia que a qualquer momento poderia morrer. Na verdade, nem sequer ouviu o *cl...*

Capítulo 54

Las Vegas, Nevada

Dark olhou para as torres do antigo hotel em Las Vegas. Esforçavam-se para brilhar no céu noturno, mas não podiam competir com as primas mais brilhantes, mais vistosas, mais esbeltas. Dark sabia que antes — na época de Howard Hughes e nos dias entre o assassinato de Robert Kennedy, no Ambassador, e o escândalo de Watergate — aquele grandioso e velho cassino, com decoração egípcia, era um disfarce usado pelo FBI. Qual maneira melhor para conseguir dinheiro para várias operações em todo o mundo do que um cassino? Havia um movimento constante de turistas, sexo, máquinas caça-níqueis, drogas, pecados e nada mais do que areia e montanhas a perder de vista.

Muitas pessoas consideram Vegas uma miragem faiscante transformada em realidade, movida pelo dinheiro frio e pelo espírito empreendedor dos americanos.

Dark, porém, sabia a verdade. Era apenas um local tremendamente conveniente para um número extraordinário de combinações, pretas e brancas, ostensivas e secretas, tanto naquela época como atualmente.

Por isso, Lisa não teve dificuldade de abrir as portas para Steve Dark com alguns telefonemas. Seus colegas controlavam toda a área principal, e não houve dificuldades para ele obter acesso.

Mais surpreendente era que o palpite de Dark estava correto. A carta da Roda da Fortuna surgia centralmente no sudoeste dos Estados Unidos. Onde mais senão Las Vegas? Trinta minutos antes ele dissera a Lisa ao telefone:

— Estou indo para Vegas. Acho que o Assassino das Cartas de Tarô atacará lá dessa vez.

— Como sabe? — perguntara ela.

— O assassino está agindo geograficamente, colocando cartas sobre o mapa dos Estados Unidos. Traçou uma cruz na Costa Leste e está se dirigindo para o oeste.

— Não parece fazer muito sentido, para dizer o mínimo — respondera Lisa. — Mesmo que você esteja certo, cada leitor de tarô usa um desenho diferente. Como pode ter certeza de que ele colocará as cartas em Nevada? Talvez ataque na Europa enquanto nos perdemos no deserto.

— A próxima carta será a Roda da Fortuna.

— Como você pode saber?

Dark ficou calado. Parecia ridículo, até mesmo para ele. *Porque, por 5 dólares, uma cartomante de Venice Beach me avisou.*

— Confie em mim.

— No meu trabalho, "confie em mim" significa "vai se foder".

— Verifique os assassinatos recentes com suas fontes — dissera Dark. — Tenho quase certeza de que foi em um cassino ou nas proximidades. Os cassinos grandes, aonde vão os grandes jogadores.

— Ligarei em breve — dissera Lisa.

Poucos minutos depois, ela parecia quase feliz ao informar:

— Nada. Temos prostitutas espancadas, bêbados, traficantes envolvidos em tiroteios, mas nada no perfil do ACT.

— Então ainda não aconteceu. Continue procurando.

Enquanto o pequeno jato sobrevoava o Deserto de Mojave, Dark observava a imagem da Roda da Fortuna no seu telefone. Até então, as cenas dos crimes se referiam a detalhes das cartas, às vezes ostensivamente, outras vezes de maneira mais sutil. Aquela era uma das mais fantasiosas do baralho: nuvens pálidas girando em volta de uma roda com símbolos arcanos. Feras aladas e uma figura angelical debruçada sobre livros. Uma cobra, tendo a língua como um chicote e rastejando junto à roda. Um homem com a cabeça de um chacal — Anúbis, o guardião do submundo — que poderia estar passando sob a roda ou sendo esmagado por ela. No topo, uma esfinge com uma espada, observando tudo, porém quase desaparecendo no céu.

Durante a descida do avião, Dark juntou tudo. Quando Lisa retornou a ligação, ele sequer lhe deu tempo para abrir a boca:

— Algo aconteceu no Egyptian, certo? — disse ele.

Houve uma pausa de surpresa, e depois:

— Como você adivinhou?

Os investigadores chegaram alguns minutos antes de Dark. Estavam colocando as luvas e preparando o equipamento quando ele entrou no quarto. Imediatamente o detetive encarregado de homicídios se adiantou, expulsando-o. Dark mostrou as credenciais que Lisa lhe enviara pelo telefone, o que, porém, só serviu para enraivecer o detetive de homicídios — um veterano praticamente calvo, que quase atacou Dark. Seus colegas, no entanto, o contiveram.

— Não vale a pena, Muntz — murmurou alguém.

Os investigadores de Vegas estavam acostumados com discussões sobre jurisdições, e aquela era mais uma entre muitas. Dark percebeu imediatamente que seria um erro brigar. O crime ocorrera menos de meia hora antes, e o assassino certamente ainda estava na cidade. Nas circunstâncias, a polícia de Vegas ajudaria mais do que atrapalharia.

— Escute — disse Dark —, não vim me intrometer. Que tal me dizerem o que já descobriram?

— Quer que eu faça todo o trabalho por você? — perguntou Muntz, o detetive de homicídios.

— Não estou aqui oficialmente.

— Vocês nunca estão oficialmente. Como chegou tão rápido? Fomos chamados há apenas alguns minutos.

Dark disse para si mesmo: *Porque finalmente estou ouvindo Hilda.*

Capítulo 55

O nome da vítima era Haruki Kobiashi. Chegara ao hotel na noite anterior, a primeira das seis que pretendia passar na Cidade do Pecado. Era conhecido como um jogador que apostava alto — na gíria de Las Vegas, uma baleia japonesa —, alguém cuja presença na roleta sempre se transformava em espetáculo. Quando ganhava, Kobiashi ria às gargalhadas e os espectadores o imitavam. Jovens bonitas esfregavam a mão em sua cabeça para dar sorte. Quando perdia, o que acontecia frequentemente, o resultado era trágico, do qual ele inevitavelmente necessitava se consolar com garrafas de champanhe, a 800 dólares cada, compartilhadas com a plateia. Esse famoso perdulário e suas orgias de perdedor eram um espetáculo melhor do que o de Wayne Newton.

Prejuízos no jogo e gastos imensos arruinariam qualquer milionário, mas a fortuna de Kobiashi era estimada em 6,1 bilhões de ienes e continuava aumentando graças ao seu império de lojas populares. Ele, naturalmente, vestia as melhores roupas, sem jamais usar duas vezes a mesma peça. Na sua filosofia, segundo as revistas *Forbes* e *Fast Company*, bens materiais e dinheiro eram elementos passageiros e não deveriam ser conservados por muito tempo. Ele fazia o possível para manter a economia mundial em funcionamento.

Até aquela noite.

A economia teria de seguir em frente, cambaleante, sem ele.

Kobiashi fora encontrado no chão de sua suíte, completamente nu. Recebera um tiro no rosto, à queima-roupa. Uma Smith & Wesson de aço e um par de dados manchados de sangue estavam a poucos centímetros de distância, sobre a escrivaninha. Havia cinco balas, quatro das quais ainda no revólver e uma na cabeça do Sr. Kobiashi.

Capítulo 56

Dez mil metros acima de Nevada

Após o acordo entre os três para vigiar Dark, Constance decidiu seguir a pista financeira. Transações de cartões de crédito, aluguel de carros, bares e tudo o mais. O lugar e a data de qualquer quantia gasta por ele seriam detectados, e ela passou a vigiar a casa e o carro de Dark por satélite.

Ao mesmo tempo, Josh Banner acessou a base de dados das câmeras de tráfego em West Hollywood e no aeroporto de Los Angeles e digitou a marca, o modelo e a placa do veículo de Dark. Em poucos minutos, recebeu uma grande quantidade de resultados, que acompanhavam os movimentos de Dark pela estrada 405 até uma garagem, onde uma transação no cartão de crédito revelou que ele havia comprado uma passagem de último momento para Las Vegas, um rápido percurso sobre o Deserto de Mojave.

O avião da Divisão de Casos Especiais estava aterrissando no aeroporto McCarran.

— Lugar estranho para receber uma visita de Dark, não acha? — perguntou Constance.

— Ah, sim, ele não é exatamente um apreciador de apostas — disse Riggins. — Porra, ele me censurava quando eu apostava em corridas de cavalos!

— Então, por que viria até aqui? Será que tem alguma pista que não conhecemos?

— Não faço ideia — disse Riggins.

No entanto, pensava que ele estava ligado ao assassino. *Uma mulher louca, com seios grandes e um fetiche por máscaras. Por isso ele sabia onde ela atacaria novamente.* Só lamentava não o haver posto sob constante vigilância desde que saíra da casa dele em Los Angeles. Se houvesse feito o que deveria e tratado Dark como uma *pessoa de interesse*, talvez pudesse ter evitado tudo aquilo.

— Ei — disse Banner, digitando no celular —, acho que sei por que ele está aqui.

Capítulo 57

L as Vegas mantém todos sob vigilância, pensou Dark.

Dizem que o que acontece em Vegas, fica em Vegas... E é exatamente essa a questão. Fica em Vegas *e eles sabem de tudo.*

Cada aposta que você fizer, cada prato no bufê do hotel, cada drinque que lhe for servido... tudo é registrado. Eles sabem quanto tempo você passou no salão, quanto tempo passou no quarto. E sabem porque monitoram seu cartão.

As únicas pessoas que entraram na suíte do Sr. Kobiashi, no último andar, nas 24 horas anteriores foram o próprio Sr. Kobiashi e um servente chamado Dean Bosh. Por ser cliente preferencial, a suíte do Sr. Kobiashi fora preparada exatamente como ele desejava. Baldes de gelo picado, garrafas de vodca de vários sabores e uma quantidade absurda de nozes e castanhas. Segundo o hotel, Bosh entrou três vezes no quarto. Primeiro, uma hora antes da chegada de Kobiashi, e, em seguida, quando ele chegou. Finalmente, cerca de 15 minutos antes da morte dele.

— Encontrem esse tal de Bosh — disse Muntz a sua equipe. — Agora!

Poucos minutos depois, ele foi encontrado amarrado e desorientado, num depósito do último andar, entre garrafas de bebida, rolos de papel higiênico, toalhas e xampu. Bosh não se recordava de quem era, onde estava nem qual dia da semana era aquele. Por isso, não tinha ideia de quem levara seu cartão. Pediu desculpas freneticamente e começou a soluçar. A substância que o deixara inconsciente, qualquer que fosse, havia descontrolado claramente seu sistema nervoso.

Enquanto isso, Dark foi com Muntz à central de segurança do hotel, localizada em um falso sexto andar. O Egyptian tinha câmeras espalhadas ostensivamente por várias dependências, através das quais era possível ver tudo o que se passava. As gravações eram armazenadas na central de segurança, no andar térreo. Dark sabia que seriam inúteis. Até aquele momento, o assassino tivera extremo cuidado para não ser capturado em vídeo. Por que se mostraria ali?

Existia, no entanto, um segundo conjunto de câmeras, mais sofisticado, remanescente dos tempos gloriosos em que o hotel abrigava a CIA e que fora recentemente aperfeiçoado e digitalizado. Uma série de pequenas objetivas cobria todas as áreas públicas e o interior de alguns dos quartos. A suíte de Kobiashi não estava entre esses — os baleias tinham certos privilégios, tais como privacidade. O exterior, porém, era outra coisa.

— Ali — disse Dark ao técnico que manejava o vídeo. — Aumente.

A imagem mostrou uma figura magra, de cabelos escuros, vestindo o uniforme do hotel. Seria homem ou mulher? Difícil saber, daquele ângulo. A pessoa tomara grande cuidado para não direcionar o rosto para as câmeras, o que a obrigava a torcer o corpo de forma um tanto estranha.

— Pode chegar mais perto?

— Não muito — disse o técnico. — As câmeras são pequenas, o que prejudica a resolução e a clareza.

— Tudo bem, siga adiante.

Pouco antes de alcançar a porta, a misteriosa figura se virava de frente para a câmera. A imagem era indistinta, mas era possível ver o formato da face e as maças do rosto. Era uma mulher.

Dark apertou os olhos, tentando reconhecer a fisionomia. Havia algo estranhamente conhecido. Inicialmente, uma voz paranoica na sua mente disse "Lisa Graysmith", mas não teve certeza. Dark tentou comparar o rosto com outras mulheres que conhecia: Constance Brielle, Brenda Condor... Ora, mas isso era uma loucura! Se olhasse por muito tempo, acabaria vendo o rosto de Sibby naquela fisionomia.

— Arranje-me uma cópia da imagem, na melhor resolução possível — disse Dark. — Posso mandar analisá-la.

— Nós também podemos — disse Muntz. — Nosso rapazes são muito competentes.

— Sem dúvida — retrucou Dark —, mas talvez eu tenha acesso a um equipamento diferente.

Capítulo 58

Em anos anteriores, Johnny Knack viajava a Las Vegas apenas para cobrir eventos fúteis: entrevistar uma celebridade instantânea em uma suíte, junto a uma piscina cheia de cloro, em algum lugar escuro com paredes forradas de veludo ou em outro ambiente ridiculamente convencional. Para ser sincero, Knack odiava Las Vegas. Outras cidades eram safadas, mas mantinham uma tranquila dignidade. Vegas praticamente o masturbava na entrada e aplicava uma injeção de penicilina na saída. Não havia muito o que se pudesse escrever sobre o lugar. Até o grande Hunter S. Thompson precisara usar a imaginação.

Naquele momento, porém, não era assim. Las Vegas já não era uma prostituta espalhafatosa: ela trazia uma faca em sua bolsa Gucci.

O telefone de Knack vibrou. Mais uma mensagem de texto:

VÁ AO EGITO

As mensagens começaram a chegar naquela manhã. Mensagens curtas, todas obscuras inicialmente, até que ele entendeu a lógica delirante delas. A pessoa falava pelas entrelinhas.

PARA ENCONTRAR A LUZ É PRECISO PRIMEIRO PROCURAR A ESCURIDÃO*
AQUELES QUE AFIRMAM CONSOLAR SÃO OS QUE MAIS PODEM MACHUCAR

As mensagens mantinham esse tom, fazendo Knack imaginar que se comunicava com um lunático. Luz e escuridão? Consolar e machucar? Que merda era aquela? Seria um viciado dizendo bobagens retiradas de um site qualquer? Depois, porém, aquela "fonte" anônima começara a fornecer detalhes sobre o assassinato da enfermeira em Delaware, confirmados posteriormente com a ajuda de algumas notas de 100 dólares colocadas em mãos bem informadas da polícia de Wilmington. As mensagens vinham do assassino ou de alguém que conhecia todos os movimentos dele.

Subitamente, a fonte o instruiu a seguir para Las Vegas, onde agora estava, como se fosse puxado por um cabresto. *Vá ao Egito.* O que isso queria dizer?

Bastou olhar para o folheto turístico para compreender. Claro, o hotel-cassino Egyptian.

Após entrar em um táxi e entregar ao motorista uma nota de 100 dólares para que o levasse tão rápido quanto humanamente possível ao hotel, Knack percebeu que era tarde demais. A polícia de Vegas estava por toda parte, com as costumeiras luzes brilhantes, e havia um caos ao redor de uma cena de crime. O que ocorrera agora? Aquele misterioso remetente esperaria que ele agisse como um Jason Bourne e entrasse naquele hotel?

Knack respondeu:

ESTOU NO EGITO

Então esperou. O número do seu misterioso informante começava com 559, correspondente à cidade de Fresno, na Califórnia — o que

---

* Em inglês, *dark* (N. do E.)

provavelmente significava que ele não estaria escondido atrás de algum anúncio, com um rifle mirando sua cabeça. Knack assistira o filme *Dragão Vermelho* e descobrira que quem se mete com um psicótico pode acabar em uma cadeira de rodas, falando com um sujeito com uma dentadura assustadora.

Não, Fresno significava que ele estava lidando com uma fonte confiável, não com o próprio assassino. Mas quem? Alguém em busca de uma recompensa em dinheiro, uma espécie de Garganta Profunda ambicioso? Não importava, desde que a informação fosse correta.

O telefone de Knack vibrou. Era a resposta.

EM BREVE A ESCURIDÃO O GUIARÁ

Merda, mais charadas! Mais menções a luz e escuridão...

De repente, Knack compreendeu. Dark. Meu Deus, como ele era estúpido às vezes! Enviou uma resposta:

DARK SIGNIFICA STEVE?

Uma nova reportagem começou a brotar na sua mente. Por que não percebera antes? Steve Dark não estava investigando os assassinatos. *Na verdade, era o principal suspeito.*

Capítulo 59

Lisa abriu a porta da van.

— Você não pede pouco, hein?

Dark entrou no veículo, passando por ela.

— Você ofereceu...

— Não imagina o quanto gastei na semana passada.

— Estamos em Las Vegas, não estamos?

Dark sabia que seu pedido não era inteiramente ridículo. Se Lisa tivesse razão e a cidade ainda conservasse vestígios do domínio da CIA, não seria difícil acessar a versão mais recente do programa Face-Tek oriundo de alguma agência nos arredores. O software utilizava a biometria — a estrutura do rosto, o formato da íris, a largura da boca, a curvatura das narinas — para identificar algum indivíduo, ainda que ele tentasse se disfarçar. A maioria das pessoas não sabe que é possível a identificação a partir do formato das orelhas tanto quanto de uma impressão digital. A Divisão de Casos Especiais recebera uma versão aperfeiçoada do software pouco antes que Dark saísse. Era uma tecnologia impressionante, capaz de reconstruir um rosto a partir de uma massa acinzentada de pixels. Ele esperava que Lisa tivesse acesso a algo assim, talvez melhor.

Precisava ver aquele rosto.

Dark entregou a ela o arquivo da filmagem. Lisa acessou o programa. Hesitou por um instante, como se houvesse esquecido onde estava e o que fazia.

— Deixa comigo — disse Dark.

— Não estou acostumada a usar isso — disse ela, levantando-se.

— Vocês têm pessoas para isso, certo?

Dark se sentou no lugar de Lisa. Novamente a parte paranoica do seu cérebro gritou: *Ela hesita porque aparece no filme. Deixará que você descubra e depois dará um tiro nos seus rins enquanto ainda estiver surpreso.*

Dark levou o filme até o software, procurando o momento em que a misteriosa mulher olhara para a câmera. As medidas foram processadas imediatamente e as análises foram feitas. Antigamente, um artista qualificado levava muitas horas para reproduzir um rosto humano a partir de um crânio enterrado. Hoje, um computador necessitava apenas de alguns momentos, e não era preciso sequer um crânio.

Em pouco tempo a resposta chegou.

Havia até mesmo um nome numa base de dados nacional.

O nome era *Abdulia Maestro.*

Capítulo 60

O grupo de policiais conversava animadamente sobre Kobiashi e a carta de tarô. Outro assassinato, logo após o anterior. Dessa vez, no entanto, nada original. Um japonês apostador, nu, com uma bala na cabeça. *Merda*, pensou Riggins. Para Las Vegas, era completamente trivial.

Ainda assim, havia uma conexão possível com Steve Dark.

Aproximando-se do Egyptian a toda velocidade, Riggins ligou para a polícia de Vegas. Foi um amigo antigo do supervisor noturno da equipe local de investigação criminal quem imediatamente o colocou em contato com o detetive responsável pelo caso. A resposta foi positiva: Dark estivera no local. Na verdade, acabara de sair, levando uma cópia da fita de uma câmera de segurança e dizendo ser capaz de melhorar a imagem. Como assim, ele não se registrou no hotel? Mas não foram vocês que o mandaram vir até aqui?

Riggins não poderia ignorar aquela evidência. Dark fora visto em ao menos quatro dos sete locais: o edifício de Paulson, o bar na Filadélfia, o desastre de avião nos Apalaches e em Las Vegas, sempre se introduzindo no cenário sem ter nem ao menos um distintivo de polícia recortado de uma caixa de cereal.

E, naquele momento, saía da cena de um crime, levando consigo provas, quem sabe com qual objetivo! Estaria querendo apagar as próprias pegadas? Ou pior: queria guardar troféus dos seus crimes?

Riggins rejeitava a ideia, mas era possível que Dark estivesse envolvido não apenas naqueles homicídios, mas também que fosse o cérebro de tudo aquilo.

Dark tinha o sangue de um *assassino*, era seu DNA.

Tendo chegado a essa conclusão e repassando mentalmente os crimes, Riggins juntou com alarmante facilidade os acontecimentos da semana anterior. O assassinato e a tortura de Martin Green, por exemplo. Seria fácil para Dark, especialmente conhecendo os métodos de invasão e de subjugação de pessoas utilizados por um monstro como Sqweegel. A morte de Paulson, ainda mais fácil. Paulson idolatrava Dark e confiaria nele imediatamente. As três estudantes no bar? Dark era suficientemente charmoso para atraí-las ao banheiro feminino, saberia como drogá-las, tinha força o bastante para pendurá-las com cordas. A morte do senador era outra façanha perfeitamente possível, com espadas que Dark poderia haver comprado ou mandado fazer anos antes. O desastre de avião era mais difícil. Dark não pilotava, mas surgira no local, sem explicação aparente, como se houvesse saltado de paraquedas. E a enfermeira de Wilmington? Coisa simples, com bastante tempo disponível para voltar a Santa Bárbara, seguir de carro até Burbank e pegar outro voo para Las Vegas. Dark fizera incontáveis viagens de avião desde o caso Sqweegel, o que se tornara tão natural para ele quanto viajar de ônibus para a maioria das pessoas.

O que intrigava Riggins era o *motivo*.

Por que Dark estaria fazendo aquilo?

Em parte, ele compreendia. Dark vivera um pesadelo, e não apenas uma vez, mas duas. Duas famílias dizimadas praticamente diante dos seus olhos. Qualquer um poderia perder o juízo, ainda mais alguém com a estrutura genética de Dark.

Então, por quê?

Por que esperar cinco anos para embarcar naquela sequência de crimes? Estaria apenas disfarçando, caçando monstros de segunda classe enquanto planejava sua obra-prima?

Riggins pensou nas cervejas que tomaram juntos, nos churrascos, nas conversas de fim de noite sobre Deus, destino e tudo o mais...

Foda-se.

O *motivo* poderia esperar.

A tarefa agora era tirar Dark de circulação.

Outra pessoa poderia analisá-lo, estudá-lo, penetrar no seu âmago, qualquer coisa. Riggins precisava era levar Dark a um lugar onde ele não pudesse fazer mal a ninguém. Se olhassem o saldo das vidas de ambos, as pessoas que haviam salvado e os monstros que tinham capturado seriam o bastante para compensar esses crimes.Tinham que ser.

Capítulo 61

Dark recuou ao ver a imagem no monitor, como se a mulher fosse capaz de estender a mão e lhe cortar a garganta.

Era Abdulia, a segunda leitora de tarô. Por 5 dólares, poderia desvendar seu destino. *É impossível escapar do destino. Ele é maior que você.*

— Conheço ela — disse Dark em voz baixa.

— A assassina? — perguntou Lisa, olhando por sobre o ombro dele. — Quem é?

— Acho que o nome dela é Abdulia. Estava em uma loja de tarô em Venice Beach, mas com certeza já saiu de lá.

— Deve ter seguido você, como fez com Paulson — disse Lisa. — Afinal, seu nome aparece em todos os noticiários.

— Merda — murmurou Dark, percebendo que era verdade. Ele até mesmo dissera a Abdulia onde poderia encontrá-lo ao ligar para Hilda na noite anterior, deixando uma mensagem. Mencionara a hora exata. Dark sentiu um frio no estômago. Simplesmente por haver entrado na loja de Hilda, colocara a pobre mulher no caminho de uma psicopata. Há quanto tempo Abdulia o estaria vigiando? Desde que ele fora aos montes Apalaches? Desde a Filadélfia? Desde Washington D.C.? Aparentemente ela o vigiara, assim como fizera com Jeb Paulson. Vira-o em uma das cenas dos crimes e o seguira até Los Angeles...

Como teria podido seguir Dark e ainda cometer tantos crimes?

Lisa começou a digitar freneticamente em seu laptop. Dark presumiu que ela estivesse digitando o nome Abdulia Maestro em todos os sites de busca possíveis e que em poucos segundos a história completa da mulher surgiria na tela — data de nascimento, número de identidade, grau de instrução, vacinas, título de eleitor, declarações de renda, histórico médico, dentário e oftalmológico —, tudo. Tudo, menos o mais importante.

O motivo.

— Aqui está — disse Lisa. — Finalmente, uma ligação real.

Dark se virou, acordando de suas divagações.

— O quê?

— Abdulia Maestro e a enfermeira, Evelyn Barnes. Encontraram-se ao menos uma vez. Barnes cuidou do filho doente de Maestro. Um menino com um caso terminal de câncer nos ossos. Morreu no ano passado.

— Em Wilmington?

— Sim, no hospital infantil.

— Se Abdulia acha que Barnes tem culpa pela morte do filho, temos o motivo.

— E as cartas anteriores? — perguntou Lisa. — Qual é o objetivo? Por que Martin Green? Por que Paulson? Por que as jovens no bar? Não faz sentido.

— Abdulia está narrando uma história mais ampla. Tinha motivo para matar todas as vítimas.

Dark se lembrou das palavras dela na loja de Hilda. Abdulia dissera sem rodeios que estava *abraçando seu destino*.

Em seguida, recordou-se da sua teoria original de que o assassino fizesse parte de um grupo. Abdulia não poderia ter feito aquilo sozinha. Havia grandes distâncias a serem percorridas.

Dark perguntou:

— Abdulia tinha um filho. Era casada?

Com movimentos rápidos, Lisa abria os arquivos. De fato, Abdulia tinha um marido, Roger Maestro. Baixou registros militares confidenciais e registros de crimes juvenis, tudo com base em Baltimore, onde ele passara os anos de uma juventude raivosa e mesquinha. Trabalhara como operário de construção. Leu rapidamente para Dark as informações principais. Roger se casara com Abdulia sete anos antes; o único filho, um menino, nascera no ano seguinte.

— Estou buscando todas as pessoas ligadas à morte do menino... médicos, enfermeiras, assistentes sociais, todos.

— Você disse que ele foi operário de construção e que morava em Baltimore?

— Sim.

A menção a Baltimore acionou algo na mente de Dark. Pensando na ida à Filadélfia, perguntou:

— Roger Maestro trabalhou com um operário chamado Jason Beckerman?

— O suspeito da Filadélfia! — disse Lisa. — Deixe-me procurar nos registros do sindicato... — Depois de uma digitação rápida, Lisa continuou: — Sim, durante a maior parte do ano passado.

É isso, pensou Dark. Roger Maestro matara as jovens no bar se fazendo passar por seu colega Jason Beckerman. Ambos tinham provavelmente uma estatura semelhante; Maestro poderia facilmente tê-lo escolhido entre tantos operários. Antes de seguir para o bar, porém, passara no quarto de Beckerman (por volta das 21 horas, como dissera a segunda testemunha), drogara-o, pegara algumas roupas e saíra novamente. Beckerman ficaria inconsciente até de manhã. Àquela altura, a polícia estaria batendo à porta dele e Roger Maestro se encontraria longe.

Conseguiram os nomes dos assassinos. Sabiam até mesmo a carta seguinte:

O Diabo.

A carta mostrava dois amantes completamente nus com pesadas correntes em volta do pescoço e presos a um pedestal no qual estava sentado um monstro alado, de chifres e patas com cascos de animal. Tinha uma das mãos erguida numa estranha saudação, com os dedos abertos, e na outra, abaixada, uma tocha flamejante.

Se os dois amantes eram Roger e Abdulia, quem seria o monstro?

— Há menção a alguma religião? — perguntou Dark.

Lisa digitou um pouco mais.

— Roger foi educado como católico.

— E o enterro do filho?

— Em um cemitério católico. A cerimônia foi conduzida por um sacerdote, o padre Warren Donnelly.

— Em Wilmington, Delaware, certo?

Dark pensou na disposição das cartas de tarô sobre o mapa do país. A cruz celta no leste estava completa: não havia motivo para que o casal Maestro regressasse. As três cartas restantes — O Diabo, A Torre e A Morte — seriam colocadas no oeste.

— Espere...

— O quê? — perguntou Dark.

— Ele foi transferido mais tarde... para a Paróquia de São Judas, em Fresno, na Califórnia.

Abruptamente, alguém abriu as portas da van.

Capítulo 62

Constance e Riggins fizeram uma promessa mútua: independentemente do que acontecesse, não matariam Steve Dark.

Ambos haviam perseguido fugitivos por tempo suficiente para saber que as pessoas se comportam de forma imprevisível quando encurraladas. Nenhum dos membros da Divisão confessaria, mas o melhor era atirar primeiro e deixar que os advogados resolvessem o assunto mais tarde. Essa maneira de agir, sobre a qual ninguém falava, passara a ser adotada após os crimes de Sqweegel. Muitos suspeitos morreram. Riggins fora obrigado a questionar publicamente cada caso, mas concordava com as decisões dos seus agentes.

Mais de cinco anos antes, algo assim horrorizaria Constance. No entanto, ela vivera o caso Sqweegel. Para ser sincera, quando ela e os outros agentes da Divisão chegavam a encurralar um monstro, tinham certeza da sua culpa.

No caso de Dark, entretanto...

Constance não sabia o que pensar.

Como sempre, Riggins não fazia comentários. No entanto, não precisava pronunciar qualquer palavra. Constance era boa entendedora. O Steve Dark que ela conhecera, que a havia instruído — e, por um breve momento, a amara —, bem, ele já não existia. Algo diferente se apoderara do seu corpo. Talvez isso houvesse acontecido no momento em que presenciara o assassinato de sua mulher nas mãos daquele monstro. Talvez uma parte do assassino houvesse saído de Sqweegel e entrado em Steve.

Constance empunhava a arma em um gesto padrão, com as duas mãos, fazendo tudo segundo os manuais.

O manual, no entanto, não previa precisar abrir à força a porta de uma van com a expectativa de atirar em um braço ou uma perna do homem que amava...

— *que ela havia amado* —

... esperando que fosse o suficiente para dominá-lo sem que ele morresse.

— Pronta? — perguntou Riggins.

Constance assentiu.

Encontraram a van graças a Banner, que acessara as câmeras de tráfego de Las Vegas e achara o carro alugado por Dark estacionado próximo àquela van branca. A câmeras internas da garagem mostraram Dark saindo do carro e entrando na van com uma mulher não identificada. Constance não pôde evitar um breve sentimento de raiva. Ele encontrara alguém para ajudá-lo naquela investigação louca.

Não houve tempo para pedir reforços — nada de FBI, polícia de Vegas ou SWAT. Se agissem segundo o regulamento, Dark poderia ter tempo para escapar. Constance e Riggins se entenderam sem precisar falar. O problema era deles e eles precisavam resolvê-lo.

Riggins fez as honras. Com a mão na maçaneta prateada, contou silenciosamente:

Um...

dois...

Capítulo 63

— A cabou, garoto — disse Riggins, apontando sua Sig Sauer para o peito de Dark. — Saia calmamente, com as mãos na nuca... Você sabe como.

Dark mal acreditava no que via. Seu ex-chefe lhe apontando uma arma e Constance ao lado, com sua arma voltada para Lisa. Ele estivera no outro lado dessa situação centenas de vezes no passado. E descobrira o que significava ser dominado pelo FBI, tentando se explicar a pessoas vestidas com coletes à prova de balas e com os dedos tremendo nos gatilhos.

— Riggins, que merda é essa? — perguntou Dark. — Acredite, esse não é o momento certo.

— Saia da van, companheiro. Não estrague tudo. Podemos conversar durante o voo... Haverá muito tempo para explicações.

— Não vou a lugar nenhum com você — disse Dark.

— Não precisa bancar o herói diante da sua namorada.

Lisa ergueu ambas as mãos e olhou para Dark.

— Vamos ficar calmos, todos nós, está bem? — Em seguida, voltou-se para Riggins. — Escute, estamos trabalhando com o mesmo objetivo. Você entenderá, se nos der a oportunidade de explicar.

— Ah, então é você quem vai explicar? — disse Riggins. — Que ótimo! Estou ansioso... Talvez possa começar dizendo *quem* é você, merda!

— Você não está entendendo — interveio Dark. — Sabemos a identidade do Assassino das Cartas de Tarô. Descobrimos que ela esteve no Egyptian e que está trabalhando com um cúmplice.

Lisa olhou com raiva para Dark, como uma esposa olha o marido quando ele fala demais. Dark estava sinceramente confuso. Obviamente eles queriam agir sem a burocracia e as bobagens costumeiras da polícia, mas a festa acabara. Os dois melhores detetives que Dark conhecia estavam ali. Se pudesse explicar a situação, os quatro poderiam agir juntos. O ACT não seria nada.

— Vamos com eles — disse Lisa.

Enquanto Dark e ela desciam da van, Riggins e Constance os mantiveram sob a mira. Teriam coragem de atirar caso eles resolvessem fugir? Quanto a Constance, Dark não tinha certeza, mas sabia que Riggins o faria. Os olhos dele denotavam sofrimento e tristeza, e Dark não sabia por quê. Poderia ser por ele ter saído da Divisão? Ainda? Mesmo depois de tanto tempo?

— Não temos tempo para isso — disse Dark. — Os assassinos estão à solta.

Riggins o puxou pelo ombro, empurrando-o para junto da van, com as algemas em uma das mãos e a arma na outra.

— Tudo bem — disse.

Relutantemente, Dark pôs as mãos para trás. Não importava. Poderia revelar a Riggins a existência de Roger e Abdulia Maestro e a Divisão mandaria agentes para prendê-los antes que pudessem colocar em jogo a carta seguinte.

Naquele momento, ouviu um estalo... e um grito agudo.

Ao se voltar, viu a mão de Lisa acertar horizontalmente um golpe no pescoço de Constance, que se esforçou para recuperar o fôlego mas manteve a arma na mão, recuando dois passos. Riggins se virou, apontando a arma, mas, um segundo depois, ela saltava das suas mãos.

— Não! — gritou Dark.

Lisa fazia tudo sozinha, desarmando-os com golpes rápidos e eficientes que deixaram Riggins e Constante agachados, em busca de ar, arranhando o chão com as mãos.

Os cabelos dela caíam-lhe sobre o rosto.

— Não temos tempo para isso — disse, como se essas palavras explicassem tudo.

— Você não pode...

— Vamos embora! Tive um bom motivo para procurar você, Dark, e não a Divisão. Eles nunca capturarão esses assassinos, e você sabe disso. Será que aguentaria saber que mais sangue inocente é derramado enquanto dá explicações em uma sala de conferências na Virgínia?

Dark olhou pela última vez para seus ex-companheiros, no chão, enquanto a van se afastava; demorou seu olhar em Constance. Devia estar machucada, sentindo dor, mas isso não era nada comparado à expressão em seus olhos, de quem se sente traída.

Capítulo 64

Fresno, Califórnia

Depois de incendiar a van e mudar de carro três vezes, trocando as placas dos veículos, Dark e Lisa seguiram durante a noite, por seis horas e quase 650 quilômetros, para o sul, na estrada 15, na 58 em direção ao oeste e, depois, na 99 para o norte. Dark guiava o carro roubado em silêncio absoluto através do escuro deserto da Califórnia, enquanto Lisa continuava a compilar informações sobre Roger e Abdulia Maestro. Após algumas horas ela finalmente ergueu o rosto, como se só então notasse a raiva dele.

— Você sabe que eu não machuquei muito os dois — disse ela.

Dark ficou calado.

— Sinceramente, não sou o Jet Li. Apenas os impedi temporariamente de respirar. Eles vão se recuperar. Nós precisávamos fugir.

— Você não os conhece. Eles teriam nos ajudado.

— Acredito nisso. Tom Riggins e Constance Brielle têm trabalhado bem há muitos anos, mas esse caso está fora do controle deles. A Divisão não poderá fazer nada contra o casal Maestro até que tudo termine, e eles usaram sua última carta.

— O que quer dizer com isso?

Lisa sorriu.

— Por que você saiu da Divisão? Vou lhe dizer por quê: por mais que você se esforçasse, se sentia preso em entraves processuais e nos constantes enganos de Wycoff e dos seus companheiros, não é? Às vezes pensava que se tivesse um pouco mais de liberdade seria capaz de colocar muito mais monstros atrás das grades. Bem, deixe-me contar um pequeno segredo: é extraordinário que você tenha conseguido algo naquela equipe! No momento em que Wycoff começou a interferir, a Divisão de Casos Especiais se tornou uma piada, objeto de ironias em conferências.

— Nós detivemos muitos assassinos — disse Dark, em voz baixa.

— Não era o que deveriam fazer. Por terem capturado tantos assassinos, vocês desagradaram certas pessoas. Steve, há uma parte do governo que não deseja que vocês persigam alguns desses assassinos... porque não os consideram assassinos. São possíveis trunfos.

— Trunfos...

— Eu poderia mostrar a você um relatório sobre seu inimigo, Sqweegel, que faria você ter vontade de atacar o Pentágono com uma metralhadora. O relatório trata de como Sqweegel poderia ser *transformado em uma arma*. Imagine um agente com a habilidade que ele tinha... Capaz de se esconder em qualquer buraco, em qualquer lugar do mundo. Alguns dos homens do meu departamento praticamente tinham orgasmos quando pensavam nisso.

— Aquele monstro matou minha mulher.

— E alguém como ele matou minha irmã. Por isso fiquei completamente desiludida. Por que acha que estamos fazendo isso? *Porque ninguém mais é capaz.* Nem mesmo seus amigos Riggins e Brielle.

Era tarde quando chegaram a Fresno. Não havia tempo para descansar, embora o corpo de Dark exigisse alguns momentos de repouso. Precisavam encontrar o padre e alertá-lo e, ao mesmo tempo, pensar em uma maneira de capturar o casal Maestro.

Dark concordou que seria ele a falar com o sacerdote. Enquanto isso, Lisa vasculharia a igreja e a residência do padre. Os Maestro poderiam estar lá.

Capítulo 65

Las Vegas, Nevada

uando a surpresa que sentira desapareceu, Knack já havia mandado por e-mail, ao seu editor em Nova York, a segunda maior reportagem de sua carreira:

BOMBA NO FBI!
EX-AGENTE É PROCURADO COMO SUSPEITO NO CASO
DOS ASSASSINATOS DAS CARTAS DE TARÔ, INFORMAM
FONTES INTERNAS

E qual seria a primeira maior? Bem, quando Knack enviasse o texto das confissões de Dark na cadeia — a história que acabaria com todas as histórias.

Porém, a surpresa não vinha da reportagem, mas da "fonte".

Tom Riggins, chefe da Divisão de Casos Especiais.

Ainda mais incrível é que fora Riggins quem *ligara* para ele, dizendo que precisava de publicidade imediata para um assunto — claro, sem citar seu nome. No entanto, prometera: *Ajude-nos a pegá-lo e você terá todo o acesso de que precisa.* Riggins parecera agitado ao descobrir que Knack também estava em Las Vegas, mas até então não criara problemas. Aquela minhoca velha e durona que se contorcesse. O jogo agora era diferente, porque ele precisava de Knack.

Eis os detalhes que Riggins queria que fossem publicados:

Um ex-agente chamado Steve Dark, que ficara famoso no caso dos homicídios de Sqweegel, cinco anos antes, estava sendo procurado como suspeito de uma série de homicídios que os meios de comunicação — *merda, Tom, fomos nós! Fomos NÓS!* — apelidaram de Assassinatos das Cartas de Tarô. Acredita-se que Dark esteja em companhia de uma mulher desconhecida — a descrição vinha em anexo —, também uma suspeita no caso. Não se aproximem. Liguem para o número de denúncia anônima se virem qualquer um dos dois, provavelmente no sudoeste da Califórnia.

Knack conseguira também extrair de Riggins algumas informações sobre o assassinato de Kobiashi — a estranha roleta-russa que o bilionário fora obrigado a jogar e o fato de que estava completamente nu.

A grande pergunta, no entanto, era: Knack deveria revelar a Riggins que recebia misteriosas mensagens? Ou seria melhor guardar essa carta no bolso?

E o Misterioso Remetente? Ficaria contente ou irritado com esse último desenrolar dos eventos?

Knack esperou que o telefone vibrasse. A qualquer momento...

Capítulo 66

Fresno, Califórnia

O padre Donnelly era diferente de qualquer sacerdote que Dark já conhecera. Com pouco mais de 40 anos, tinha cabelos negros curtos, rosto amistoso e um humor negro e ácido. Sabe Deus o que seus paroquianos pensavam dele. Quando Dark bateu à porta de sua residência, no meio da noite, Donnelly o recebeu amigavelmente, considerando que eram quase 22 horas e que a história de Dark, contada apressadamente, beirava o insano.

— Deixe-me ver se entendi — disse Donnelly, de calça comprida e uma camisa de listras, e com um resto de cigarro ainda aceso entre os dedos. — O senhor é um antigo agente do FBI que agora trabalha por conta própria e há dois psicopatas querendo me matar, mas não posso confirmar a situação com o próprio FBI porque estão atrás do senhor, achando que está envolvido com um dos psicopatas. Certo?

— É quase isso — disse Dark.

— Muito bem, entre. O senhor gosta de uísque, por acaso? Tenho uma garrafa de Four Roses em algum lugar.

Donnelly o levou a um pequeno escritório ao lado do corredor principal. Poderia ser considerado modesto se não estivesse cheio de livros em prateleiras e em grandes pilhas sobre o tapete. Na escrivaninha de

Donnelly havia também muitos livros, blocos, lápis e borrachas cor-de-rosa. Não se via um computador ou um telefone.

— Estou preparando minha homilia — explicou o padre. — Costumo ficar obcecado com isso, embora suspeite que a maioria das pessoas para de prestar atenção até a profissão de fé.

— Então, por que tanto esforço?

— Conhece a história do Creedence no Woodstock? Começaram a tocar às... bem, mais ou menos *nesse* mesmo horário de agora, e John Fogerty notou que todos estavam dormindo. Todos menos um sujeito, de isqueiro aceso, aplaudindo e dizendo: *Não se preocupe, John, estamos com você!* Assim sou eu: falando para um único sujeito na igreja, com o isqueiro na mão.

— Um padre que ouve Creedence... — disse Dark.

— Melhor do que quando eu usava rímel e ouvia The Cure.

Dark não pôde evitar um sorriso.

— O senhor foi educado na religião católica, certo? — disse Donnelly. — Posso adivinhar pela maneira como me olha. Há ainda um pouco de respeito oculto em alguma parte do seu cérebro. O senhor não me olha como se eu fosse abusar da criança mais próxima.

Dark assentiu.

— Padre, falo sério sobre essa ameaça. Sua vida está em perigo.

— O que quer que eu faça?

— Deixe-me protegê-lo.

— Do quê, exatamente?

Dark explicou que considerava Roger e Abdulia Maestro suspeitos dos crimes e que o filho deles morrera em Delaware cerca de um ano antes. Uma expressão de compreensão e, em seguida, de tristeza surgiu no rosto do sacerdote. Era uma lembrança dolorosa.

— Claro que me lembro, faz apenas um ano. Foi uma terrível perda, mas não posso acreditar que eles sejam responsáveis por algo como... bem, por isso que o senhor alega.

— Bem — disse Dark —, eu capturo homicidas há vinte anos e isso é exatamente o que a maioria das pessoas me diz quando descobrimos que um vizinho ou amigo é, na verdade, um assassino cruel e psicopata. *Nunca pensei que ele seria capaz disso. Parecia uma pessoa tão boa. Não é possível que seja ele!* O senhor vai me deixar protegê-lo? — perguntou novamente.

— Como? Terei que fingir que o senhor é um monge visitante ou algo assim?

— Basta que me diga onde estará. Nós cuidaremos do restante.

— Nós?

— Não estou sozinho.

— Nenhum de nós está, meu filho.

Dark o olhou.

— Mania de padre — explicou Donnelly, abrindo uma gaveta da escrivaninha. — Prefere o uísque puro ou é um desses frescos que gostam de gelo?

Capítulo 67

Las Vegas, Nevada

A primeira regra de Tom Riggins ao falar com jornalistas era: Se vai deixar que eles o usem, certifique-se de que os usará ainda mais.

A presença de John Knack em Las Vegas na ocasião do assassinato de Kobiashi não era uma coincidência, e Riggins tinha certeza disso. Alguém o orientara. Poderia ter sido Dark ou a mulher misteriosa que andava com ele. De qualquer maneira, Riggins saberia muito em breve, tão logo Banner acabasse de reunir os registros telefônicos do repórter.

Ao menos uma vez Norman Wycoff fora útil. O Departamento de Defesa nem sequer alegou a necessidade de proteger a privacidade dos cidadãos. Tudo estava à disposição: os sites visitados por ele, os e-mails enviados, as ligações, as mensagens de texto — tudo o que houvesse. Em poucos minutos Banner recolheu o que precisava e começou a examinar o material.

Wycoff mal pôde conter seu entusiasmo ao saber que Dark era o principal suspeito dos assassinatos. Desde junho ele buscava um pretexto, por mais banal, para mandar contra Dark sua equipe de homens de preto. Riggins precisava ter cuidado: todos haviam concordado em que Steve Dark deveria ser capturado vivo. Apesar das aparências, o amigo e amado deles ainda existia e merecia uma oportunidade de se explicar. Merecia uma chance para se salvar.

Estavam todos reunidos, numa pequena sala no Egyptian, para traçar uma estratégia, curar as feridas e, no caso de Riggins, afogar os músculos doloridos em um pouco de uísque.

— Reunião do FBI — dissera ele ao serviço de quarto. — Não pare de trazer e não economize no gelo.

Constance o viu se servir de ao menos seis dedos da bebida.

— Não acho isso bom — disse ela.

— Não vou dirigir — respondeu Riggins.

— Estou falando sobre convocar os jornalistas. E se estivermos enganados? E se tivermos estragado a vida dele?

— Mais?

— Você sabe o que quero dizer, Tom. Estamos falando de Steve... Não importa o que estejamos pensando a respeito dele: tudo são hipóteses. Estamos sujando a reputação dele. Você me venderia tão rapidamente ao Slab?

Riggins suspirou. Levou o copo à boca e, em seguida, fez uma pausa.

— Dark nos renegou, lembra-se? Passei cinco horas dentro de um avião para dar a ele a oportunidade de ser sincero comigo, e ele não disse merda nenhuma! Teve sua chance de se explicar.

— E se alguém resolver atirar primeiro e fazer perguntas depois? — disse Constance.

— Não estou preocupado com isso. Não com aquela Jane Bond ao lado dele, servindo de guarda-costas.

Constance fez uma careta. Tinha uma contusão no alto do peito que adquirira um tom arroxeado e que doía cada vez que ela engolia, trazendo-lhe ódio ao pensar naquela mulher. Esnobe, superior. Por mais que se subisse na carreira, a vida era sempre como o colégio. Sempre haveria pessoas capazes de mijar nos outros assim que os vissem.

— Se eu a encontrar novamente — disse Constance, em voz baixa —, acabo com ela.

Riggins assentiu.

— E eu vou segurá-la para você.

Entreolharam-se: lá estava o humor negro de novo. Às vezes era tudo o que restava no trabalho que faziam, por mais desesperadoras que fossem as circunstâncias.

De repente, Banner disse:

— Escutem...

— O quê?

— Conhecem Fresno?

Capítulo 68

Fresno, Califórnia

Lisa encontrou um quarto em um hotel perto da igreja. Enquanto isso, reuniu alguns objetos: algumas Glock calibre 22, balas e equipamento de espionagem. Dark não perguntou como — imaginava que havia indivíduos espalhados por todo o país à espera de que uma agente da CIA precisando de equipamento e disposta a distribuir recompensas para consegui-lo ligasse para eles de madrugada.

Ao entregar a Dark uma sacola plástica cheia de sensores de movimento, ela quis saber sobre o itinerário do padre.

— Quando terminar a homilia — disse Dark —, tentará dormir algumas horas antes da primeira missa. Depois haverá outra missa matinal, uma para as crianças e, finalmente, um desfile de Halloween para os alunos da escola.

— Vai ser aí que eles atacarão — disse Lisa. — Muitos pais, muitas fantasias e máscaras, muita confusão.

— Foi o que pensei. Precisamos cancelar o desfile e manter o padre sob proteção.

— E depois? Eles simplesmente conseguirão outra vítima para servir como o Diabo. Veja o que aconteceu com Jeb Paulson... Acha realmente que era ele o Louco que eles queriam?

Era uma boa observação. O plano de Abdulia se adaptaria. Poderiam até se aborrecer caso Donnelly se escondesse, mas isso não evitaria os assassinatos.

— Então, o que faremos?

— *Nós* o protegeremos.

— Nós? Não podemos nem pedir reforços. Como vamos conseguir cobrir um desfile?

Lisa abriu um documento no laptop e o mostrou a Dark.

— Temos os registros militares de Roger Maestro. Ele foi um franco-atirador; um dos melhores, liquidando, com tiros de longa distância, diversos terroristas no Afeganistão e traficantes. A encenação dos últimos crimes não foi tão complexa como as dos primeiros. Eles sabem que estamos atentos e tentarão algo simples e eficaz.

— Atirar de um telhado — disse Dark — ou de alguma das janelas da igreja ou da escola.

— Maestro pode se misturar ao grupo, como se fosse um dos pais. Daremos ao padre um colete à prova de balas para que use sob as roupas. Roger atirará, Donnelly não morrerá e teremos a oportunidade de pegá-los.

Dark acessou a carta O Diabo no seu telefone.

— E se ele mirar a cabeça? Veja o pentagrama na carta... A ponta da estrela indica o centro da testa. Roger não vai mirar o peito. Se o que você me diz é verdade, ele poderá atingir o ponto que quiser.

— Fale com Donnelly. Veja o que ele prefere.

— Essa não é uma roupa religiosa — disse o padre.

Dark baixou os olhos para os sapatos dele.

— E esses tênis são abençoados pelo Vaticano?

— Tenho dores nos pés. Sou obrigado a sofrer pela minha fé o dia inteiro?

Dark tirou o colete da sacola. Outra façanha de Lisa: era do tipo III, capaz de deter balas de rifle. Entregou-o para Donnelly, que o revirou entre os dedos.

— É pesado demais — disse ele.

— Quanto maior a proteção, mais pesada a armadura.

Donnelly franziu a testa.

— O senhor não sabe como minhas costas doem correndo atrás dessas crianças num dia normal, ainda mais em um desfile.

— Não é apenas para protegê-lo, padre. Queremos capturar esses bandidos. O senhor é nossa melhor chance.

— Considerando as circunstâncias, é uma péssima notícia.

O sacerdote apalpou a superfície do colete, ainda com a testa franzida. Em seguida, virou a cadeira para trás e o colocou em uma estante cheia de livros religiosos encadernados em couro, voltando-se novamente para Dark.

— Vocês não os estão atraindo para matá-los, espero.

— Queremos detê-los — disse Dark.

— Compreendo; e, naturalmente, desejo o mesmo. Porém, me preocupa que o senhor e a pessoa em sua companhia, que o senhor não apresentou nem me disse o nome, bem... vocês não pertencem a uma agência. Na verdade, a polícia parece decidida a prendê-los. Quero que me entenda bem... Acredito no que disse, mas não quero ser cúmplice na morte de uma pessoa.

— É exatamente isso o que estou tentando evitar — disse Dark.

Capítulo 69

Na manhã seguinte, Dark atravessou grupos de crianças fantasiadas como personagens de histórias em quadrinhos, animais, celebridades, anjos, demônios, dinossauros e astronautas, além de alguns palhaços. Ele tinha uma aversão especial a palhaços, devido a um caso no início da carreira. Não os tolerava. Ainda pior: alguns dos pais também estavam fantasiados. Não havia problema em que se divertissem, mas aquilo tornava mais fácil para o assassino se esconder entre os participantes da festa.

O tradicional desfile de Halloween começara poucos anos antes, quando alguns pais preocupados proibiram que os filhos saíssem à noite em busca de doces na vizinhança. Alguns chocolates não compensavam o risco de serem assaltados ou mortos. Desde o começo, o padre da paróquia São Judas liderara o movimento, organizando fantasias, músicas, comidas, bebidas e prêmios. Com a chegada do padre Donnelly, a festa crescera e empresas locais passaram a fornecer donativos às comunidades pobres em dinheiro e em vales. Desde que chegara à igreja, pouco mais de um ano antes, Donnelly trabalhava para aquela festa e, portanto, não ficaria escondido em casa, por mais que Dark o advertisse.

Dark caminhava pelas ruas, com a arma presa ao cinto e sob a camisa preta que usava, procurando alguém que pudesse ser Roger Maestro.

Ou Abdulia.

A mulher, a cartomante, conhecia Dark. Ele presumia que Roger também devia tê-lo visto. Quem reconheceria o outro primeiro? Estariam os dois realmente por perto?

O fato de o rosto de Dark ter aparecido em todos os noticiários naquela manhã era uma dificuldade adicional. O público fora informado de que ele era suspeito no caso dos assassinatos das cartas de tarô. Seria bom que se disfarçasse. A qualquer momento um policial de Fresno poderia agarrá-lo pelo braço...

Percebeu uma estática no fone ao seu ouvido.

— Alguma coisa? — perguntou Lisa.

Ela se colocara no coro da Igreja de São Judas, o ponto mais alto das redondezas, de onde talvez pudesse reconhecer um dos Maestro antes que fosse tarde demais. Claro, tanto ela quanto Dark sabiam que era praticamente absurdo uma equipe composta por duas pessoas tentar capturar um franco-atirador profissional.

— Nada. E você?

— Só muitos gritinhos agudos para me lembrar por que nunca tive filhos.

Dark sentia o contrário. Era Halloween, e ele não imaginava onde poderia estar sua filha, nem mesmo se ela estava fantasiada. *Desculpe, filha. Você nunca terá um feriado normal porque seu pai estragou sua vida. Espero que o Natal seja melhor.*

Havia dezenas de pais tirando fotos, registrando toda a confusão. Enquanto isso, o padre Donnelly parecia se divertir. Gostava sinceramente de ver as pessoas contentes, trazia-lhe energia.

Dark continuou a observar o grupo. Algo o preocupou: um casal vestido como noivos e ligados por uma corrente de plástico. Exatamente como na carta. Um casal preso por correntes. Examinou cuidadosamente as fisionomias. A fantasia era uma brincadeira, naturalmente, uma alusão às velhas piadas sobre o matrimônio ser uma prisão. Muitas vezes, porém, os assassinos se ocultam atrás de brincadeiras e sorrisos. A noiva poderia ter uma arma sob o vestido e o noivo, algumas facas escondidas nas mangas.

Nesse momento, duas crianças, um menino e uma menina, correram ao encontro do casal, quase os derrubando e gritando:

— Mamãe! Papai!

Os noivos gargalhavam. Dark respirou, ao menos por um segundo.

Então alguém agarrou o braço dele, que se virou repentinamente, estendendo, simultaneamente, a mão para a arma.

Um homem pálido, de cabelos encaracolados, o olhava.

— Espere! Não quis assustá-lo. Queria apenas me apresentar.

Dark apertou os olhos. O homem estendeu a mão, mas Dark o ignorou.

— Sou Johnny Knack, repórter do Slab.

O receptor na orelha de Dark entrou em ação.

— Quem é ele? — perguntou Lisa.

Dark puxou o braço.

— Não tenho tempo para isso.

— Você não está entendendo. Riggins e Brielle sabem que você está aqui. Estão na cidade, mas ainda não sabem desse desfile...

— Suma daqui — disse Dark, misturando-se às crianças.

— Dark, o que está acontecendo? — sussurrou Lisa.

Erguendo o pulso direito à boca, Dark respondeu:

— Um repórter, o sujeito do Slab. Disse que Riggins está aqui.

Knack, porém, o alcançou de novo rapidamente, praticamente gritando para ser ouvido acima das pessoas, que riam e falavam alto:

— Posso ajudá-lo! Por favor, pare e me ouça por um instante!

Dark parou, virou-se e agarrou Knack pelos ombros, pronto a lhe dar uma joelhada se fosse preciso. Naquele instante, ouviu um grito no seu ouvido. Era Lisa:

— Dark! À sua esquerda!

Ali estava: um homem alto, com uma máscara com chifres, erguia um rifle ao ombro.

Dark se livrou de Knack e começou a afastar as crianças do seu caminho, gritando e passando por elas. Enquanto corria, observava a mira do rifle, que apontava diretamente para o rosto do padre Donnelly, a 30 metros. O atirador ajustou a mira. Dark saltou no ar. Lisa gritou ao seu ouvido: *Não consigo acertá-lo daqui!* As mãos estendidas de Dark alcançaram o braço do homem um segundo antes que ele apertasse o gatilho. A arma foi desviada em alguns centímetros. O tiro ecoou na fachada da igreja. As crianças gritaram e os pais imediatamente tiraram os filhos da confusão.

O homem mascarado se voltou para Dark, que se esforçava para se levantar. O cabo do rifle lhe acertou o queixo e, em seguida, o peito.

Dark aproveitou para agarrar o cabo da arma, sem a soltar por mais que o homem puxasse. Finalmente ele bateu com a palma da mão no meio do rifle, abrindo-o em dois. Agora o homem já não estava armado.

Mas o homem da máscara de bode não havia acabado.

Quando puxou a segunda arma de uma cartucheira sob o paletó, a multidão já havia se afastado o suficiente para que ele pudesse ter uma visão clara do padre Donnelly.

Ele atirou duas vezes.

VIII

O Diabo

Para ver a leitura pessoal de Steve Dark
nas cartas do tarô, acesse grau26.com.br
e digite o código: diabo.

O Diabo

SACERDOTE ALVEJADO DIANTE
DE PAROQUIANOS ASSUSTADOS

Fresno, Califórnia — O padre Warren Donnelly, responsável por uma paróquia em um bairro pobre, foi alvejado duas vezes no peito durante o desfile de Halloween.

Donnelly era o principal organizador da tradicional festividade, existente há décadas no sudoeste de Fresno. A polícia informou que um homem vestindo uma máscara de animal conseguiu atirar duas vezes antes de escapar.

Donnelly, designado para a paróquia São Judas há pouco mais de um ano, foi levado em uma ambulância para o centro médico comunitário.

Capítulo 70

Fresno, Califórnia

J ohnny Knack nunca vira um homem morrer, muito menos um sacerdote.

E fora por sua culpa.

As imagens ainda corriam pela sua mente. Em um momento você pensa que está controlando perfeitamente a situação. No seguinte... tudo está perdido. Knack se sentou nos degraus de mármore da igreja, com o telefone à mão. A reportagem fora enviada. Ninguém fizera a ligação com o Assassino das Cartas de Tarô, mas era uma questão de tempo. O editor do Slab mandara seis mensagens nos últimos dois minutos:

```
PRECISO DE MAIS INFORMAÇÕES AGORA
ATENDA, KNACK!
MERDA, VOCÊ ESTÁ AÍ?
```

Pela primeira vez Knack não conseguia encontrar as palavras. Fora a Fresno achando que era o dono do mundo. Encontraria Dark — o misterioso remetente dissera que o orientaria até ele — e o obrigaria a contar a história com exclusividade. Knack se esconderia em um quarto de hotel e gravaria o relato de Dark, durante dias se fosse necessário. Os jornalistas podem oferecer às suas fontes algo que os tribunais e a polícia não dão: a possibilidade de se explicar com toda a liberdade e sem censura. Evidentemente o tempo se esgotava para Dark, e Knack achava que seria ele próprio sua salvação.

Naquele momento, porém, quem não tinha salvação era o padre. Knack segurava a arma que o matara: seu telefone.

Os textos lhe queimavam a mente:

```
DARK NO DESFILE DE SÃO JUDAS-FRESNO
DARK ESTÁ NA MULTIDÃO
CHEGUE PERTO DELE AGORA
```

Knack obedecera, como um bom cúmplice.

Precisava consertar seu erro. Esquecer os contratos para o livro, esquecer a carreira... isso não importava. Precisaria ir para um lugar tranquilo e escrever tudo. A verdade, para variar.

— Com licença, senhor..

Uma mulher magra, de cabelos escuros, parou junto a ele com uma expressão assustada no rosto.

— Não consigo encontrar meu filho, ele tem apenas 5 anos... por favor, me ajude.

Knack se levantou de um salto.

— Claro.

Procuraram no estacionamento atrás da igreja, pois a mulher — na verdade, era bonita, apesar da expressão de preocupação — achava que vira o menino correr naquela direção. Knack sugeriu que procurassem imediatamente um policial, mas a mulher se negou, sacudindo freneticamente a cabeça e afirmando que os policiais estariam ocupados demais tentando encontrar o atirador e que não sairiam em busca do menino. Knack afirmou que não seria o caso.

— Há algo no seu rosto — disse a mulher, tirando um lenço do bolso.

Antes que ele pudesse levar a mão à face, ela começara a passar o lenço no lábio superior dele. Knack sentiu cheiro de amêndoas. Em seguida, sentiu-se estranhamente fraco, como se houvesse se levantado rápido demais. Como era possível? Ele estava em pé, ajudando aquela pobre mulher a encontrar o filho desaparecido...

A mulher o amparava, levando-o até uma van e encostando-o no veículo enquanto murmurava ao seu ouvido:

— Você fez um bom trabalho, Knack, mas ainda há outras coisas a contar nessa história.

Capítulo 71

Riggins recebia novas informações à medida que seguia para o sudoeste. Dark estivera no desfile. O padre fora alvejado, mas acreditava-se que ele sobreviveria. Um atirador mascarado havia sido visto — não era Dark. Donnelly fora levado às pressas em uma ambulância, mas ainda não chegara ao hospital.

Era Constance quem dirigia.

— Talvez tenhamos nos enganado a respeito de Steve.

— Não nos enganamos quanto ao envolvimento dele — disse Riggins. — Na verdade, aposto que ele entrou em contato com o padre.

— Vamos ao hospital, então. Sabemos que Dark sumiu da igreja há muito tempo.

— Tudo bem.

Há muito tempo Dark sumiu de tudo, pensou Riggins.

Ele ligou para o hospital, mas não houvera contato com o motorista da ambulância. Aquilo não fazia sentido! O hospital era próximo, segundo os mapas que apareciam no celular. O que estava acontecendo?

A menos que a ambulância não estivesse seguindo para o hospital.

Riggins pensou na cúmplice de Dark, a mulher com seus golpes rápidos em Las Vegas. Ele apenas entrevira o equipamento na van, mas o suficiente para perceber que era semelhante ao que ele tinha em Quantico, talvez até melhor. E se Dark não tinha saído da Divisão para se "aposentar", mas simplesmente para trabalhar para outra agência? A Divisão de Casos Especiais era um órgão supremo na captura de assassinos, mas isso não significava que outros departamentos do governo não tivessem interesse em fazer o mesmo.

Se era esse o caso, por que Dark não dissera nada? Teriam lhe oferecido outras vantagens? Aquilo não fazia sentido.

De qualquer modo, Riggins disse a Constance que seguisse para o hospital. Talvez pudessem falar com alguém e verificar como funcionava o sistema. Diminuir um pouco o número de incógnitas.

Você e sua estranha amiga podem usar todos os truques que quiserem, pensou Riggins, *mas não podem sequestrar um padre moribundo e desaparecer da face da terra.*

Capítulo 72

O padre Donnelly se sentou na maca da ambulância, mãos nos quadris.

— Jesus — disse ele —, dói demais!

Dark concordou, com uma sacola de gelo encostada ao queixo.

— Sei como o senhor se sente... O impacto foi forte, vai sentir dores musculares por algumas semanas.

— Ao menos estou vivo, certo? — disse o sacerdote, cuja expressão de dor se transformou em raiva. — É isso o que você vai fazer? Ficar sentado e dizer que, afinal, vocês tinham razão? Eu não deveria ter sido tão teimoso. O rosto daquelas crianças... — Donnelly se sentou em uma das laterais da maca. — Que pesadelo...

Lisa pôs a mão no ombro dele. Os três estavam na parte de trás da ambulância, com um motorista e um ajudante que não eram da equipe de emergência do hospital, assim como o veículo. Lisa organizara tudo aquilo menos de duas horas antes, para que ficasse à disposição caso algo acontecesse. Quando ouviu o primeiro tiro, ela apertou um botão do telefone, dando o sinal. Agora, a verdadeira equipe de paramédicos estaria chegando ao local, sem saber para onde fora levado o paciente.

— O senhor está vivo — disse ela —, e ninguém da paróquia foi ferido. É algum consolo.

Os Maestro, porém, estavam à solta. Faltavam duas cartas, as mais assustadoras.

A Torre.

A Morte.

— Conte-nos sobre o casal Maestro, padre.

— Vocês acham que o atirador era Roger, querendo estourar minha cabeça?

— Temos certeza — respondeu Lisa.

Donnelly suspirou.

— Rezei com ele diante do filho à beira da morte. Nunca vi alguém tão vencido e arrasado. Na verdade, não se pode dizer muitas palavras sensatas a uma pessoa nessa situação. Todos ficam perdidos no próprio tormento, e podemos apenas dar a certeza de que estamos ao lado deles, que rezaremos com eles, que existe uma luz no fim do túnel.

— O senhor esteve com ele no enterro?

— Não, fui transferido pouco depois do falecimento do menino. Roger desapareceu, o que não foi uma surpresa. Continuei a rezar por ele. Acho que nem todas as preces são ouvidas.

Lisa entregou uma bolsa de gelo ao padre.

— E a mulher dele, Abdulia?

— Ela sempre se mostrou cética quanto à minha presença. Eu tinha a impressão de que ela me tolerava porque, quando eu rezava com seu marido, ele parecia encontrar certa paz.

— Abdulia estudava ocultismo — disse Lisa. — Escreveu alguns livros sobre a história e a arte do tarô. Entre o público interessado no assunto, os livros foram elogiados. Além disso, ela é inteiramente desconhecida.

— É uma boa explicação — disse Donnelly. — Mas, e Roger?

— Ex-militar, membro de uma força de operações especiais da Marinha. Foi dispensado sem méritos por causa de um incidente de fogo amigo. Voltou aos Estados Unidos e trabalhou em uma fábrica de automóveis, ganhando 118 mil dólares por ano além dos benefícios. No entanto, perdeu o emprego pouco depois. Passou a trabalhar em construção, mas a procura por operários diminuiu muito.

— Muitas pessoas sofreram com isso — observou Donnelly.

— Sim, mas foi apenas o começo. Depois que o marido foi despedido, Abdulia tentou expandir seus negócios de leitura do tarô. Alguém ficou com inveja e a denunciou como falsária. Ela foi condenada por enganar os clientes durante as leituras.

— Eu não imaginava... — disse o padre.

— O senhor já não estava por perto — disse ela. — Os Maestro ficaram arruinados, perderam a casa, tudo. Foram vítimas de forças além do seu controle.

Tudo começava a fazer sentido para Dark. Todas as vítimas faziam parte, direta ou indiretamente, da tragédia pessoal do casal Maestro. O Enforcado, Martin Green, era um financista rico, consultor dos bancos que rejeitam pedidos de empréstimo de pessoas como os Maestro. O Louco simbolizava o policial que acusara Abdulia de ser vigarista. Os Três de Copas eram estudantes assassinadas antes de se transformarem em adultas ambiciosas. O senador, no Dez de Espadas, era um político em acordo com Wall Street. O Dez de Paus eram ricaços que ganhavam quantias fabulosas fechando fábricas nos Estados Unidos — por exemplo, no setor automobilístico. A enfermeira não conseguira salvar o filho deles, apesar de haver prometido fazer tudo o que fosse possível. Kobiashi, girando a Roda da Fortuna, desperdiçava dinheiro enquanto outros não conseguiam ter um plano de saúde. O padre, de O Diabo, pedira a Deus pelo menino, mas fracassara.

Como teria sido possível ao casal Maestro, arruinado e incapaz de pagar o tratamento do filho, custear aquela série de assassinatos atravessando todo o país? Precisariam de armas, passagens aéreas, equipamento de vigilância. Tudo era muito caro.

Talvez o primeiro assassinato houvesse financiado tudo, o de Martin Green.

Dark pediu a Lisa que acessasse as anotações de Jeb Paulson durante sua visita à cena do crime. Lendo-as rapidamente, percebeu que, embora jovem, Paulson era perspicaz. Fizera as perguntas certas. Para começar, o macabro do assassinato não o desorientara. As perguntas eram claras e pertinentes, sobre a motivação e os suspeitos. E, com sua caligrafia, estava escrito: *Seguir o dinheiro.*

Segundo a polícia local, Green guardava uma grande quantidade de dinheiro vivo em um cofre no seu quarto. Era um tanto irônico para uma pessoa que ganhava a vida oferecendo consultorias a bancos e investidoras. Roger e Abdulia talvez soubessem disso. Talvez o tivessem escolhido como a primeira vítima por ter muito dinheiro em casa e por estar na área geográfica adequada. O primeiro assassinato financiaria os demais.

Dark pensou em pedir a Lisa que acessasse os dados financeiros de Roger e Abdulia Maestro. Era o conselho de Jeb Paulson: seguir o dinheiro. Por mais que eles quisessem fazer parecer uma questão de destino, na verdade era também uma questão financeira.

Dark agradeceu em silêncio a Paulson. *Se puder me ouvir, Jeb, acho que acaba de me ajudar a capturar aqueles que mataram você.*

— E então? — perguntou Donnelly.

— Vamos levá-lo ao hospital — disse Lisa. — O colete deve ter absorvido a maior parte do impacto, mas o senhor ainda precisa de exames para verificar se houve ferimentos internos.

— E vocês, o que vão fazer? Simplesmente me deixar lá e desaparecer?

— Sim — respondeu ela. — Esses dois homens vão levá-lo ao hospital. Se alguém perguntar por que demoraram tanto, diga-lhes que são novos e que se perderam no trânsito.

— E as balas que deveriam ter me acertado?

— O senhor não sabe sobre elas. Só se lembra de ter sido derrubado no chão. Considere como uma intervenção divina.

— Ninguém vai acreditar nisso — disse Donnelly.

— Por que não? O senhor é um padre!

Capítulo 73

Quando a falsa ambulância finalmente chegou ao centro médico regional comunitário, Riggins estava à espera.

Não se preocupou em identificar os dois homens, deixando-os cuidar dos seus afazeres, principalmente retirar o padre ferido e entregá-lo aos médicos. Apenas os observava. Aparentavam muita pressa em sair dali e voltar ao local do incidente, o que não parecia costumeiro nas equipes de emergência com as quais se habituara a lidar ao longo dos anos. Depois de trazer alguém ao hospital, os motoristas de ambulância em geral aproveitavam para descansar um pouco, fumar e tomar um café até que houvesse outro chamado. Não havia pressa, especialmente às 9 horas de um domingo. Mesmo no Halloween.

— Constance, fale com o padre — disse ele. — Faça com que ele conte tudo o que sabe. Bata nele, se for preciso. O velho truque de Dirty Harry, de bater com o sapato na ferida, pode funcionar.

— Você está louco — disse Constance. — O que vai fazer? Aonde vai?

— Vou pegar uma ambulância — disse ele, indo em direção ao carro.

Ah, que surpresa! Os dois homens da ambulância não levaram o veículo à garagem do hospital, mas a um estacionamento particular no subúrbio de Fresno. Depois de estacionar e despir os falsos uniformes, riram um pouco entre si enquanto Riggins os observava do outro lado da rua. Um deles deve ter sugerido que fossem comer algo, porque ainda era cedo, e o outro concordou. Entraram em um carro e pararam em um restaurante a 800 metros dali. Sentaram-se e pediram ovos, bacon, bolo e café.

Riggins entrou um minuto depois e se sentou à mesa deles. Colocou a Sig Sauer na mesa, recostou-se calmamente, como se tivesse todo o tempo do mundo, e, em seguida, mostrou o distintivo do FBI.

— Olá, rapazes — disse.

Capítulo 74

Dark pensou na interpretação da carta A Torre feita por Hilda: *A carta trata da guerra, de separações. Uma guerra entre a estrutura das mentiras e o brilho rápido da verdade. O relâmpago é o martelo do deus Thor.*

Um raio divino de poder, quase uma correção cósmica do rumo.

Deus o atinge quando você se mostra arrogante, prosseguira ela, *na esperança de que vislumbre a verdade e volte à inocência. É um ato divino. Um despertar para o resto da sua vida.*

A imagem na carta era terrível, como cenas do atentado contra as Torres Gêmeas de Nova York, do Apocalipse e da Torre de Babel juntas em um espetáculo macabro. Um nobre edifício cinza atingido por relâmpagos vindos de um céu negro como ébano, incendiando-o e derrubando uma coroa dourada do topo. Duas figuras caindo do céu, uma coroada e outra não, ambas aterrorizadas, com os braços estendidos. Abaixo, apenas alicerces terrivelmente arruinados, provando que toda a sua vida fora erguida sobre um terreno instável que apodrecia sob seus pés. Não há como escapar. Tudo o que você conhece está prestes a desabar.

A carta tratava de uma mudança brusca, queda, revelação.

Como em todas as cartas de tarô, havia interpretações positivas e negativas da imagem. Para alguns, A Torre seria bem-vinda, por significar uma revelação espetacular, mostrando a verdade oculta em determinada situação, ou a chegada de uma resposta, como uma súbita inspiração, após meses de dificuldades. A carta não significava uma condenação irremediável. Como O Louco, essa prometia um novo começo. A interpretação negativa, no entanto, revelava uma perda arrasadora, a maior crise de uma vida, um caos completo.

Até aquele momento, cada assassinato ou tentativa de assassinato havia sido intimamente ligado às imagens das cartas.

Quem personificaria a Torre? Os Maestro achavam que alguém erguera algo imenso e poderoso sobre alicerces em ruínas... quem poderia ser?

A distribuição das cartas também deveria ser um fator. Las Vegas, Fresno, seguindo para noroeste até...

Espere...

Lisa saiu do chuveiro e encontrou Dark absorvido na análise de alguns documentos no laptop dela.

— O que está procurando?

— Se eu encontrar, lhe digo.

Caso os registros financeiros do casal Maestro estivessem corretos, Dark saberia exatamente onde eles atacariam novamente.

IX
A Torre

Para ver a leitura pessoal de Steve Dark
nas cartas de tarô, acesse grau26.com.br
e digite o código: torre.

*M*ensagem rabiscada no verso de um recibo da empresa de entregas Send it Packing, com sede em Nob Hill, São Francisco, Califórnia:

Vocês só encontrarão esta mensagem depois que tudo terminar. Podem nos chamar de monstros, mas seria um engano. O destino deste país já foi escrito. Nosso caminho leva à morte e à destruição. É IMPOSSÍVEL MUDAR O DESTINO. ABRACEM-NO.

Capítulo 75

São Francisco, Califórnia

Dark ergueu os olhos para a Torre Niantic, no centro de São Francisco.

Existiam somente dois tipos de estruturas capazes de suportar terremotos: pirâmides e árvores de madeira vermelha. Ambas foram levadas em conta na construção da Torre Niantic, no início dos anos 1970. O nome recordava o grande navio baleeiro encontrado enterrado próximo aos alicerces, e a torre era um desafio à natureza, com 48 andares erguidos em quartzo triturado sobre um terreno conhecidamente instável. O alicerce da Niantic tinha 9 metros de profundidade e levara um dia inteiro para ser preenchido com cimento. A base era feita de quase 18 mil metros cúbicos de concreto armado, com barras de aço suficientes para se estenderem de São Francisco a Santa Bárbara. Era também extraordinariamente flexível devido ao sistema de amarração, o que a tornava capaz de suportar qualquer movimento sísmico.

A torre abrigava a sede da empresa de investimentos Westmire, que controlava dezenas de instituições de crédito, inclusive a que decidira retomar a casa do casal Maestro.

Esse seria o próximo alvo.

Mas, como?

Qual tipo de relâmpago poderiam eles — somente os dois — haver preparado para derrubar aquela torre?

— Você se tornou um bandido — disse Lisa, olhando a tela do telefone.

— Riggins está atrás de você, caçando-o por toda parte. O Slab publicou a história completa.

— Ótimo — murmurou Dark.

Chegavam perto da cidade, porém devagar, devido ao tráfego matinal. Dark se sentia como se tivesse um relógio no cérebro, contando os momentos até algo horrível. Um relógio sem números, no entanto. A qualquer momento, o fim poderia chegar — ou talvez já houvesse chegado.

— É estranho — disse Lisa. — Knack costuma inventar fatos absurdos?

Dark se voltou para ela.

— O que quer dizer com isso?

— Bem, ele afirma ter havido uma longa conversa na qual você confessou ser o autor dos assassinatos das cartas de tarô e que disse que não pararia até que a última carta fosse tirada.

— O quê?

— Tudo é muito estranho... Uma espécie de crítica que pinta você como um ex-agente insatisfeito que comete crimes para mostrar que é mais esperto do que seus ex-empregadores. E a sua foto aparece em toda parte. Você não é mais "um possível suspeito", e sim o principal suspeito.

Dark pensou no que acontecera em Fresno. Knack tentara lhe explicar algo. Teria perdido a razão, achando-se capaz de ganhar um dinheiro fácil com mentiras na imprensa? Aquilo sem dúvida o preocupava, mas acusações falsas tão gritantes eram em geral desmascaradas. Bastava perguntar a Clifford Irving, Jayson Blair ou Stephen Glass. Tal como os assaltantes de bancos, os jornalistas que fantasiavam os fatos acabavam desmentidos. Não seria diferente com Knack.

Enquanto isso, a atenção de Lisa se voltara para a Torre Niantic. Ela acessara a base de dados secreta relativa à segurança de todos os principais monumentos turísticos dos Estados Unidos. Pouco depois do 11 de Setembro, o recém-estabelecido Departamento de Segurança Nacional organizara uma reunião com os principais roteiristas de Hollywood, romancistas, peritos em demolição, ex-terroristas e criminosos. Fora distribuída uma lista de locais importantes. A pergunta era simples: *Como você burlaria a segurança?*

Aparentemente, um grupo havia se dedicado a estudar a possível destruição da Torre Niantic. Lisa percorreu as opções.

— Acha que tentariam sequestrar um avião? — perguntou.

— É possível — disse Dark. — Não um voo comercial, mas um avião particular, como o que foi fretado pela Westmire. No entanto, ainda não repetiram os métodos. Tivemos um enforcamento, uma queda de um edifício, estrangulamento, facadas, desastre aéreo, falso suicídio...

— Repetiram o uso de armas de fogo. Maestro atirou em Donnelly e Kobiashi foi obrigado a se matar.

— É verdade — disse Dark, com um olhar distante.

— Você não parece convencido — disse Lisa. — O que dizem seus instintos?

— Tentarão outra coisa. Esse é o grande ato final, uma instituição à qual atribuem o fracasso de sua família.

— Então certamente atacarão o prédio.

— Acho que sim — concordou Dark. — É possível evacuá-lo e mandar equipes de emergência?

Lisa o encarou.

— Tem certeza, Steve?

— Será ali, Lisa. Sei que será.

— Tudo bem, darei o alarme. Não acho que será fácil. Na Divisão, você precisava lidar com a burocracia. Bem, em todas as agências do governo acontece mais ou menos o mesmo.

— Vá em frente.

Lisa começou a discar um número de telefone, mas parou.

— Espere... Se evacuarmos a torre, os Maestro perceberão. Podem abortar o plano e fazer outra coisa.

— Não — disse Dark. — Esse é o grande momento para eles. Os outros crimes foram apenas colaterais, e essa será a palavra final. Seja o que for que tenham planejado, não creio que possam deixar de executar e passar para outro alvo.

— Mas poderão adiantar os planos.

Dark sabia que Lisa tinha razão.

Capítulo 76

Montgomery Street/ São Francisco, Califórnia

Funcionários sonolentos entravam na Niantic. Mais um dia de trabalho para contadores, advogados, bancários, gerentes, mensageiros, zeladores, seguranças e entregadores. Era a manhã de uma segunda-feira, primeiro dia do mês. Todos tinham relatórios a apresentar, e-mails a enviar, conferências telefônicas a marcar e entregas a fazer.

Havia o costumeiro excesso de correspondências, trazidas pela FedEx, a UPS e a DHL durante o fim de semana, além de presentes enviados por agências de relações públicas, comida para reuniões, flores, cartões românticos, congratulações, felicitações de aniversário, contratos. Livros, amostras, roupas, documentos.

Simplesmente mais uma segunda-feira atarefada na cidade à margem da baía.

Enquanto esperava que o pedido de Lisa passasse pelo trajeto necessário, Dark se colocou no saguão de entrada da Torre Niantic, com o cérebro a mil por hora, observando as idas e vindas dos funcionários. Havia pessoas vestindo ternos executivos, mensageiros em roupas de ciclismo, entregadores de camisa marrom e calças bem passadas — todos entrando e saindo pelas portas giratórias num fluxo constante, especialmente àquela hora.

A multidão fez com que ele considerasse o casal Maestro por outro ângulo. Roger era um ex-militar que se transformara em operário. Abdulia era professora e lia as cartas de tarô. Uma vida de suor e de esforço, e uma vida intelectual. Nenhum dos dois trabalharia em um edifício como aquele, a menos que Roger pertencesse a uma equipe de reforma ou de reparos. Seria isso? Ele teria sido contratado para obras naquele lugar?

Não, a polícia da Filadélfia descobrira que ele trabalhara numa obra naquela cidade durante as últimas semanas; a menos que houvesse subornado alguém para ficar no seu lugar e passado algum tempo em São Francisco. Dinheiro para isso ele teria. É impossível, porém, se registrar em um hotel com dinheiro vivo, por maior que seja a fortuna. Hotéis pedem cartões de crédito. E Dark se lembrava de que os Maestro não tinham crédito.

Lembrou-se do relatório policial: houvera roubo de alguns artigos na casa de Chapel Hill. Poderiam ter pego cartões de crédito ou outras formas de financiamento?

Chamou Lisa.

— Faça-me um favor, rápido.

— Estou implorando um favor a um alto funcionário da inteligência dos Estados Unidos. Posso ligar depois?

— É coisa fácil. Preciso que você verifique o crédito de Martin Green, se alguém usou seus cartões de crédito nos últimos dez dias. E se usaram, com qual fim.

As famílias nem sempre cuidam de detalhes como esse após um homicídio. E, tanto quanto Dark sabia, Green não tinha família próxima. Os Maestro saberiam disso. O assassinato dele podia ter sido o primeiro manifesto do casal, mas podia também ter servido como uma espécie de cheque em branco.

Enquanto esperava a resposta, Dark observava o saguão da Torre Niantic. Estava sendo procurado pela polícia graças ao artigo de Knack, que, naquela manhã, fora reproduzido por emissoras de TV e agências de notícias em todo o mundo. Era uma loucura estar no meio de tanta gente. Qualquer pessoa poderia reconhecê-lo a qualquer momento, apesar do boné que ele comprara de um vendedor ambulante.

No entanto, não podia deixar seu posto, sendo a única pessoa a conhecer as intenções do casal Maestro.

Eles estariam por perto, observando ao vivo o desabamento da torre. Poderiam até mesmo precisar fazer preparativos finais no edifício. Dark deveria entrar, procurar indícios... qualquer coisa. Essa ideia também era uma loucura. Até mesmo uma equipe de segurança de cinquenta homens poderia esquadrinhar o prédio e não encontrar nenhum dispositivo ou pacote suspeito.

Seu celular vibrou.

— Martin Green supostamente utilizou seu American Express numa empresa de expedições em Nob Hill, São Francisco. Estranho, para alguém que residia em Chapel Hill, Carolina do Norte. Houve muitas transações na região de São Francisco.

— Merda...

Um pacote, pensou Dark.

Ou *pacotes*.

— Eles ocultarão uma bomba em um pacote?

Os olhos de Dark analisaram novamente o saguão. Não havia somente um entregador, mas um exército deles, constantemente entrando e saindo, carregando caixas, sacolas, pacotes e envelopes...

— Se eu fosse fazer algo assim — disse Dark —, não colocaria apenas uma bomba, mas muitas delas. E estudaria a planta do edifício para saber exatamente para onde enviar cada uma, como em uma implosão.

— Merda! — disse Lisa.

— E usaria uma dose cavalar — disse Dark —, para que, se ao menos uma parte dos pacotes não fosse entregue, ainda houvesse potência suficiente para explodir a torre.

— E ninguém verifica o conteúdo de pacotes. Não conseguimos checar nem 99 por cento dos contêineres que chegam aos portos dos Estados Unidos!

Dark olhou para as pessoas passando suas credenciais pelas roletas de segurança. Dezenas e dezenas de homens e mulheres entravam, e poucos saíam. Manhã de segunda-feira. Todos chegando ao local de trabalho após o café da manhã e pensando na longa semana por vir.

— Você precisa mandar uma equipe agora, Lisa!

— Estou tentando... Você não imagina a tempestade de merda que criei quando contei ao meu chefe o que está acontecendo. O mundo da CIA não é muito diferente do FBI. É lento, desconfiado, burro.

— Então vou começar a procurar.

— Você poderá fazer com que Roger detone as bombas imediatamente.

— Ele não pode vigiar o prédio inteiro.

Tantas pessoas, tantos andares.

— Escute, você pode me mandar credenciais para eu entrar? — perguntou Dark.

— O que pretende fazer?

— Tudo o que eu puder.

— Não gosto disso.

— Ao menos você terá um motivo plausível para se eximir da responsabilidade — disse Dark. — Poderá pôr a culpa no ex-agente louco e fugitivo do FBI.

Lisa não respondeu. Dark se levantou e começou a atravessar o saguão, passando pela multidão. Algumas pessoas o olharam curiosamente. Seria porque ele não parecia pertencer a nenhum dos escritórios dali? Ou teriam reconhecido o rosto publicado na CNN?

Ao chegar ao balcão, o telefone vibrou novamente. Outro e-mail.

— Tudo pronto — disse Lisa.

— Obrigado — respondeu Dark, debruçando-se sobre o balcão e mostrando a tela aos três homens uniformizados.

— Senhores — disse ele —, preciso da sua ajuda.

Capítulo 77

Tudo o que a segurança da Niantic poderia fazer era retirar todos os pacotes entregues naquela manhã. Cada um deles, até o fim, até o último. Não era uma tarefa fácil. A equipe completa, no turno da manhã, era de 15 homens, inclusive os três que estavam no balcão do saguão — redução de pessoal, explicou o supervisor. Eram 14 homens para mais de quarenta andares, com diversos escritórios em muitos deles. E era preciso, no mínimo, sorte para convencer um assistente a devolver encomendas a homens que pareciam seguranças particulares. Se aquilo era realmente uma ameaça de bomba, por que não estava ali o FBI ou a Segurança Nacional, vestindo coletes à prova de balas para vasculhar os escritórios? Por que não haviam mandado evacuar o edifício imediatamente?

— Depois de pegarmos os pacotes, o que devemos fazer com eles? — perguntou o chefe da equipe.

Dark pensou por um instante.

— Vocês têm aqueles sistemas que são como um túnel de metal para depositar a correspondência de cada andar?

— Sim, mas são feitos para envelopes, não para caixas.

— Então diga aos seus homens que levem os pacotes para o porão, o mais rápido possível, pelos elevadores de carga.

O porão e as fundações haviam sido construídos para suportar terremotos, portanto Dark esperava que absorvessem o pior impacto das explosões, como acontecera no World Trade Center em Nova York durante o primeiro atentado a bomba, em fevereiro de 1993.

— Vá *logo*, e instrua seus homens. Peguem todos os pacotes que puderem!

— E você?

— Vou ajudá-los.

Dark correu pelo edifício junto à equipe de segurança. Em alguns casos, as caixas ainda estavam nos carrinhos de metal, esperando para serem entregues aos vários escritórios em alguns andares. Isso facilitava a operação. Sem uma palavra, Dark agarrava o carrinho, tirava-o do corredor, colocava-o no elevador de carga e o mandava para o subterrâneo, onde um dos guardas pegava os pacotes e os empilhava em um canto. Dark se ofereceu para esse serviço, mas o guarda recusou.

— O prédio é meu, a tarefa é minha — disse o guarda. — Esses terroristas que se fodam!

Rapidamente a notícia se espalhou e os funcionários começaram voluntariamente a levar os pacotes dos seus escritórios.

Em vez de esperar os elevadores, Dark usava as escadas de incêndio para passar de um andar a outro. Em algum ponto do vigésimo andar, ouviu um baque forte, seguido por passos apressados no chão de concreto. Ao dobrar um corredor, deu de cara com Roger Maestro.

Maestro não hesitou. Puxou imediatamente uma pistola do cinto e atirou contra Dark, que saltou segundos antes que as balas arrancassem lascas de concreto.

Dark tentou abrir a porta mais próxima, mas estava trancada. Merda! Ouviu os passos de Maestro, que descia cautelosamente a escada de incêndio à procura dele. Dark olhou ao redor. Havia apenas canos de água acima da sua cabeça. Nada que pudesse servir como arma ou como escudo. Nada que pudesse protegê-lo de um dos melhores atiradores do país.

Havia apenas um caminho a seguir:

Para cima.

Passando para a plataforma de metal, Dark agarrou os canos e puxou o corpo para o alto, dobrando-se da forma mais compacta possível. Se fosse como Sqweegel, certamente poderia encolher o corpo franzino no pequeno espaço atrás dos canos até que o perigo passasse. Dark não era Sqweegel, mas poderia imitar alguns dos truques daquele maníaco.

Maestro dobrou a esquina, apontando a arma à sua volta.

Apoiando-se nos canos, Dark se lançou para baixo, sobre Maestro.

As solas dos seus sapatos o atingiram no alto das costas, fazendo-o perder o equilíbrio e bater na parede de concreto. O assassino soltou um gemido e a arma caiu ao chão. Dark rolou o corpo, com o máximo de agilidade possível, e novamente se atirou contra ele, com socos capazes de esmagar os ossos do rosto e seccionar sua traqueia.

Mas Maestro era mais alto e pesado do que Dark. Absorveu os golpes e estendeu a mão, agarrando o pescoço do adversário. Dark sentiu que era sufocado, levantado do chão e empurrado contra a parede oposta, com a cabeça se chocando contra o concreto. Ergueu um joelho, mas Maestro aparou o golpe. Fechando os punhos, bateu com força nas costelas do adversário. Não houve indicação de ter conseguido quebrar algum osso. O homem continuou a asfixiar Dark, com os dedos grossos e ásperos se enterrando no seu pescoço.

Era um militar treinado, um especialista na arte de matar.

Provavelmente estava armado com mais do que um revólver.

Dark apalpou o corpo de Maestro e começava a empalidecer quando finalmente encontrou o que buscava: a faca que pendia do cinto dele.

No instante em que Dark pegou a faca, Maestro percebeu que se deixara ficar vulnerável.

Relaxou os músculos e deu um passo para trás, para se defender, conforme aprendera nos treinamentos.

Porém, Dark não queria simplesmente feri-lo, mas estripar o desgraçado.

A lâmina percorreu a lateral de Maestro, cortando pele e músculos. Maestro gritou. Dark ergueu a faca para enterrá-la no peito do homem.

O assassino se desviou do golpe, fazendo com que Dark, segurando com força o cabo da faca, batesse com ela no seu rosto.

O golpe não pareceu machucar Maestro, que revidou com uma série de socos, fazendo Dark recuar para um canto. Procurou se esquivar, mas não conseguiu fazê-lo. Após algum tempo, tudo se tornou confuso e, em seguida, desapareceu: os grunhidos, a visão e, finalmente, a dor.

Capítulo 78

ogo Maestro percebeu o sangue que escorria do seu corpo. Deu um passo para trás e tocou desajeitadamente o ferimento com a mão. Seria preciso tratá-lo o mais rápido possível.

Precisaria decidir também o que fazer com o perseguidor, inconsciente no chão.

Abdulia tinha certeza de que Dark estaria na cidade. Considerava-o um investigador inteligente, que seguira a pista até Fresno e seguramente os seguiria a São Francisco. Não esperava, porém, que ele estivesse no prédio, correndo para desfazer a obra-prima do casal. Todo o cuidadoso planejamento durante o ano anterior, todos os intrincados detalhes... tudo destruído por aquele filho da puta! Roger queria agarrar o pescoço de Dark e torcê-lo até partir seus ossos. Abrir-lhe a garganta e pressionar as veias até que o sangue cobrisse o rosto moribundo.

Mas não, era impossível naquele momento.

Abdulia explicara que a vida de Dark cruzara com a deles, como o outro agente, o jovem Paulson. E precisavam de Dark para terminar a sequência. Matá-lo naquele instante colocaria tudo em risco.

Steve Dark morreria quando o destino assim decidisse.

Roger desceu um andar, respirou profundamente e abriu a porta com uma chave mestra roubada. Caminhou silenciosamente até os elevadores, passando por dois funcionários de um escritório que conversavam. Lembrou-se de que quando era jovem como eles, invulnerável, podia se dar ao luxo de ignorar todos os perigos ao seu redor. Exatamente como aqueles dois. Pouco mais de 20 anos, sem imaginar que a morte literalmente passava ao lado deles. Como poderiam perceber? A morte vestia o uniforme de um zelador, ou seja, de alguém que havia fracassado em algum ponto da sua trajetória e merecia estar naquela posição.

Ao chegar à segunda escada de incêndio, Roger finalmente soltou o ar dos pulmões e puxou o celular que levava preso ao cinto, apertando um botão pré-programado.

— Sou eu — disse ele. — Está pronta?

— Estou, Roger. Do outro lado da rua, esperando por você.

— Chegarei em alguns minutos. Dark esteve aqui, no edifício.

— Ah, meu Deus — disse ela. — Ele está...

— Ele chegará ao fim, não se preocupe.

— Acha que ele sabe sobre os pacotes?

— Não importa, são muitos.

— Saia daí imediatamente.

— Assim que eu acabar de discar.

— Não sei por que não pode fazer isso daqui.

— Eu expliquei — respondeu ele. — Preciso ter certeza de que o primeiro grupo explodirá. Se não, terei que improvisar algo aqui dentro.

Abdulia era brilhante em muitos aspectos. Roger admirava muito o raciocínio dela, mas ela não fora militar, não entendia de bombas, gases e venenos. Não como Roger.

— Entendo — disse ela. — Amo você, Roger.

— Também te amo.

Roger decorara a lista de números. Todos de antigos pagers, aparelhos obsoletos que comprara por pouco dinheiro semanas antes. Cada aparelho estava ligado ao detonador de conjuntos de explosivos que ele enviara a determinadas empresas. No Iraque, participara de equipes de segurança em obras de reconstrução. Entre eles havia alguns dos maiores especialistas em demolição. Tomando cerveja, falavam da facilidade de demolir prédios desde que a quantidade correta de explosivos fosse colocada nas partes certas da estrutura. Roger ouvira e guardara as explicações. Passara muito tempo no Iraque aprendendo técnicas como aquela. Agentes químicos que atacavam o sistema nervoso descobertos em algum depósito e que precisavam ser destruídos. Técnicas de demolição. Roger achou que esses conhecimentos poderiam ser úteis no futuro. Talvez pudesse trabalhar em alguma daquelas empresas, até mesmo ao voltar aos Estados Unidos. Todos ficariam impressionados com o que aprendera.

Naturalmente, isso não dera certo. Roger ficou cheio de conhecimentos para os quais não havia aplicações práticas.

Até aquele momento.

Ele pressionou o primeiro número.

Era hora de a torre começar a tremer.

Em algum lugar distante, ouviu-se um estrondo.

Capítulo 79

Quando começaram as explosões na Torre Niantic, todos nas proximidades imediatamente imaginaram que se tratava de um novo terremoto de grande magnitude. Funcionários correram para se proteger sob mesas de conferência, esperando o pior. Terremotos, no entanto, produzem um ruído único. Começam com um ronco, como um imenso tanque de guerra correndo sobre infinitos quebra-molas. É um som diferente de qualquer outro. O ronco é seguido por um abalo, para a frente e para trás, mais longos e graves do que se imaginaria. Finalmente sobrevém a prece fervorosa e desesperada, os pedidos para que os engenheiros responsáveis pelo prédio tenham feito um bom trabalho e realmente se preparado para o pior tremor que a natureza pudesse oferecer.

Os ocupantes da Torre Niantic, porém, rapidamente perceberam que o barulho e os tremores não eram resultados de um terremoto.

Capítulo 80

Dark abriu os olhos ao sentir a pulsação das explosões no chão de concreto. Poucos segundos depois, ouviu os gritos. Meu Deus, não. Teria sido tarde demais? Apoiando as mãos no chão, conseguiu se erguer. Havia uma trilha de sangue pelo chão, que descia a escada e chegava à porta. Roger Maestro conseguira escapar e detonar as cargas explosivas. Dark rezou para que a equipe de segurança tivesse tido tempo para retirar alguns pacotes e mandá-los para o porão.

Desceu correndo as escadas de incêndio. No piso abaixo do seu, a porta de aço fora aberta e dela saía uma nuvem de fumaça, seguida por funcionários assustados.

— Alguém viu um homem estranho nesse andar, com ferimentos e sangrando?

Houve um coro de negativas confusas. Dark atravessou o temeroso grupo, passando pela porta e olhando para o chão para verificar se havia traços de sangue. Nada. Para onde ele teria ido?

Houve outra explosão, dessa vez mais próxima, como se viesse do andar acima do deles. Os seguranças haviam interceptado muitos pacotes, mas ainda restavam diversos. Do teto falso caía poeira. As luzes estremeciam. Muitas pessoas gritavam. Dark se agachou instintivamente, esperando uma nova explosão, contando os segundos. Cinco segundos depois houve um novo estrondo, em outra parte do prédio. As bombas estavam sendo detonadas uma por uma, o que significava que Roger ainda se encontrava no prédio, fazendo-as explodir. O plano não era fazer o edifício desmoronar todo de uma vez. Ele organizara uma estratégia de fuga.

Encostado à parede de um escritório vazio, Roger Maestro imaginou qual seria a aparência do prédio lá de fora. Lembrava-se de observar os ataques de 11 de setembro com Abdulia, pouco depois de a conhecer. Sabia que em breve seria enviado para a guerra e que a vida que conhecia acabaria. Aquilo não era justo. Os dois se abraçaram, acenderam velas, jantaram em silêncio. Naquela noite, seu filho foi concebido.

Depois do 11 de Setembro, o mundo parecia ter começado a prestar atenção; mas foi por pouco tempo.

Roger passara quase três anos no Afeganistão e vira o filho apenas em breves intervalos. Algumas fotos, conversas confusas, com hiatos, em uma conexão telefônica deficiente. Quando voltou, o filho o tratou como se não o conhecesse. Quando ele o acariciava, o menino se remexia, como se quisesse escapar. Abdulia era quem lhe fazia carinhos, consolando o marido e dizendo que era uma questão de tempo.

Pensou muitas vezes naquelas torres em chamas em Manhattan, como velas que derretem lentamente na cobertura branca e afundam no bolo. Seria assim com aquela torre?

Em pouco tempo ele estaria na rua para detonar o segundo conjunto de explosivos. Então saberia.

Era o que pretendia: repetir o horror daquela manhã ensolarada de setembro. Primeiro o fogo e a fumaça, em seguida pessoas correndo e saltando a cada choque. E, então, a torre desabaria.

A função das escadas de incêndio era servir como uma última via de escape de um prédio. A Torre Niantic tinha dois conjuntos — a leste e a oeste — de trinta andares cada. Na parte mais estreita da construção, havia somente uma escada de incêndio lateral. Dark analisou a situação.

Um militar como Roger Maestro preferiria ficar abaixo do trigésimo andar, a fim de expandir suas opções.

Caso a trilha de sangue se afastasse da escada ao leste, Maestro estaria na oeste, no caminho do térreo.

Roger discou um número, mas não ouviu qualquer ruído. Sabia que aquele número correspondia ao 22º andar. Estava agora no 19º, diretamente abaixo. Deveria ter ouvido algo. O que teria acontecido? Era o terceiro insucesso em oito números. Problemas demais para que fossem apenas por acaso.

Enquanto pensava nisso, discou rapidamente mais um número.

Capítulo 81

Quando Riggins e Constance chegaram à Torre Niantic, havia fumaça saindo pelas janelas quebradas e muitas pessoas deixando o prédio pelas portas giratórias. No 11 de Setembro, Riggins estava em Washington, assistindo às transmissões ao vivo numa sala especial de conferências da Divisão de Casos Especiais e aguardando instruções sobre o que poderia fazer, qualquer coisa, desejando estar diante daqueles prédios destroçados para poder ajudar. Bem, aquele dia parecia trazer a oportunidade esperada.

Ambos passaram pela multidão assustada e chegaram ao balcão de segurança. Constance trazia uma foto de Dark.

— Esse homem veio aqui? — perguntou ela.

Surpreso, o guarda de segurança sacudiu afirmativamente a cabeça e imediatamente começou a temer por seu emprego.

— Veio... tinha credenciais da Segurança Nacional... Espere, eu não devia ter deixado que ele passasse? Há algum problema?

— Sabe onde ele está? — perguntou Riggins.

— Subiu... Disse a todos nós que retirássemos os pacotes e começássemos a evacuação. Espere, quem são vocês?

Riggins mostrou o distintivo.

— Somos da Divisão de Casos Especiais do FBI e estamos trabalhando com esse homem, mas o celular dele deve estar desligado. Precisamos encontrá-lo imediatamente. Quantos guardas estão no edifício?

— Doze, mas estão espalhados pelo prédio. Seu amigo mandou que retirassem os pacotes entregues.

— Deixe-nos passar.

— Está brincando? — disse o guarda. — Estamos tentando tirar todo mundo.

A nova amiga de Dark seguira com ele para São Francisco.

Quando Riggins interrogara os falsos membros da equipe de emergência do centro médico, ameaçando-os com a fúria do Departamento de Justiça, eles revelaram um nome. Na verdade, é uma colega de vocês, disseram. A informação não chegava a ser uma grande surpresa. Riggins então começou uma sondagem mais discreta para descobrir o que significava o nome Lisa Graysmith. Inicialmente, ninguém retornou suas chamadas. Em seguida, um burocrata qualquer, que ele não conhecia, ligou e fez algumas ameaças veladas caso Riggins não parasse de perguntar sobre essa pessoa. *Bingo!* Riggins apelou para Wycoff, talvez a primeira vez que ficou realmente *ansioso* por ouvir a voz daquele safado, e pediu informações que imaginava serem secretas. Disse que uma tal de Lisa Graysmith surgira como "pessoa de interesse" na investigação dos assassinatos das cartas de tarô.

Enquanto esperava a resposta de Wycoff, verificou os arquivos da Divisão, para ver se havia alguma pista. Para sua surpresa, encontrou uma, ao menos, no computador.

O nome dela não constava dos arquivos disponíveis em Quantico. Sem dúvida havia uma Julie Graysmith, vítima do assassino Sósia, poucos anos antes.

Segundo os arquivos, Lisa era a irmã mais velha da vítima, mas nenhum documento impresso a mencionava.

Que merda era aquela?

Wycoff respondeu à chamada. Lisa Graysmith era uma identidade ultrassecreta, oculta sob diversas camadas de segurança diplomática e da Secretaria de Estado. Não havia possibilidade de que estivesse envolvida nos crimes das cartas de tarô porque se encontrava em missão em outra parte do mundo, e não se fala mais no assunto, *foda-se*. Riggins achava que era isso mesmo. Agradeceu a Wycoff, dizendo que devia haver um engano quanto ao nome. Era, porém, muito estranho.

Vinte minutos depois, um homem que se recusou a se identificar disse a Riggins que se quisesse falar com Lisa Graysmith poderia ir à Torre Niantic, em São Francisco. Ela acabara de avisar que houvera um possível ataque terrorista contra o edifício.

— Ela trabalha em alguma empresa? Pode me dar um número de telefone ou ao menos o andar?

Os agentes de inteligência muitas vezes operam sob a cobertura de companhias falsas.

— Você é um agente do FBI, certo? — disse a voz, em tom zombeteiro.

A única coisa que incomoda mais do que políticos em campanhas de moralidade são agentes de inteligência que se dão mais importância do que realmente têm.

— Obrigado.

Na torre, Riggins compreendeu por que aquele homem achara o assunto tão engraçado.

Sem dar importância aos guardas, Riggins saltou a roleta de segurança e correu para os fundos, por trás dos elevadores. Constance o seguiu. Chegando às escadas de incêndio, tiveram de atravessar outros grupos de pessoas assustadas, que tossiam e gritavam, tentando entender por que aquela manhã de segunda-feira se tornara tão perigosa.

— Por que você não fica com os guardas? — perguntou Riggins a Constance. — Talvez possa encontrar Dark pelo sistema de vigilância deles.

— Acha que vou deixar você morrer como um herói — respondeu ela — e seu fantasma me assombrar pelo resto da minha vida? Não, obrigada, Tom. Vou subir também.

— Meu Deus, como você é teimosa!

— É por isso que você me ama.

— Amor é pouco — disse Riggins, agitando as mãos diante de si para abrir caminho entre a multidão.

Aquilo era uma loucura. Era impossível. No entanto, lá iam eles. Assim era a Divisão de Casos Especiais.

Capítulo 82

Dark não sabia em que andar estava. A fumaça era negra e espessa, queimando-lhe os olhos, enchendo-lhe a boca. Ouvia gritos de alarme. Agachou-se no chão, apoiado nas pontas dos dedos e nos pés, o que treinava havia vários meses. Sentiu certa satisfação ao ver que sua paranoia finalmente lhe servia para algo.

— Quem está gritando? — bradou. — Continuem a gritar para que eu possa seguir as vozes!

Houve novos gritos, à esquerda. Dark seguiu adiante sobre o carpete, mantendo-se abaixado perto do chão e procurando sinais de Roger. Uma gota de sangue, uma pegada, alguma coisa. Novos gritos. Como sempre, Dark se viu dividido. Por um lado, as vítimas; por outro, o monstro. A lógica dizia que se matasse o assassino, estaria ajudando as vítimas. Mas o que fazer quando o monstro está escapando e as vítimas gritam por socorro?

Constance tinha uma excelente noção de espaço. Quase nunca precisava de GPS. Uma vez havendo marcado na mente a localização dos elevadores e das escadas de incêndio, foi possível que orientasse as pessoas com absoluta certeza, embora jamais tivesse entrado na Torre Niantic.

O colete do FBI que vestia lhe conferia autoridade instantânea, mas a expressão dos seus olhos também era importante. Mostrava que ela sabia o caminho para a saída, que não deixaria ninguém desamparado.

— Venham por aqui! — gritava ela. — Sigam o som da minha voz!

Durante todo o tempo ela observava cuidadosamente, procurando algum sinal de Dark.

Apesar dos estranhos indícios, sabia que Dark não poderia ter sido cúmplice daquilo. Ele procurava evitar o desastre, arriscando-se no incêndio, como sempre, porque se sentia na obrigação moral de deter os incendiários onde quer que aparecessem. O que ela não conseguia entender, porém — e isso a fazia se sentir ferida —, era por que Dark não os envolvera. Nem a Divisão nem Wycoff. Qual teria sido o pecado deles? Não valiam para nada?

Constance afastou aqueles pensamentos. Deixaria o ressentimento para mais tarde. O que precisava fazer era retirar do edifício o maior número possível de pessoas.

Ela agia rápido, evacuando um andar e então seguindo o último resgatado até o andar imediatamente inferior, lutando a todo momento contra o tremor ao ouvir outra explosão. Era um pesadelo em câmera lenta.

Subitamente, viu algo estranho: um homem com um celular na mão. Não corria para descer, como os demais. Caminhava cuidadosamente. Observou os dedos dele sobre os botões. Dez dígitos, apertados com decisão. Houve uma pausa de três segundos e Constance estremeceu novamente — outra explosão, abafada e distante.

Quando o homem começou a discar novamente, Constance entendeu tudo e pegou sua Glock. No sexto dígito, ela puxou a 19. No sétimo, gritou para ele levantasse as mãos. Ele apertou outra tecla e ela deu um tiro de advertência, acima da cabeça do homem. Isto fez com que ele a notasse, voltando-se lentamente para a escada de cimento e olhando-a, parada na plataforma. Apertou mais uma tecla, que seria a nona. Bastava mais uma para completar o código.

— Não faça isso — disse Constance.

— Por favor — disse o homem, com o rosto franzido numa expressão de preocupação. — Estou tentando ligar para minha mulher. Ela deve estar morrendo de preocupação.

— Ponha o telefone no chão.

— Não compreendo. Estou fazendo algo errado?

Os lábios dele tremiam. Estava pálido, a pele brilhava de suor. Constance o olhou nos olhos. Eram frios, duros. Não havia nada naquele olhar.

— Último aviso — disse Constance, dando um passo adiante.

— OK, OK...

Ao se curvar para colocar o telefone no chão, a expressão dele mudou. A frieza dos olhos passou para o restante da fisionomia. O dedo de Constance tremeu no gatilho e, de repente, sem aviso prévio, ele subiu os degraus, dois de cada vez, atacando-a com incrível rapidez. Ela atirou... e errou. Tudo aconteceu muito depressa. Quando conseguiu respirar e apontar novamente a arma, ele estava próximo, batendo em sua mão com o braço e desviando a arma. O tiro ricocheteou no concreto. O homem apontou com o polegar e o indicador em forma de V e pressionou sua garganta. Constance caiu de joelhos e soltou a arma. Não conseguia respirar. Parecia que uma pedra fechava sua traqueia. Dois objetivos contraditórios ocuparam sua mente: defender-se e recuperar a arma para matar aquele desgraçado. Ainda sem fôlego, estendeu a mão para a arma. Naquele momento, ele empurrou-lhe as costas com o joelho, obrigando-a a se deitar no chão de concreto da plataforma. Imobilizando-a, agarrou-lhe a cabeça com as mãos grandes, ásperas, secas.

Constance sabia o que ele queria fazer e que sem dúvida faria em mais um segundo.

Esticou o braço, pegando a arma, que caíra no primeiro degrau abaixo, e a agarrou firmemente.

Imediatamente uma das mãos grandes lhe soltou a cabeça e, um segundo depois, ela sentiu um golpe forte no cotovelo. Constance sentiu que o osso se partira e ficara parcialmente insensível.

Mesmo assim, não soltou a arma.

Ela sempre procurara imitar Steve Dark durante a carreira. Prestara atenção na maneira como ele trabalhava, aprendera com ele a juntar as peças dos casos complexos. Queria tanto ser como Dark que, em determinado momento de fraqueza, havia tentado fazer parte da vida dele. Naquele momento, sabia o que deveria fazer, porque Dark teria feito o mesmo.

Apesar de estar imobilizada por um homem de 1,85m e mais de 100 quilos sobre seu corpo e lhe segurando a cabeça, com um braço quebrado provavelmente em mais de um lugar, ela mirou da melhor maneira possível.

O tiro da arma na direção dos degraus inferiores estilhaçou o celular em mil pedaços.

Roger se odiou por não prever o que poderia acontecer. Os oficiais que o comandaram sempre diziam que ele era um excelente soldado, mas não tinha uma mentalidade estratégica. Roger Maestro precisava ter objetivos específicos nas suas missões. Não era homem para planejar uma guerra. Ele compreendia e aceitava esse julgamento. Por isso, sentia-se satisfeito com a ajuda de Abdulia.

Daquela vez, no entanto, ele fracassara.

Com um grito de ódio, bateu a cabeça dela no concreto, fazendo-a perder os sentidos. Em seguida, ergueu-se e desceu até alcançar o telefone quebrado. Pegou-o, para checar se poderia funcionar, mas era inútil.

Havia algumas opções, mas nenhuma adiantaria. Uma era permanecer no prédio, fazendo as ligações de um telefone de um dos inúmeros escritórios vazios à sua disposição. O plano, porém, previa o desabamento da torre pela deflagração da segunda, e mais mortífera, sequência de explosões, o que seria feito a partir do outro lado da rua. Fazê-lo ali equivaleria ao suicídio.

Roger poderia sair do edifício e usar o telefone de Abdulia... mas isso não seria possível. Ela teria se afastado para cuidar dos detalhes da carta final. O sucesso do plano dependia do telefone dele.

Um telefone descartável? Não havia tempo suficiente, ainda que Roger soubesse onde comprá-lo. Haviam passado bastante tempo na cidade, mas ele não pensara em reparar nas lojas de equipamento telefônico. Pensara em muitos detalhes, mas não em conseguir outro telefone.

Desanimado, colocou o telefone quebrado no bolso e começou a descer as escadas.

Capítulo 83

Dark descia correndo as escadas de incêndio quando viu o corpo no chão, com o colete do FBI. Reconheceu-a antes mesmo de a virar e olhar seu rosto. Quem passa muito tempo em companhia de uma pessoa guarda centenas de detalhes a respeito dela. Dark sabia que era ela antes de chegar à plataforma da escada, mesmo que aquilo não fizesse sentido. Como poderia ela estar ali, no edifício, em meio às explosões?

Ela veio procurar você.

— Constance — disse ele, abaixando-se ao lado dela e encostando os dedos no seu pescoço. Repetiu o nome, dessa vez gritando. Sentia o sangue ferver, como se houvesse engolido napalm.

Os olhos de Constance se abriram.

— ... Steve?

Dark soltou o ar dos pulmões e se curvou, beijando-lhe o rosto com imenso alívio. Não suportava a ideia de perder outra pessoa próxima. Não daquela maneira. Não por obra daqueles monstros.

— Vou tirar você daqui — disse ele, preparando-se para erguê-la nos braços.

Constance franziu a testa e balançou negativamente a cabeça.

— Não faça isso, ou precisarei prender você.

Dark a olhou enigmaticamente durante um momento, mas ela logo estendeu a mão e lhe tocou o rosto, assegurando que realmente sabia o que falava apesar do golpe na cabeça. Ela compreendia Steve Dark e o dom que ele possuía, mais do que qualquer outra pessoa.

— Vá — disse Constance. — Pegue aquele filho da puta!

Capítulo 84

Na rua, Dark sacudiu a poeira e os detritos das roupas. Havia jornalistas por toda parte, além de veículos de bombeiros, carros da polícia, equipes de emergência. Em vez de caminhar decididamente, ele prosseguiu cambaleando como se fosse uma das muitas vítimas desorientadas. Tinha o rosto coberto de cinzas e fuligem, mas se alguém o reconhecesse tudo terminaria. Os Maestro conseguiram transformá-lo em um vilão psicopata. Provavelmente não seria difícil responsabilizá-lo também pelas explosões. Alguém poderia argumentar que ele colocara as bombas ali a fim de parecer um herói.

Virando-se, olhou para a Torre Niantic. Saía fumaça de muitas janelas e viam-se alguns focos de incêndio. A torre, porém, não desabara. Afinal, fora possível mandar ao porão uma quantidade suficiente de pacotes. Roger Maestro conseguira causar pequenos incêndios e espalhar o pânico, mas fracassara.

Seriam necessários milhões de dólares para os reparos, mas o edifício não desabaria.

Na praça em frente, Dark viu dois homens sentados na parte traseira de uma ambulância, com máscaras de oxigênio nos rostos. Pareciam ser pai e filho. O mais velho vestia uma camisa branca para fora das calças e o mais jovem um casaco cinza e calças jeans. Dark imediatamente recordou a carta A Torre e as duas figuras que caíam do alto em direção ao solo. Poderiam ter sido aqueles dois homens, mas isso não acontecera. Era realmente possível mudar o destino.

Outra pessoa na praça despertou a atenção de Dark. Era um homem sendo carregado, com os braços sobre os ombros de dois membros uniformizados de uma equipe de emergência. À primeira vista, parecia estar morto, até que estremeceu e se desprendeu dos seus dois salvadores. O homem deu alguns passos e, em seguida, caiu de joelhos, começando a vomitar, sacudindo a cabeça e acenando para os outros dois para que se afastassem. Surpreendentemente, levantou-se, e Dark o reconheceu. Era Riggins. Esforçava-se para voltar ao prédio, sem dúvida para procurar Constance. Os dois ajudantes lhe agarraram os braços e um terceiro tentou colocar uma máscara de oxigênio no rosto dele. Riggins reagiu com socos, libertando-se e empurrando o que empunhava a máscara, derrubando-o e correndo até o edifício.

Dark sabia que Riggins não descansaria enquanto não se certificasse de que todos os membros de sua equipe estavam a salvo.

Todo o seu ser queria correr atrás dele e gritar *Não! Não faça isso! Você acabará morrendo!*

Tinha certeza, porém, de que isso seria inútil. Seria impossível deter um homem como Riggins. Não haveria tempo para explicar. Era mais provável que Dark acabasse preso.

Roger e Abdulia ainda estavam à solta. Talvez por ali, em alguma parte, a pouca distância da Torre Niantic, esperando que o prédio desabasse.

Então, onde?

Ainda cambaleando como um dos traumatizados funcionários daqueles escritórios, Dark procurou nas esquinas, nas calçadas, nas janelas dos cafés da rua. Estariam em algum deles, tomando um café enquanto observavam a confusão diante dos seus olhos? Não, não valia a pena procurar casais. Roger ainda devia estar ocupado. Abdulia seria quem observava, com os olhos negros e profundos estudando todos os detalhes. Era ela a cabeça pensante. O marido representava os músculos, o carrasco, o piloto, o executante. Mas Abdulia era quem elaborara o plano, assim como revelara o caminho para Dark. A necessidade de incapacitá-la era mais urgente, quase dolorosa.

Enquanto caminhava, sentiu um estremecimento na coxa. Apalpou o bolso e se lembrou do telefone.

Havia 17 mensagens de texto não lidas. Diversas eram de Lisa, mas as mais recentes vinham de um número estranho, que ele desconhecia:

HILDA TEM UM RECADO PARA VOCÊ

Ligou para Lisa, sem dar a ela tempo para falar.

— Me diga onde posso conseguir transporte — disse ele.

— Vá ao cais 14, ao lado do Embarcadero — disse ela. — Haverá um helicóptero à sua espera. Onde estão os dois? Se esse não foi o fim, onde tirarão a carta da Morte?

— Direi quando estivermos a bordo.

X

A Morte

Para ver a leitura pessoal de Steve Dark
nas cartas de tarô, acesse grau26.com.br
e digite o código: morte.

Transmissão interceptada pela Guarda Costeira dos Estados Unidos, Serviço de Tráfego de Embarcações, Setor São Francisco, tenente-general Allan Schoenfelder, diretor e supervisor do Centro de Operações.

MULHER NÃO IDENTIFICADA: Roger.
HOMEM NÃO IDENTIFICADO: Estou aqui.

[Estática]

MULHER: ... queria estar junto de você, Roger.
HOMEM: Em breve estaremos juntos.
MULHER: Faz frio onde você está, Roger?
HOMEM: Um pouco, mas tenho o casaco.

[Estática]

MULHER: Roger?
HOMEM: Sim?
MULHER: Lembra-se do que eu lhe disse sobre essa última carta? Que ela trata do renascimento, do despertar da nossa consciência, do fluxo da vida?

HOMEM: Foi o que você disse.

MULHER: Ótimo. Eu queria ter certeza de que você tinha compreendido. Não está com medo, não é, Roger?

HOMEM: Acho que estou apenas cansado.

MULHER: Não tem importância, Roger. Em breve tudo acabará e poderemos descansar.

[Estática]

Descansar, como todos naquela torre deveriam fazer.

Mas Steve Dark impedira o plano, assim como aquele jovem agente, Paulson, ameaçara os esforços iniciais. Se você se intrometer nos caminhos do destino, ele encontrará uma forma de se intrometer no seu caminho.

Abdulia pensou sobre se a pessoa que eles originalmente escolheram para o papel do Louco saberia a sorte que tivera em evitar seu destino.

Dark, porém, juntara cedo demais os pedaços da história, descobrindo os planos deles. Imaginavam que as autoridades analisariam os assassinatos, escreveriam livros a respeito... e, mais importante, espalhariam a mensagem a todos os cantos do planeta. Abraçar o destino equilibra o mundo. Lutar contra o destino é tão inútil quanto desafiar a correnteza de um rio intenso. Quem tenta nadar contra a corrente acaba prejudicando a si mesmo e aos demais.

Será que a humanidade ainda não aprendera a lição? As grandes empresas mundiais se baseavam em princípios que desafiavam a ordem natural das coisas — explorar as massas trabalhadoras sugando-lhes os recursos, absorver uma riqueza capaz de envergonhar o Império Romano. As mesmas empresas tinham licença para destruir o mundo natural enquanto enriqueciam. Uma prova disso era o crescente derrame de petróleo no Golfo do México, enquanto a empresa responsável dava de ombros como um adolescente desinteressado.

O mundo precisava despertar. Abdulia faria isso.

Tudo dependia da carta final.

Capítulo 85

Cabo Mendocino, Califórnia

O cabo Mendocino é o ponto extremo ocidental da costa da Califórnia, onde existe um farol não muito alto que desde 1868 procura alertar marinheiros. A cada trinta segundos ele emite um facho de luz límpida. A manutenção não tem sido fácil ao longo dos anos. A região é conhecida pela atividade sísmica e por estar exposta à fúria das tempestades do Pacífico. O farol, de apenas três andares, foi frequentemente danificado, o facho de luz desviado de rumo, os espelhos estilhaçados e às vezes destruídos pelo que há de pior entre os dons da natureza. Ainda assim, foi constantemente reedificado. Os rochedos pontiagudos que surgem na costa do Pacífico eram demasiadamente perigosos e os riscos, grandes demais. Nos anos recentes, no entanto, a moderna tecnologia de navegação tornou obsoleto o farol do cabo Mendocino. Em meados da década de 1960, foi abandonado às ventanias salgadas e esperava recursos financeiros para reformas.

Dentro da estrutura semiarruinada estava Hilda. E os assassinos.

O segundo texto de Abdulia fora breve:

FAROL MENDOCINO... SOZINHO

Dark sentiu um frio no estômago ao pensar em Hilda como prisioneira daqueles maníacos. Ela fora paciente com ele, mesmo quando ele perdera o controle e começara a esmiuçar sua loja. Hilda o salvara e nada pedira em troca. Nem mesmo o pagamento pela leitura.

Não podia deixar que algo acontecesse a ela.

Naquele momento, Dark e Lisa atravessavam o norte da Califórnia em um helicóptero. Dark desembarcaria em algum ponto próximo ao farol, mas não muito perto.

— É uma loucura! — disse Lisa. — Se você entrar no farol, estará morto, junto com sua amiga leitora de tarô.

— Se eles virem um helicóptero — respondeu Dark —, matarão Hilda. Ao menos assim eu terei uma chance de trocar minha vida pela dela.

— Deixe que eu organize uma equipe de choque. Faço isso muito bem.

— Não há tempo. Não se esqueça que Abdulia quer me pegar, e, se não conseguir, se contentará com Hilda.

Lisa mordeu o lábio.

— Não estou gostando disso... Em 15 minutos posso trazer um avião de caça e acabar com aqueles assassinos com um único míssil.

Dark, no entanto, achava que era justamente isso o que os criminosos queriam. Afinal, Hilda explicara que a carta da Morte significava um novo começo, tanto quanto o fim do que existe. *É preciso se sacrificar para renascer.*

Ele não podia deixar que Hilda seguisse para a morte nas mãos daqueles psicopatas.

— Não — disse Dark. — Tenho que ir, sozinho. Você me trouxe para essa tarefa. Deixe-me terminá-la.

Lisa olhou-o durante um longo instante e finalmente suspirou.

— Bem, acho que estou deixando meus sentimentos interferirem. E pensar que eu era considerada insensível...

Antes que ele saísse do helicóptero, Lisa o ajudou a vestir o equipamento à prova de bala que obtivera em Fresno, ao menos as partes que conseguiu convencê-lo a usar. Pesava muito, mas Dark achou que poderia suportar. Verificou a arma e colocou-a em uma cartucheira presa ao cinto, nas costas. Não queria ter nada pendurado no corpo. Durante um instante de insanidade, desejou ter uma versão da roupa de Sqweegel.

Capítulo 86

Johnny Knack nunca desejara estar em uma zona de guerra. Era sua única regra: "Só missões domésticas, muito obrigado!" Evitara até mesmo viajar ao Reino Unido por causa do Exército Revolucionário Irlandês. Um dos seus maiores temores era ser obrigado a passar dos bastidores de uma reportagem para o centro violento e fervilhante dela. Você está fazendo uma pergunta a alguém e, subitamente, se vê quase asfixiado dentro de um capuz fedorento, de joelhos, sem saber se sua cabeça será arrancada ou se você será estuprado com um cabo de vassoura, ao vivo na internet. Talvez as duas coisas, você pode escolher a que virá primeiro. Portanto, nada da merda do Iraque, nada de Cabul, fronteira da Coreia, Índia, Paquistão, nem mesmo a Irlanda do Norte.

Mas Knack sabia que por mais que se esforçasse para evitar uma coisa, ela acabava acontecendo.

É o que a vida faz com as pessoas.

Naquele momento, por exemplo, estava amarrado em uma cadeira de aço, com o braço direito para trás, preso com uma espécie de tipoia enrolada no pescoço. Se tentasse abaixar o braço, para descansar um pouco os músculos, morreria asfixiado.

O braço esquerdo estava preso no braço da cadeira, com a palma da mão para cima. Inicialmente, a ideia de ter a palma da mão e o punho expostos o aterrorizara. Não há pior tortura para um jornalista do que ter as mãos mutiladas.

A louca, porém, não usara uma faca. Em vez disso, prendera o gravador digital dele na mão, com uma fita adesiva, de forma que ele pudesse acionar o botão GRAVAR com o polegar.

— O que quer de mim? — perguntou Knack. O som de sua voz era pastoso, lento. Não tinha a precisão e a rapidez às quais ele estava acostumado. A mulher realmente o drogara.

— Não se preocupe, Knack — disse ela. — A carta da Morte não é para o senhor. O senhor será apenas o arauto.

— A carta da Morte — disse ele, estremecendo imediatamente. — Então é essa a próxima. Eu devia ter imaginado. O padre foi a carta do Santo, ou algo assim?

— Será que estou percebendo um tom de zombaria na sua voz, depois de tudo o que o senhor viu e experimentou?

— Não estou rindo. Só quero compreender.

— Tudo se esclarecerá se você mantiver os olhos abertos.

Knack ajustou o braço direito — merda, estava doendo muito! — e acenou com a cabeça para o outro lado da sala.

— E ela? — perguntou. — A carta da Morte é para ela?

Em um canto, havia uma mulher adormecida, de longos cabelos negros, que podia ser considerada bonita num estilo hippie. Vira Abdulia se abaixar e injetar algo nela. Talvez o mesmo que ela colocava nas veias dele para mantê-lo bem comportado e inofensivo.

Knack ouviu um zumbido. Abdulia colocou o telefone no ouvido e se afastou dele. Bem, era reconfortante saber que uma assassina mergulhada nos mistérios antigos do tarô permanecia afável e conectada.

Mas, com quem? Knack sabia que ela não poderia estar agindo sozinha. Teria precisado de ajuda para pendurar o corpo do pobre Martin Green e para assassinar aquelas jovens da Filadélfia.

— Certo — disse Abdulia. — Estou pronta. Não se preocupe, Roger.

Então havia um Roger.

Era um material impressionante. Outros jornalistas estariam dispostos a matar para ter acesso àquilo. Imagine estar junto aos capangas de

Manson quando chegaram à Cielo Drive. *Ei, seu hippie sujo! Antes de enfiar esse garfo na barriga daquela moça simpática que está grávida, posso lhe fazer umas perguntas?*

Abdulia encerrou a conversa com o marido, Roger, e em seguida abaixou-se e procurou algo dentro de uma pequena bolsa de viagem. Voltando para perto de Knack, esse percebeu que ela trazia três objetos nas mãos.

— Espere — disse Knack. — Você disse que a morte não era para mim. O que está fazendo?

— Isso será desagradável — disse Abdulia —, mas não trará a morte.

Nas mãos, ela tinha um trapo sujo.

Um rolo de esparadrapo.

Uma tesoura cirúrgica.

Capítulo 87

S teve Dark nunca imaginara que teria aquela ideia, mas uma parte dele queria agradecer a Sqweegel.

O monstro lhe roubara quase tudo o que ele possuía. Deixara, no entanto, uma dádiva malévola: *a capacidade de se mover sem ser percebido.*

Durante muitos anos, Dark estudara os movimentos e métodos daquele monstro e não pôde deixar de os adquirir. Pensava nele sempre que patrulhava a própria casa durante a noite, prestando atenção ao menor ruído, o mínimo indício de que outro monstro o ameaçava.

Ao se aproximar do farol, aquela capacidade novamente se tornava útil.

Sem dúvida a adrenalina ajudava. Os músculos de Dark se retesavam com uma energia crua e nervosa, embora ele houvesse passado, literalmente, por um inferno poucas horas antes. Servia-lhe, porém, a capacidade de rastejar, ocultar-se e contorcer o corpo ao chegar mais perto do seu objetivo. O terreno era rochoso, ideal para se agachar e se esconder à medida que se aproximava. Tornava suas juntas flexíveis como borracha. Dark manteve fixa na mente a localização do farol, para que não precisasse se erguer acima de uma pedra a fim de vê-lo. O farol estava ali e não sairia do lugar. Ele se orientou na direção certa.

Finalmente, encontrou um aglomerado de pedras que serviria como um esconderijo adequado. Observou o farol com um espelhinho preso na ponta de uma vara de metal. Tinha somente três andares, aproximadamente a altura de uma casa de estilo vitoriano. Via duas figuras no recinto que abrigava a lanterna, uma sentada e a outra em pé. Seriam os Maestro, a sós? Não havia sinal de Hilda. Poderia estar num cômodo inferior?

Guardando o espelho, agachou-se novamente, apoiado nas pontas dos dedos e nas botas. Ainda agachado, correu rapidamente para a base do edifício. Os Maestro estariam esperando que ele usasse a entrada principal, a única forma de penetrar no farol. O prédio fora construído muito antes que os regulamentos determinassem a existência de saídas de emergência e acesso a cadeirantes. Talvez Dark pudesse entrar pelo nível superior, a fim de surpreendê-los.

Ao chegar à base, começou imediatamente a subir. Os pontos enferrujados o machucavam, mas ele não lhes deu atenção. Serviam para se agarrar. Chegou ao gradil externo e olhou para dentro do compartimento da lanterna.

Capítulo 88

As lentes e a lâmpada tinham desaparecido há muito tempo, assim como as vidraças resistentes a tempestades.

O repórter Johnny Knack estava amarrado a uma cadeira, amordaçado com uma bola de borracha presa com uma tira de couro em volta da cabeça. Os Maestro pareciam gostar desse tipo de mordaça. Os olhos de Knack estavam estranhamente arregalados, como em um perpétuo estado de terror. Dark olhou com mais atenção. As pálpebras haviam sido puxadas para cima e para baixo com esparadrapos presos à testa e às maçãs do rosto, como no filme *Laranja mecânica*. A face estava umedecida pelas lágrimas.

Diante dele estava Abdulia, com o celular ao ouvido. Dark não a via desde Venice Beach, antes de ter descoberto a verdade. Abdulia parecia calma como naquele dia, completamente tranquila. Por que os piores monstros pareciam sempre calmos e seguros de si, mesmo nos momentos mais desesperadores?

Num canto, desacordada no chão, estava Hilda.

Enquanto isso, Roger observava Dark a 50 metros de distância. A mira não poderia ser mais fácil, mas ele precisava esperar. Às vezes Roger não compreendia as ideias da esposa, ao menos não completamente. Acreditava nela, no poder das cartas, mas não entendia por que às vezes ela precisava complicar as situações. Roger teria preferido pegar o dinheiro de Green e ir a algum lugar onde pudessem viver sem grandes despesas. Em vez disso, os dois passaram a maior parte das duas semanas anteriores separados, viajando pelo país, matando e preparando cenas de crime. Mortes e cenários.

Naquele momento, ele se encontrava oculto em uma pequena caverna a pouca distância do farol, com o rifle na mão, aguardando a hora da morte final.

Uma parte do corpo ainda doía pela facada de Dark. Ele conseguira fazer um curativo, mas seu corpo, cansado, precisava de repouso. Às vezes, quando fechava os olhos, ouvia pequenas explosões e imaginava que fossem suas veias estourando com a tensão das últimas semanas. Na verdade, dos últimos anos.

Mas Abdulia lhe garantira que tudo terminaria ao crepúsculo. Depois, ambos estariam juntos. Finalmente em paz, após o tormento e agonia que haviam passado.

Roger estava ansioso para que tudo finalmente terminasse.

A luz era tão intensa que Knack se sentia ficar cego. Era uma supercarga sensorial. *Meu Deus, esse esparadrapo é pior do que tortura física!* Tudo o que desejava era poder piscar. Se conseguisse escapar dali, era o que faria: passaria um dia inteiro piscando. Talvez, em vez disso, fechasse os olhos e os mantivesse fechados durante alguns dias, deixando que a umidade inundasse lentamente os globos oculares...

Como aquela mulher louca do tarô esperava que ele "assistisse", se não conseguia enxergar?

Pelo canto do olho, viu uma sombra indistinta na janela.

Dark saltou de um dos espaços abertos entre os caixilhos de metal. Ao pousar no chão, puxou a arma, apontando-a para o peito de Abdulia.

— Ajoelhe-se e ponha as mãos na nuca.

Rapidamente correu os olhos pelo recinto. Onde estaria Roger? Provavelmente no andar inferior, com uma arma, esperando que ele entrasse pela frente.

Abdulia se ajoelhou diante dele, obedientemente.

— Vamos — disse ela —, traga-me a *morte*.

Dark manteve a pistola apontada para o coração dela, com um olho na escada em espiral ao lado.

— Então era isso o que você queria desde o início? Deveria ter me chamado há dez dias... Teria poupado muitos problemas.

Abdulia sorriu.

— Você sabe que deveria ser assim. Os atos nada significam a menos que se tenha força de vontade para abrir mão de tudo, inclusive da vida. E você é meu cavaleiro negro. A morte cavalgando orgulhosamente um cavalo branco.

— Acha que eu sou a Morte?

— Por que outro motivo nossos caminhos se cruzariam? — perguntou Abdulia. — No momento em que vi seu rosto... no momento em que ouvi seu nome, Steve Dark, compreendi que era o destino. Sabia que você nos seguiria até o fim. Nunca desistiria. Nunca se renderia.

Dark olhou na direção de Hilda, ainda inconsciente no chão.

— Para quê envolvê-la? — perguntou. — Ela não tem nada a ver com isso.

— Ela tem tudo a ver com isso — disse Abdulia. — Você procurou os conselhos dela e passou a noite inteira na loja dela. Eu estava lá. Vi você entrar naquela noite e o vi sair, ofuscado pela luz da manhã. Hilda o levou ao mundo do tarô, e eu sabia que ela o traria aqui para realizar seu destino.

Então, não fora paranoia o que acontecera naquela noite em Venice Beach, nem havia sido por causa de Lisa. Johnny Knack tirara aquela foto dele na Filadélfia, chamando a atenção dos assassinos para ele.

Dark olhou para o repórter amarrado.

— E trouxe Knack para me ver matar você?

— O mundo precisa saber o que significa abraçar o destino. Estudarão meu exemplo e aprenderão.

— Você não precisava de mim para isso — disse Dark. — Pode pedir ao seu marido. Ele já matou muita gente. É muito competente nisso.

346

— Ele nunca me faria mal. Roger me ama muito. Mas você é diferente, Steve Dark. Quando você atravessou nosso caminho, li tudo a seu respeito. Você é um matador nato. Sua vida estava destinada a cruzar a nossa.

Os dedos de Dark se crisparam. Ele experimentara aquilo. Mais uma vez estava diante de um psicopata responsável pela morte de pessoas que significavam algo para si. Mais uma vez, era ele quem empunhava a arma. Ouviu a voz de Sqweegel o desafiando.

Não tem graça, a menos que você esteja lutando. Portanto, venha! Lute! O mundo estará vendo!

— Vamos, Dark — disse Abdulia. — Mate o monstro. Receba os elogios, as medalhas, as honrarias. Não é isso o que você sempre quis? Provar aos seus colegas que não está inutilizado? Que é capaz de fazer isso sozinho? Que está destinado a fazer isso para o resto da sua vida? Portanto, vá em frente.

Dark raciocinou melhor. Não estava diante de alguém como Sqweegel. Era uma mulher fracassada que acreditava que as cartas do tarô a mandavam matar outras pessoas. O marido era um soldado acostumado a matar, que obedecia cegamente a ela. Os Maestro não eram os monstros dos piores pesadelos de Dark; eram apenas psicóticos que precisavam ser tirados de circulação. Dark abaixou a arma.

— Acha que se obedecer às cartas você encontrará a paz, Abdulia? É isso? — perguntou Dark.

— O destino pede que eu morra. Por ter permitido que meu filho, Zachary, perecesse, sou tão culpada quanto qualquer outra pessoa: a enfermeira e o padre, assim como os ambiciosos, os vaidosos, os esnobes. Você tem uma filha... Certamente compreende o castigo que mereço.

— Está enganada — disse Dark. — Será que não compreende? Você e Roger estão acorrentados um ao outro, como na carta do Diabo. Poderiam facilmente se libertar dos grilhões, mas preferem permanecer escravizados. Não é necessário que seja assim.

Os olhos de Abdulia se arregalaram. Seu rosto enrubesceu, parecendo explodir de pura raiva.

— NÃO FALE SOBRE AS CARTAS COMIGO!

— Você sabe que eu tenho razão.

— VOCÊ PRECISA ME TRAZER A MORTE!

— Não — disse Dark. — Você irá para a cadeia.

Abdulia o atacou subitamente, tentando fazer algo que Dark nunca vira antes: suicidar-se fazendo um policial matá-la. Dark deu um passo rápido para o lado, tirando as algemas do cinto, e agarrou Abdulia pelo braço. Ela gritou e se debateu desesperadamente enquanto ele lhe puxava os braços para trás. Não haveria a carta da Morte. Haveria um julgamento. Haveria um veredito, por parte de um júri. Haveria uma sentença. *Esse é seu destino.*

Durante a luta, Dark viu os olhos de Knack voltados para a janela. Era urgente. Depressa. *Olhe!*

Dois segundos depois, a vidraça explodiu.

Capítulo 89

Ao ver Dark algemando a sua esposa, Roger Maestro ficou momentaneamente estupefato. Não sabia o que fazer.

Abdulia lhe dissera que obrigaria Dark a suicidar-se. Dark se tornaria a carta da Morte, como Jeb Paulson fora forçado a personificar o Louco. Se não, Hilda e o jornalista morreriam. Um homem como Steve Dark não permitiria a morte de mais inocentes.

Mas, se ele se recusasse a acabar com a própria vida, Abdulia se conformaria, e, nesse caso, Roger deveria matá-lo com um tiro.

Estourar-lhe os miolos.

Levar-lhe a Morte.

Enquanto isso, Knack veria tudo e, em seguida, contaria ao mundo o que vira.

Era o preço por se recusar a aceitar seu destino.

A última carta, a última morte. Por fim poderiam ir em paz para algum lugar. Abdulia assim lhe prometera. Depois daquela morte, tudo ficaria bem. O equilíbrio seria finalmente restabelecido.

Mas Abdulia não se deixara vencer. Em vez disso, avançara contra Dark, gritando como se sentisse dores mortais. O que aquele desgraçado teria dito à sua mulher? O que poderia ter dito a ponto de enraivecê-la daquele modo? Abdulia era um modelo de tranquilidade, de paz interior. As tempestades de ira se passavam no interior do seu coração. Nada daquilo fazia sentido. Roger ficou petrificado ao ver Dark agarrá-la e dobrar-lhe cruelmente os braços até juntar os pulsos. Aquilo não deveria estar acontecendo! Não fazia parte do plano. Abdulia nunca lhe dissera que era uma possibilidade.

Por isso, Roger Maestro ergueu o rifle sem dar atenção ao corpo dolorido e atirou.

Um segundo antes que a janela explodisse, Dark agarrou Abdulia pelo braço e puxou-a com força para a direita, fazendo com que ambos caíssem ao chão. O vidro se estilhaçou, espalhando-se sobre os corpos que caíam. Alguém começou a atirar — sem dúvida era Roger, o atirador condecorado. Escondido em uma colina perto do oceano, no mesmo nível do farol, como se posicionaria um soldado. De costas para a água, de frente para o inimigo.

Dark rapidamente rolou para o lugar onde Hilda continuava deitada, inconsciente. Estavam todos perfeitamente visíveis. Roger poderia ter uma munição inesgotável. Poderia continuar a atirar, atirar, atirar...

Roger deixou o rifle cair do ombro e pegou o binóculo, focalizando-o. A imagem não fazia sentido. Dark estava deitado no chão, seu corpo cobrindo a moça. Abdulia também estava no chão. Ele piscou os olhos, focalizando novamente. Sua esposa estremecia, como se sentisse frio. Ainda não fazia sentido, nada fazia sentido.

Knack nunca esqueceria aquela imagem: os tiros, sua sequestradora gritando, o vidro voando em pedaços, ele com os olhos completamente nus e expostos. Knack movimentou os músculos da face, piscando involuntariamente, mexendo tão violentamente os músculos que o esparadrapo sobre o olho esquerdo se soltou. Fechou-o imediatamente, mas o direito ainda estava aberto. Não podia desviar o olhar. Havia uma pilha de cacos de vidro no seu colo. A mulher continuava deitada, estremecendo. De um lado da sua cabeça, corria um fio de sangue. Em seguida, um rio de sangue. Knack não queria olhar. Virou o olho para cima, tentando enxergar na semiescuridão. Alguém estava do lado de fora, armado. Alguém acabara de atirar para dentro do farol e poderia atirar novamente, sem dificuldade. Knack nada podia fazer a menos que movesse o braço para baixo e se enforcasse.

Abdulia deu um grito. Dark a ignorou, tentando despertar Hilda. O que teriam injetado nela? Ele apalpou-lhe o pescoço, procurando sentir o pulso. Estava forte e constante.

— Hilda — murmurou ele. — Vamos, acorde. Você pode resistir. Você me salvou e eu agora vou salvá-la.

Um leve ruído soou no recinto.

Roger levou o telefone ao ouvido, ainda observando a sala da lanterna com o binóculo. *Vamos, responda. Levante-se. Mostre que está fingindo.*

Dark precisava tirar Hilda dali.

— Vamos, Hilda. Acorde, por favor!

A mulher de Roger não respondia. Por que não atendia o telefone? O alvo era fácil, mas, no último momento, Dark se deslocara para a direita, como se tivesse algum pressentimento. Roger, no entanto, estava habituado a alvos móveis. Numa fração de segundo, fizera o ajuste e atirara. Acertara a cabeça de Dark — não? Viu o sangue esguichar. Um ferimento na cabeça.

A menos que...

Não.

Ela não.

Era injusto.

Tremendamente injusto.

Roger pegou o rifle e ajustou o visor.

Abdulia se sentia desfalecer. Não conseguia mover os braços. Ouviu o telefone tocar, desejava desesperadamente apertar aquele botão verde e falar com Roger pela última vez, mas não sabia se conseguiria pronunciar as palavras.

Aquilo não deveria ter acontecido daquela maneira. Dark era um matador de monstros. Bem, ele deveria tê-la matado. Roger o veria e Dark deixaria de existir. Roger se suicidaria e o casal finalmente se reuniria em um plano melhor da existência, deixando para trás sua história para que o mundo a estudasse. Outros haviam tentado o mesmo, mas nenhum possuía o entendimento de Abdulia.

No fundo, não importava. Embora ela não esperasse ser atingida pela bala de Roger, sabia que o marido não deixaria Dark sair vivo do farol. Ambos estariam, enfim, juntos.

Enquanto a vida se esvaía, Abdulia se lembrou da noite em que conhecera Roger e da leitura que fizera para ele. No início, ele achou que era uma tolice. Ela sabia que Roger passara a ter outra opinião. Aquela leitura transformara para sempre as vidas de ambos.

Ela esperava havia muito, muito tempo pela morte.

Rapidamente, Dark levou Hilda, ainda desmaiada, para a escada em espiral que levava ao andar inferior. As paredes eram espessas e, enquanto ela permanecesse afastada das janelas, estaria a salvo das balas de Roger. Com o joelho, ele abriu a porta de um pequeno depósito e suavemente a deixou no chão, fora da linha de fogo, protegida por duas paredes.

Espere, aquilo não era o suficiente. Dark tirou o colete à prova de balas e cobriu-a com ele.

Onde estaria Lisa? Achava que ela estivesse suficientemente perto para ouvir os tiros de rifle, mas talvez não. Dark tirou o telefone do bolso e ligou. Ouviu seis toques até desistir. Talvez ela estivesse tentando acertar Roger.

Nesse momento, lembrou-se de que Knack ainda estava na sala da lanterna, completamente indefeso. Fechou a porta do depósito e subiu correndo a escada em caracol.

Roger agiu com um segundo de atraso. Quando voltou a focalizar a sala da lanterna, Dark havia levado Hilda para baixo. Muito bem, ele usaria o jornalista para fazê-lo reaparecer. Dark se considerava um herói. Não poderia deixar um inocente morrer. Ajeitando o rifle ao ombro, Roger apertou o gatilho.

Knack gritou. Meu Deus, todo-poderoso, o tiroteio recomeçara, espalhando cacos de vidro ao seu redor... e ele se sujava todo nas calças. Desejou poder fechar os dois olhos. Achava que seria uma questão de tempo até que um estilhaço de vidro lhe penetrasse na córnea. O barulho que ecoava na estrutura de metal era horrível. Mãos, olhos, ouvidos. Um jornalista teria outros instrumentos além desses? Também o cérebro, imaginou ele. E seus miolos poderiam explodir para fora do crânio a qualquer momento.

Dark estava no meio da escada quando as balas começaram a zunir e Knack, a gritar. Chegou ao topo e rastejou pelo chão. Quando estava prestes a alcançar Knack, dois tiros o acertaram pelas costas, impelindo-o para a frente. Dark grunhiu e tropeçou, batendo com o ombro no peito de Knack e derrubando a cadeira. O grito do jornalista foi a última coisa que ouviu.

Capítulo 90

Tudo estava terminado.

Steve Dark já não existia.

Dessa vez os tiros não foram na cabeça. Ele acertara dois no peito. Bastava explodir o coração e perfurar os pulmões. Adeus, herói.

Roger abaixou o rifle e começou a desmontá-lo, retirando a trava, soltando a armação do gatilho, separando o cano do cabo, removendo o tubo de gás e o pistão e, finalmente, guardando tudo no estojo. Gostava daquele rifle, mas precisaria destruí-lo.

Só que teria de ser mais tarde. Primeiro precisava ir até o farol para ter certeza de que Dark ficaria para morrer e de que Knack ainda estava vivo. Tivera cuidado para não acertá-lo, mas Dark havia se chocado violentamente contra ele, e não era possível saber se suas amarras o haviam estrangulado. Se fosse assim, não seria um grande problema. Roger recuperaria o gravador digital e o mandaria pelo correio, talvez à CNN ou ao *New York Times*. Algum outro jornalista juntaria as peças da história. Abdulia insistira em que alguém fizesse a narrativa ou tudo aquilo nada significaria. Não haveria equilíbrio ou paz.

Abdulia.

Pensou nela e quase perdeu o controle das suas emoções, mas logo afastou esse pensamento, porque era isso o que ela teria desejado. Seria difícil entrar naquele farol e ver o corpo dela no chão, mas ele se preparou. *Ela já não está mais ali. Está em outro plano da existência, junto com nosso filho.*

E, enquanto ainda respirasse, Roger honraria sua mulher continuando a obra dela.

Em algum momento, ele esperava ser digno de se juntar a eles.

Lembrou-se do primeiro encontro, quando Abdulia disse ser leitora de tarô. *Vamos*, dissera ele, flertando, *leia-me*. Quando a carta da Morte surgiu, Roger grunhiu. *Ótimo, você acaba de me matar*. Abdulia sacudira negativamente a cabeça, explicando que era uma carta fortuita. *Você é meu cavaleiro negro em um corcel branco*, dissera, e Roger se sentira contente.

Se Abdulia não estava lá, era Roger quem precisava dar as cartas. Porém, tinha plena certeza de que Abdulia falaria com ele do além. Ele estudaria o tarô e executaria as ordens dela.

Assim, saberia a *quem* matar.

Capítulo 91

K nack fitou a pintura desgastada do teto com um olho, admirado por não haver causado a própria morte por estrangulamento. Era praticamente a única coisa positiva no momento.

Sobre ele estava o corpo de Steve Dark. Knack percebia a respiração, mas era evidente que ele não resistiria por muito tempo. Duas balas nas costas — *não deve haver esperança para ele*, pensou.

O braço de Knack ainda estava dobrado nas costas e, certamente, quebrado em mais de um ponto. A dor era surreal, subindo e descendo pelo braço em pontadas de agonia.

Havia estilhaços de vidro por toda parte.

Um dos olhos ainda estava aberto pela fita adesiva, por mais que ele contraísse os músculos do rosto, girasse as mandíbulas ou franzisse a testa. Aquilo o estava enlouquecendo.

Ouviu o ruído de uma porta que se abria no andar inferior.

Ah, meu Deus...

Passos apressados subiram a escada até a sala da lanterna. Knack virou o único olho aberto e viu um homem alto, de cabelos levemente grisalhos cortados rente e rosto curtido pelo sol. Trazia um rifle em uma das mãos e um estojo na outra.

Era o outro assassino.

— Por favor — disse Knack. — Não faça isso.

— Não se preocupe — disse o homem. — Você não vai morrer. Queremos que conte nossa história.

— Contarei! — gemeu Knack. — Prometo que contarei tudo o que você quiser.

Quando o homem se agachou, Dark ergueu o corpo, se levantando, e puxou uma faca oculta na bota.

Lisa fora quem insistira para que Dark usasse o colete à prova de balas.

— Gastei muito dinheiro para que ele seja desperdiçado. Que mal pode fazer?

Dark resistira a princípio, preocupado com o peso excessivo. Depois, no entanto, levando em conta o histórico de Roger Maestro e sua habilidade como atirador de elite, conformou-se.

— Primeiro isso — dissera Lisa, entregando-lhe uma camisa preta de botões e mangas compridas. Dark a tomou nas mãos, surpreendendo-se com o peso.

— O que é? — perguntou.

— É forrada de *kevlar*, na frente e atrás, quase invisível. Oferece alta proteção e é capaz de deter uma bala de Magnum calibre 44. Custa somente 12 mil dólares, mas consegui um desconto.

Dark vestira a camisa, que dava a sensação de um colete de malha metálica, e, em seguida, envergara o colete — o que, mesmo numa versão mais simples, aumentava consideravelmente o peso.

— É uma brincadeira... — dissera, mas agora se alegrava por havê-la usado.

A camisa desviara o impacto dos tiros de rifle. Os golpes o tinham feito cair para a frente e as costas doíam muito, mas as balas não haviam penetrado na pele ou perfurado os pulmões ou outros órgãos internos.

Um profissional como Roger Maestro viria confirmar a morte. Dark estaria preparado.

No momento em que se levantou, Dark mergulhou a faca no peitoral de Roger. Esse, porém, agarrou-lhe o pulso e torceu-o com força, obrigando-o a abrir os dedos. Agarrando o adversário pela camisa, puxou-o para junto de si e empurrou-o contra a proteção de metal das janelas da sala. Parecia impossível, mas ainda havia vidro intacto a ser estilhaçado com o impacto do corpo de Dark, que caiu ao chão, sentindo uma forte dor lhe queimar a base da coluna.

Onde estaria sua arma? Dark apalpou a cartucheira que trazia ao cinto, e então se lembrou.

Ele a havia deixado cair ao derrubar Abdulia. A arma estava a pouca distância do corpo dela, parcialmente oculta pela base enferrujada da antiga lanterna.

Roger avançou contra ele.

Com as palmas das mãos no chão, Dark chutou o joelho de Roger. Sua perna parecia uma barra de ferro. O golpe seria capaz de arrebentar o joelho de qualquer ser humano, ou ao menos de detê-lo; Roger, porém, aparentemente nada sentira. Agarrou Dark novamente e o atirou contra a estrutura de metal da janela, uma, duas vezes. Era uma repetição da luta na Torre Niantic. Desarmado, ele nada poderia fazer contra um homem como Roger Maestro, que parecia um bloco de concreto. Abdulia fora o cérebro da dupla, mas Roger era quem lhe havia estourado os miolos. Dark tinha apenas uma carta na manga.

— Ela deixou um recado para você — murmurou ele.

Roger parou de bater, mas o manteve próximo.

— O que você disse?

— Antes de morrer — disse Dark —, ela me pediu para fazê-lo compreender uma coisa.

— Está mentindo.

— É sobre Zachary. Seu filho.

— Não diga o nome dele — rosnou Roger. — Você não tem o direito de pronunciar o nome dele!

— Ela disse que a última carta não era sobre ele, mas sobre você; você sempre representou a Morte. Trouxe a morte para eles ao voltar da guerra. Você foi o responsável pela morte do seu filho.

— Chega!

— Veja no bolso dela, procure. Ela me fez jurar que faria você olhar o bolso. Disse que isso explicaria tudo.

Roger jogou Dark contra o metal mais uma vez, antes de olhar para o cadáver da mulher. Em seguida, voltou a atenção por um momento para ele e o derrubou ao chão. Dark sentiu que o ar lhe saía dos pulmões e sua visão se embaçou. Havia estilhaços de vidro agarrados ao seu corpo. Antes que pudesse se recuperar, foi arrastado pelo chão até junto do corpo de Abdulia. Roger virou-o de barriga para baixo e Dark sentiu como se uma âncora lhe esmagasse o centro da coluna.

— Se você estiver mentindo, vou picá-lo em pedacinhos lentamente. Em seguida, buscarei todas as pessoas a quem você quer bem e as destruirei diante dos seus olhos.

— Procure — disse Dark.

Quando Roger começou a tocar desajeitadamente o cadáver da mulher, Dark estendeu a mão, agarrou a arma, dobrou o braço por cima das costas e atirou às cegas para trás.

Choveram cartuchos vazios no chão da sala.

No segundo seguinte, o peso sobre suas costas se aliviou e logo desapareceu completamente. Dark rolou o corpo, sentindo as costelas como uma coleção de bolas de gude no peito. Parte do rosto de Roger Maestro desaparecera. Tinha a boca aberta, como se ainda quisesse formar palavras, mas não houve qualquer som. Estava ainda em pé, com o corpo inclinado para trás. Finalmente ele virou os olhos, mas não o procurava. Queria ver a mulher. Dark era capaz de compreender o que ele sentia. Sentando-se, deu mais cinco tiros, todos no peito de Roger. O ex-soldado caiu de costas no chão, com a mão estendida, os dedos estremecendo. Buscava a mão da esposa.

Capítulo 92

pós libertar Knack, Dark desceu ao depósito no andar inferior. As pálpebras de Hilda estremeciam e seus olhos pequenos se moviam de um lado para o outro, com uma expressão preocupada. Onde estava? Por que sentia aquele peso sobre o corpo?

Em seguida, viu Dark, e um sorriso brotou no seu rosto.

— Parece que nossos destinos também estão entrelaçados.

— Parece — disse Dark.

Afastando o colete para um lado, ele a ajudou a se levantar. Ela estava pálida e trêmula, mas não tinha ferimentos. Hilda explicou que se lembrava de adormecer poucas noites antes e que, quando acordara, se vira sob o poder dos Maestro. Ambos a haviam interrogado a respeito de Dark, que tipo de pessoa era, onde morava sua família, muitos detalhes. Hilda se recusara a responder, esperando ser morta por desobedecer. Em vez disso, eles a mantiveram drogada. Os últimos dias pareceram um pesadelo nevoento, com lampejos de cartas de tarô. A Roda da Fortuna, o Diabo, a Torre, a Morte...

— Bem, seu pesadelo acabou — disse Dark.

Hilda lhe tocou o rosto.

— Graças a você.

— Não — respondeu ele. — Inteiramente graças a você. Você me ajudou a entender.

Dark ligou para Lisa, mas ela não atendia. Não importava. Levou Hilda para fora e ligou para a emergência. Seria preciso explicar muita coisa, mas Dark estava tranquilo quanto a isso. Até mesmo Knack poderia escrever o que quisesse. Não importava.

— Durante a leitura, você me disse que se sentia vazio e indefeso — disse Hilda. — Você se viu refletido na carta do Diabo.

— É verdade.

— Ainda se sente assim?

— Não, não mais — respondeu Dark, com um leve sorriso no rosto. — Você me ajudou a ver a verdade dentro em mim, o que eu evitei durante todos esses anos. Eu estava perdido no meu cérebro e você me mostrou a saída. Serei eternamente grato por isso.

Mas, ao passar pela porta, o sorriso morreu em seus lábios. Alguém estava à sua espera, empunhando uma Sig Sauer.

Capítulo 93

— Olá — disse Riggins.

Dark se deteve. Hilda o olhou, nervosa.

Riggins fez um gesto com a arma.

— Como me encontrou? — perguntou Dark.

— Por meio da sua benfeitora secreta — respondeu Riggins. — Está detida nesse momento, caso você tenha tentado entrar em contato. Posso estar velho, mas ainda tenho alguns recursos.

Riggins se esforçava para se mostrar despreocupado, mas tivera praticamente de vender a alma ao demônio — no caso, Wycoff — por uma permissão para interrogar Lisa Graysmith. Ela poderia ter ligações íntimas com a inteligência do país, argumentara ele, mas isso não a eximia de uma investigação criminal. Wycoff vira mérito nesse pedido e fizera os telefonemas necessários. Em trinta minutos, Riggins estava em um helicóptero com uma equipe da SWAT. Encontraram Lisa perto do cabo Mendocino. Ela não ofereceu resistência e praticamente não protestou. Em vez disso, deu um sorriso venenoso para Riggins. Antes de embarcar no helicóptero, disse: "É melhor você dar uma olhada no seu amigo." Que desgraçada! Ao ouvir os tiros, Riggins seguira para o farol.

E então, pela segunda vez em dois dias, Riggins se via apontando a arma para o homem a quem considerava seu filho. Dizem que nunca se deve apontar uma arma para alguém a quem não se deseja matar. Seria isso o que ele pretendia fazer? Matá-lo?

Dependeria de Dark ser ainda o homem que ele conhecera ou de permitir que a genética prevalecesse, transformando-se lentamente em um monstro.

— Constance quase morreu — disse Riggins. — Isso precisa acabar. Essas suas ideias loucas, doentias.

— Não são ideias — disse Dark.

— Venha comigo — disse Riggins. — Você poderá explicar tudo.

— Não — contrapôs Dark. — Vou para casa, encontrar minha filha.

— Está louco se acha que fará isso.

— Não estou louco, Tom. Estou perfeitamente são. Acho que desde a morte de Sibby passei anos procurando uma espécie de sinal. Por algum tempo, pensei que essas cartas de tarô fossem o sinal que eu buscava, mas não eram. Você é quem faz suas promessas. Você é quem define seus objetivos. Enquanto puder fazer isso, há esperança, mesmo quando as cartas estão contra você.

— O que você tem feito nos últimos dias?

— O que precisava fazer — respondeu Dark. — Mas não junto com você.

Riggins abaixou a arma. Conhecia Dark melhor do que ninguém, e conhecia assassinos em série melhor do que ninguém.

Todos os psicopatas que ele havia perseguido tinham o mesmo impulso para matar, a mesma sede por sangue e violência. Dark sentia a mesma compulsão, a mesma sede... mas por justiça, por vingança. A Divisão pudera utilizar aqueles dons por algum tempo, mas Dark se cansara. Precisava trabalhar à sua maneira. Sem dúvida aquilo era ilegal. A lei não dava espaço a milicianos. Riggins sabia que em algum momento seria obrigado a capturar Dark, mas ainda não chegara esse momento. Por enquanto, Dark ainda era uma força para o bem. O melhor era deixá-lo voltar ao seu lar, à sua filha.

Mais tarde trataria do assunto.

Riggins indicou o farol com um movimento de cabeça.

— Imagino que os dois já não existam.

Dark assentiu.

— O repórter, Johnny Knack, ainda está vivo. Acho que você deve falar com ele. Knack viu tudo o que aconteceu.

— Ele está bem?

— Um pouco machucado, mas sem maiores problemas.

— Está bem, falarei com ele — disse Riggins. — Mas acho que seria melhor para todos que você estivesse longe daqui. Diremos que a Divisão seguiu a pista até aqui. Um agente entrou no farol e matou os dois. O que acha?

— O marido matou a mulher — disse Dark. — A perícia mostrará isso.

— Nós descobriremos tudo. Knack me dará os detalhes macabros, tenho certeza.

— Será? Bem, acho que você pode contar com a colaboração dele para manter tudo em sigilo.

— Eu costumo jantar esses jornalistas impertinentes.

Riggins voltou sua atenção para Hilda, que os observava em silêncio, curiosa.

— Está bem, senhora?

— O senhor é justamente como Steve disse — respondeu Hilda. — Fico muito honrada em conhecê-lo.

— Não me leve a mal, mas quem é você?

Hilda sorriu.

— Alguém já leu o tarô para o senhor?

Para ver a leitura pessoal de Steve Dark
nas cartas de tarô, acesse grau26.com.br
e digite o código: vida.

EPÍLOGO

Santa Bárbara, Califórnia

— Desculpe o atraso — disse Lisa.

Dark não se surpreendeu ao vê-la na porta da casa dos seus sogros.

— Não tem importância. Soube que você esteve detida.

— Graças ao seu ex-chefe, que é um verdadeiro... — disse ela, franzindo a testa.

Não continuou a frase, principalmente por não encontrar uma palavra adequada para pronunciar diante de uma criança de 5 anos. A pequena Sibby, agarrada às pernas do pai, olhava para ela.

— Você deve ser a linda Sibby — disse Lisa, abaixando-se. — Meu nome é Lisa.

Sibby sorriu durante um instante e correu para dentro da casa.

— Ela é um pouco tímida — disse Dark, não muito satisfeito em ver Lisa por ali, perto da filha.

Ela pareceu perceber a tensão. Levantou-se, alisando a saia.

— Ou conhece muito bem as pessoas. Escute, podemos conversar em algum lugar? Um lugar tranquilo?

O sogro assumiu o comando da churrasqueira e a sogra continuou a preparar a salada. Sibby voltou a se ocupar em vestir suas bonecas, que Dark finalmente trouxera de West Hollywood. Ele desceu com Lisa a trilha que levava à praia, um lugar onde ele podia pensar com mais clareza. O bater das ondas, a areia macia, tudo o acalmava. Era como se fosse necessário algo poderoso e violento como o oceano para afogar o tumulto dentro de sua mente.

Após alguns minutos de silêncio, Lisa se virou para Dark.

— Estou sendo designada para outro posto — disse ela.

— Onde?

— Bem, para não romper qualquer regra de segurança, direi que é um lugar com muita areia.

— Espero que ninguém saiba das suas atividades extracurriculares.

— Não tenho ideia — respondeu ela. — Eu disse que precisava de alguns meses de licença. Aqueles instrumentos, equipamentos e fontes de informação... fiz tudo sozinha. Quem tem alguns quilômetros rodados conhece todos os truques. Não é difícil aprender.

Dark assentiu.

— Seus problemas são muito graves? — perguntou.

— Não são suficientes para que me fuzilem por traição, se é o que quer saber. Aparentemente sou valiosa demais para que me demitam. Por isso, o melhor castigo é me conservar e variar minhas missões.

— Você nunca me disse exatamente o que faz ou para qual agência trabalha.

— É verdade, não disse.

Atrás deles, as ondas do Pacífico batiam na praia dourada, que fazia parte de uma longa faixa de litoral. A maior parte da Califórnia estava diretamente exposta aos rigores do Pacífico. Santa Bárbara era uma pequena enseada. De um lado, o oceano, do outro, as montanhas Santa Inês. Era uma espécie de berço. Dark compreendia perfeitamente por que os pais de Sibby moravam ali e se sentiam contentes cuidando da neta naquele lugar.

— Bem, acho que chegamos ao fim de...

Dark parou a frase no meio. O que teria sido aquilo, afinal? Um membro insatisfeito da comunidade de inteligência, extravasando os limites das suas atribuições, junta-se com um caçador de monstros desiludido, ambos liquidam dois psicopatas; e daí? Será que deveria beijá-la tendo como pano de fundo o sol poente? Haveria música romântica na trilha sonora? Não, isso só acontecia em filmes.

— Claro — disse Lisa. — A menos que eu me demita.

Dark ergueu as sobrancelhas.

— Ainda estamos em um país livre, ao menos na última vez que dei uma olhada na Constituição — disse ela. — Posso pegar o telefone e me desligar. Basta uma palavra sua.

— E então o que você faria? Perseguiria assassinos em série nas horas vagas?

Lisa pegou a mão dele e apertou-a nas suas.

— Exatamente — respondeu.

Dark ficou em silêncio durante algum tempo. Olhou a espuma branca nas ondas, as famílias que voltavam da praia para jantar, se divertir ou fazer o que fazem as famílias em Santa Bárbara.

Mais tarde, no hotel, Lisa fez uma ligação impossível de ser rastreada, de um celular pré-pago que havia comprado naquela tarde. Primeiro, ligou para uma central, que registrou o número do seu telefone. Em seguida esperou, servindo-se de uma taça de vinho branco. Havia tomado metade dela quando o celular pré-pago soou. Ela o pôs ao ouvido e ficou ouvindo.

— Sim — disse Lisa. — Estive com ele há pouco e expliquei a situação, tal como você recomendou.

Escutou novamente.

— Eu garanto. Ele é nosso agora.

EPÍLOGO II

Cemitério de Hollywood/ Wilshire Boulevard

As rosas brancas pareciam ser adequadas, embora Dark nunca houvesse entendido a prática de depositar flores sobre um túmulo. Elas foram cortadas, embrulhadas e umedecidas para manter a ilusão de vida, mas estavam mortas, ou morrendo. *Eis aqui, Morte. Um pouco mais de morte.*

Mas ele não compartilharia esses pensamentos com a filha.

De qualquer modo, seu ânimo era mórbido. Sibby, sua mulher, não estava naquele cemitério. Havia apenas um marco para significar que ela realmente vivera, mas sua mulher, sua essência, estava viva em sua mente, e sempre permaneceria ali.

— Onde quer que ponha as flores, papai?

— Onde você quiser, querida.

O importante era que Sibby tivesse uma recordação física da mãe, que morrera no dia do seu nascimento. A filha não tinha lembrança da mãe, nada que pudesse mantê-la viva em sua mente. De tudo o que Sqweegel roubara de Dark, aquilo era o mais doloroso. O direito de uma filha de conhecer a própria mãe, o aroma da sua pele, o carinho do seu toque.

— Está bem assim, filha — disse Dark ao ver a menina colocar as flores junto à lápide, onde a pedra se juntava ao solo.

— A mamãe está lá embaixo?

Dark balançou negativamente a cabeça e se abaixou, colocando a mão sobre o peito dela.

— Ela está aqui. E sempre estará.

West Hollywood, Califórnia

Chegou o dia da mudança. Dark passara os quatro dias anteriores terminando a pintura e arrumando a mobília, para em seguida buscar a filha em Santa Bárbara. Na decoração, havia várias ilustrações da Hello Kitty, embora Dark não tivesse muita certeza do que deveria fazer. Achava que Sibby faria outras sugestões no carro, durante o trajeto. Depois de visitar o cemitério e de um jantar tranquilo, ele a deitou na nova cama, beijou-a na testa e lhe desejou uma boa noite.

Foi para seu quarto e esperou. Ouvia o murmúrio do tráfego no Sunset Boulevard, que ficava próximo. Alguém riu como um bêbado. Ouviu o bater de saltos altos no concreto. Uma buzina distante. Os ruídos normais da noite em Los Angeles. Nada estranho.

Depois de se certificar de que Sibby dormia, Dark desceu ao seu refúgio no porão.

Preparara um monitor de vídeo ligado no quarto da filha, além dos melhores detectores de movimento disponíveis. Se um inseto caminhasse sobre o carpete, entrando no quarto dela, o alarme soaria no porão. Dark tinha também outro monitor, que mostrava estatísticas de assassinatos em tempo real. Era um sistema experimental de software fornecido por Lisa. Na verdade, um centro de comando que faria inveja a qualquer força policial, instalado ali mesmo, no seu porão.

Afinal, era possível ser ao mesmo tempo um bom pai e um bom caçador de assassinos. Claro que não era fácil, mas nada do que vale a pena é fácil.

Acontecimentos preocupantes haviam ocorrido na Europa oriental durante os últimos dias: um sádico que parecia capaz de atravessar paredes e que colecionava troféus obscuros de suas vítimas agonizantes.

Poucos minutos depois, o telefone celular sobre a antiga mesa de necrotério vibrou. Dark apertou o botão verde e pôs o aparelho junto ao ouvido.

— Estou olhando a tela nesse momento — disse ele. — Em breve ele cometerá um erro.

— Em quanto tempo você pode estar pronto? — perguntou Lisa.

— Vou ligar para a babá.

Elenco
Daniel Buran no papel de Steve Dark
Justine Bateman no papel de Hilda
Michael Ironside no papel de Tom Riggins
Aaron Refvem no papel de Henry
Tauvia Dawn no papel de Sibby Dark

Agradecimentos

Anthony E. Zuiker deseja agradecer às seguintes pessoas: em primeiro lugar, minha mulher, Jennifer. Obrigado por me animar a continuar. Ao elenco e equipe de *A profecia Dark*, obrigado por continuarem a fazer com que as pontes cibernéticas de *Grau 26* sejam as melhores possíveis. A Matthew Weinberg, Orlin Dobreff, Jennifer Cooper, William Eubank, David Boorstein e Joshua Caldwell: vocês são incríveis! — para não falar do porco. Um agradecimento muito especial a Duane Swierczynski. Foi nosso segundo livro juntos. Somos ótimos! Finalmente, mas não menos importante, a equipe Zuicker: Margaret Riley, Kevin Yorn, Dan Strone, Alex Kohner, Nick Gladden e Sheri Smiley.

Duane Swierczynski deseja agradecer às seguintes pessoas: Meredith, minha mulher, Parker, meu filho, e Sarah, minha filha. Muita gratidão a Anthony Zuiker, por me levar de volta às trevas, e a toda a Equipe Zuiker (especialmente Matt, Orlin, David e Josh), que me ajudou a encontrar o bom caminho. O Dr. Boxer cuidou das minhas costas. Por fim, mas não menos importante, à Equipe DHS: David Hale Smith e Shauyi Tai, há muito tempo meus comparsas no crime.

Este livro foi composto na tipologia Minion Pro,
em corpo 11,5/15,6, e impresso em papel off-white 80g/m^2,
na Yangraf.